KB076285

# 스페이스 포트,
# 테오도라

2449년 12월

# 스페이스 포트, 테오도라

## 2449년 12월

김길종 장편소설

언제나 믿음직한 혜* 자매님들에게

: 차 례

프롤로그 …… 11

1. 바티칸의 딜레마 …… 21

2. 참믿음의 수호자들 …… 31

3. 상하이시티 정오의 참극 …… 41

4. 보험조사관 오선희 …… 51

5. 수상한 화물 …… 72

6. 예기치 않은 위협 …… 79

7. 위험한 인터뷰 …… 93

8. 바이오로봇의 뇌파 …… 101

9. 마약상 공정한 커니 …… 109

10. 마낫캄연구소의 타지마 …… 119

11. 프로텍터 써드 …… 127

12. 베이스언더의 추격전 …… 141

13. 사라진 용의자 …… 155

14. 사이렌 최후의 유혹 …… 167

15. 다윗의 돌팔매 …… 177

16. 이주선 스페이스필그림호 …… 185

17. 궁지에 몰린 페드로 …… 204

18. 마스터 루비오 …… 215

19. 초대받지 않은 방문객 …… 225

20. 나는 기억한다, 고로 존재한다 …… 235

용어 해설 …… 244

작가 후기 …… 251

우리가 우리에게 죄 지은 자를 사하여 준 것 같이

우리 죄를 사하여 주옵시고

—주기도문, 마태복음 6장 12절

# 프롤로그

**인간은 새로운 종으로 진화하며 멸종되기 시작했다.**

지구 생태계의 커다란 모순이자 또 하나의 미스터리다. 지구 역사에서 생명체 한 종이 사라지는 것은 결코 별스러운 일이 아니다. 모든 종이 탄생 후 번성하고 절정기를 거친 다음 쇠퇴기에 이르고 멸종하지 않는가.

비교진화학자들에 따르면 생태계 출발이 뒤처졌던 인간은 신속한 진화를 위해 과학을 이용하여 순식간에 지구의 모든 생명체를 제압하였다. 하지만 인류 쇠망이 과학의 비약적인 발전을 동반했다는 아이러니 때문에 일부 학자들은 과학이 인간을 멸종에 이르게 한 주요 원인이 되었다고 주장하기도 한다.

21세기 들어 정치, 사회가 안정되고 대규모 폭력사태가 감소하면서 인간은 역사상 유례없는 평화와 풍요를 누리게 되었다. 인권이 비약적으로 향상되고 사회적 안전이 보장되자 여성이 모든 부문에서 두각을 나타내어 남성의 역할과 지위를 대체하였다.

적극적이고 과감하게 변모한 여성들은 독신생활을 선호하였으며 전통적 가족공동체가 해체되었다. 임신 기피 현상으로 여성 자궁이 퇴화하자 출산율은 추락하고 신생아는 대부분 알[1]이라고 불리는 인공 자궁에서 태어났다. 유전공학을 이용하여 과도하게 연장된 수명이 유전자 고유의 개체 수 조절기능 이상을 초래하여 인간 개체 선순환이 중지되었다고 생태계 전문가들이 주장하였다. 낮은 출산율과 더불어 삶의 권태와 고독에 지친 노령 인간들이 수명 연장을 중단하자 인간 개체 수는 곤두박질치기 시작하였다.

22세기 초에 세계 종교 지도자들은 유일신 사상과 전지전능한 신성 등 전통적 신학관을 폐지한다고 시칠리아섬 팔레르모에서 선언[2]하였다. 무지, 궁핍, 공포가 만연된 초기 인류 사회에서 태동한 기존 종교 교리는 고도로 발달한 문명 세계에서 많은 신학적 모순이 드러날 수밖에 없었다. 첨단 유전공학에 힘입은 생명 연장과 태양계 너머 우주 항해 등 새로운 영역이 창출된 종교계는 시대에 걸맞은 새로운 신학관을 확립하고자 많은 노력을 기울였다.

이탈리아에서 혁신적인 정치가, 크리스티나의 실험적인 경제 및 복지 프로젝트[3]가 성공하자 22세기 중반부터 모든 나라에서 거주민에게 기본 의식주와 의료 서비스를 무상으로 제공하였다. 과거 행정부의 막강한 정치 권력을 대체한 과학자 집단 아카데미아의 전문적인 관리는 경제 정책 실패에 따른 자원 낭비와 잉여 재화 생산을 최소화하며 풍부한 물질을 저렴하게 제공하였다.

지속적으로 강화된 개인의 인격권은 전통적 집단 개념인 애국심을 소멸시키고 국경이 개방되었다. 유목사회처럼 개인이나 무리가 원하는 곳으로 자유롭게 이동하여 거주하자 집단별 고유 언어와 문화의 집착성이 큰 폭으로 희석되고 지적 수준의 평준화가 이루어졌다.

유전공학 기술은 초기에 개별 대체(복제)장기에 집중하였으나 점차 장기의 집합체인 기관(계)으로 발전하였다. 22세기 초에 가장 복잡한 대체두뇌 신경계가 최종 완성되었다. 대체장기의 허약한 면역력과 짧은 내구성은 리쥬브네이션[4)]을 통하여 보완하였다. 범죄 대부분은 유전자 결함이나 오류로 밝혀져 범죄자들에게 형벌 대신 유전자 치료가 우선 적용되자 범죄율이 혁신적으로 감소하였다. 인간의 사고 능력을 강조한 17세기 철학자 데카르트의 인간 명제인 '나는 생각한다, 고로 존재한다'는 다양한 분야에서 인간보다 훨씬 뛰어난 사고가 가능한 인공지능 시대에 적합하지 않았다. 대체장기 등장 후, 인간 신체 중 두뇌에 담긴 인격성기억 외에는 모두 교체가 가능해지자 노르웨이 철학자 에르나의 '나는 기억한다, 고로 존재한다'가 새로운 인간성 정의 기준으로 자리 잡았다.

부족한 인력을 확보하고자 여러 나라에서 대체인간이 활발하게 연구되었으나 인간의 정통성을 보존하려는 종교계의 반발은 거셌다. 대체두뇌 실용화를 위해서는 반드시 인격성기억을 통한 의식화[5)]가 필요하였으나 종교계는 자연인의 인격성기억 사용을 허락하지 않았다. 종교계 중 최초로 성공회가 가상 기억을 조건으로 대체두뇌 의식화를 승인하자 복종과 봉사의 의식화 과정을 거쳐 최초의 대체인간이 2244년 1월 캐나다에서 탄생하였다.

기존 자연인의 약점이 대부분 제거되거나 보완된 대체인간은 과학을 이용한 인간 진화의 결정체로서 '신은 인간을 창조하였으나 과학은 인간을 완성하였다'고 매스컴의 극찬이 뒤따랐다. 하인이나 비서 등 자연인의 지원에서 출발한 대체인간은 급속히 활동 영역을 확대하며 뛰어난 지능과 소통 능력으로 그들의 입양주나 고용주를 만족시켰다. 2280년 한 입양주가 자신을 구하고 희생된 대체인간 주피터[6)]를 기려 새로운 인종의 기본권 보호와 차별 철폐를 위하여 대체인간권익협회(AHRA)를 설립하였다.

인간의 무분별한 자원채굴과 환경오염으로 생태계 황폐화가 가속화되었던 지구의 노화 현상은 22세기 초부터 본격적으로 진행되었다. 2101년 5월 아소산 대폭발을 시작으로 일본 열도는 연쇄적인 해저지진에 완전히 붕괴되어 규슈, 시코쿠, 혼슈가 태평양에 잠기고 홋카이도 오비히로를 경계로 새로운 해안선이 형성되었다.

1883년 8월 폭발하여 5년 동안 세계 평균 기온을 크게 떨어뜨린 크라카토아 화산은 1927년 불현듯 수면 위로 솟아나 분화 활동을 재개하더니 2167년에 마지막으로 크게 폭발하고 수중으로 침몰하였다. 크라카토아를 뒤따라 일 년 동안 9개의 거대한 화산이 인도네시아군도 전역에서 연이어 폭발하였다. 1만8천여 군도 중 수몰을 면한 7천여 섬에 1억9천만 주민이 몰리자 인도네시아는 방글라데시를 제치고 세계에서 인구 밀도가 가장 높은 국가가 되었다. 2230년 9월 카리브해 바베이도스 해저지진과 화산 폭발은 서인도제도의 올망졸망한 섬 절반을 수면 밑으로 가라앉혔다.

과거와 전혀 다른 자연재해로 세계 곳곳은 가뭄과 홍수가 빈번하였고 계절의 변화는 종잡을 수 없게 되었다. 22세기 중반부터 지구 대부분에서 지표의 불안정이 감지되었다. 지진이나 화산 활동이 드문 곳에서도 미세한 지진 p파가 관측되었다.

뒤늦게 2250년 1월 1일부터 전 세계적으로 자원개발을 위한 지표 굴착이 전면 금지되었지만 이미 지표에 남아있는 자원은 별로 없었다. 굴착 중지에도 불구하고 곳곳에 도로나 교량, 터널 등 지표의 파손이나 붕괴가 멈추지 않았고 싱크홀이 지속적으로 발생하여 주행형 교통수단이 더 이상 안전하지 않았다. 최초의 대중용 부양 비행체인 모빌러(Mobiler)[7)]가 2265년 4월에 등장했다. 모빌러는 순식간에 지상의 모든 주행형 이동수단을 대체하였다.

22세기 중반에 광속 출력 엔진인 타키온 드라이브[8)] 등장과 더불어 우주 항해용 대형 선박 수요가 급증하자 전용 발사기지 장소 선정 논란이 뜨거웠다. 소형 화산 폭발과 동일한 충격을 지표에 가하는 대형 선박의 발진을 감당할 단단한 지반이 필수적이었다. 지구

어느 곳에서도 미세 진동으로부터 자유로운 곳을 찾지 못하자 아카데미아 우주항해기지 건설팀은 지진파가 존재할 수 없고 아예 거대한 추진력이 필요 없는 3만6천km 고도의 허공을 선택하였다.

20세기 초, 몇몇 러시아 과학자들의 우주엘리베이터 개념에서 출발한 스페이스 포트(Space Fort)는 우주에 대규모 기지를 건설하고 자기부상 고속철도로 지구와 연결하는 인류 역사상 가장 대담하고 규모가 큰 공사였다. 스페이스 포트 프로젝트는 인간에게 안전한 주거 환경을 제공하고 우주 선박 제작 및 출항의 용이성을 감안하면 경제적 타당성이 충분하였을 뿐 아니라 태양계를 벗어나려는 인류 의지의 상징이 되었다.

첫 번째 스페이스 포트 마리 퀴리가 프랑스 리옹 상공에서 2336년 8월 완성되었다. 연이어 25세기 초반까지 북미 세인트루이스(마가렛 미첼), 차이니즈연방 텐진(김유경), 인도 뉴델리(테오도라), 러시아 모스크바(에카테리나 II)에 건설되었다. 현장 공사는 대부분 지휘로봇의 통제하에 작업로봇에 의해 이루어졌지만 공사 감독관으로 연인원 1천5백 명의 대체인간들이 투입되었다.

지극히 위험한 근무 환경이었지만 인간의 위대한 프로젝트에 동참한다는 자부심으로 온갖 어려움을 극복한 그들의 희생과 헌신이 없었다면 스페이스 포트 건설은 불가능했을 것이다. 자연인들은 그들에게 투표권 부여로 보답했다.

각 스페이스 포트에는 에어돔으로 둘러싸인 5~6개의 도시로 구성되어 있다. 포트의 도시들은 지구와 달리 반드시 시티라는 접미사가 붙었다. 상하이는 차이니즈연방 동해안에 있지만 상하이시티는 스페이스 포트 테오도라와 김유경에 있다. 이스탄불은 터키 지중해 연안에 위치하지만 이스탄불시티는 테오도라와 에카테리나 포트에 있다.

한때 지구에는 7천 개 이상의 언어가 난무하였으나 에카테리나 포트가 완성될 무렵 지구와 스페이스 포트에서는 보편어라고 불린 20개 정도의 언어만 사용되었다. 보편어는 특정한 언어를 지칭하는 것이 아니라 거주민이 주로 사용하는 복합어 개념이다. 북미에서는 영어와 스페인어가 보편어의 40% 이상을 차지하지만 스페이스 포트 에카테리나의 보편어는 러시아어와 아랍어, 몽골어가 70%에 달한다. 한국인(순종)의 멸종과 함께 한국어는 소멸되었지만 한글은 살아남아 세계 두 번째로 많이 사용하는 문자가 되었다.

언어 구사가 극히 까다로운 한국어와 달리 한글은 언어 체계가 완벽하고 습득이 용이하여 학자들로부터 세계 최고 문자로 오랫동안 칭송을 받았다. 차이니즈연방은 표의문자인 한자가 의사소통에 심각한 장애가 되고 과학 발전에 걸림돌이 되자 유네스코 전문가들의 권고를 받아들여 과감히 한자를 버리고 한글을 채택하였다.

스페이서는 한때 모험을 즐기는 자연인들에게 인기 있는 직업이었지만 항해가 태양계를 벗어나 먼 우주(Deep Space)에 이르자 빈번한 선박 실종으로 가장 기피하는 직업 중 하나가 되었다. 인류의 먼 우주 탐사는 개미가 나뭇잎에 올라 대양을 가로지르는 무모한 도전으로 비유되었다. 먼 우주 항해 차트를 제작하기 위한 스페이서에 자연인 지원자가 급감하자 2424년부터 대체인간에게 문호가 개방되었다(동원되었다는 것이 진실에 가깝다). 법률적인 차별 외 보수주의자, 종교계 원리주의자들의 노골적인 멸시나 차별에 크게 낙담하던 대체인간들은 자신들의 능력과 헌신을 인정받고 자연인들과 동등한 인격체로 존중받을 수 있는 기회이면 어떠한 위험도 개의치 않았다.

오래전 전쟁영웅이나 탐험대장의 리더십 의식화로 무장한 그들은 불굴의 용기로 새로운 도전에 나섰으나 상상을 초월하는 광활한 우주는 그들에게 가혹했다. 대체인 스페이서 대부분은 항해 중 사고나 실종으로 생을 마감하였고 좀처럼 줄어들지 않는 그들의 희생은 한때 대체두뇌 부족을 초래하기도 했다.

인류의 미래를 위해 돌아올 수 없는 항해에 나서는 그들에게 연민을 느끼는 자연인이 점점 늘어났고 급기야 대체인간권익협회를 중심으로 몇몇 진보적 자연인들이 대체인간의 정자를 활성화하여 종의 연속성을 허용해야 한다고 주장했다. 기술적인 어려움은 전혀 없었으나 종교계의 반대는 극심하였다. 대체인간들은 대부분 종교를 가지고 있었으나 그들의 열렬한 신앙심에도 불구하고 세례가 허락되지 않았다. 인간은 반드시 자연인 몸에서 잉태 후 탄생해야 한다고 굳게 믿는 종교계는 대체인간들의 예배 참석을 거부하지는 않았으나 그들의 영혼을 인정하는 세례는 결코 베풀지 않았다. 바티칸의 한 고위 성직자는 그들의 세례는 강아지와 고양이의 세례 다음에나 생각해 볼 문제라고 대체인간의 인격성을 조롱했다.

시간이 흐르자 생태 환경이 다른 스페이스 포트와 지구에 상주하는 거주민들 사이에 육체적, 정신적 차이가 두드러졌다. 지구에 거주하는 땅딸막한 체구에 튼튼한 뼈, 무뚝뚝하고 보수적인 다우너에 비해 스페이스 포트에 거주하는 어퍼리언은 호리호리한 몸매, 연약한 뼈에 쾌활하고 도전을 즐기는 편이었다. 다우너 중 상당수는 어퍼리언들이란 오래전 지구 생태계를 망쳐놓고 무책임하게 우주로 도피한 집단이라는 근거 없는 선입견을 가지고 있었다.

지구는 극지방의 만년설이 이미 사라졌고 대양은 폐기물로 가득 찼다. 대양 부유물은 지구 대기 산소 대부분을 공급하는 조류나 플랑크톤을 감소시키고 해류의 대류 순환을 방해하였다. 지구 역사에서 이런 현상이 처음은 아니었지만 지구지질 전문가들은 공룡처럼 집단적 멸종을 피하려면 인간은 늦어도 26세기 말까지 지구를 탈출해야 한다고 주장하였다.

아카데미아행성탐사위원회는 25세기 중반에 거주 가능한 12개 행성에 탐사팀을 파견하고 대규모 이주를 준비하기 시작하였다. 새로운 행성을 찾아 이주하는 것에 적극적으로 호응한 어퍼리언과 달리 다우너들은 대부분 지구 대양 폐기물을 제거하여 생태계를 회복시켜야 한다고 고집하였다. 기술적으로 불가능한 일이 아니었고 행성 이주에 비해 경제적이었지만 그런 조치로 지구 노화가 멈추고 생태계가 회복될지 확신할 수 없는 과학자들은 지지를 망설였다.

지구의 주요 종교 중 하나인 가톨릭은 심각한 딜레마에 직면하였다.

전통적인 신학관을 뛰어넘어 대체인간에게 세례를 주고 종의 연속성을 허락해야 하는지 깊은 고민을 해야만 했다. 게다가 먼 우주로 뻗어나가려는 인류 과업에 동참해야 하는지 아니면 노쇠한 지구를 지켜야 하는지에 관한 바티칸의 선택은 1517년 10월 독일의 젊은 사제 마르틴 루터가 제기한 95개 논점보다 훨씬 더 난해하였다. 성직자들은 대부분 굳은 신념의 소유자들이다. 신념을 가진 자들만큼 인간 사회에 위협적인 것은 없다. 인류 역사에서 대규모의 잔인한 폭력사태는 모두 신념을 가진 자들 소행이다.

# 1 ___
# 바티칸의 딜레마

2449년 4월 9일

이탈리아 로마, 바티칸 산피에트로 성당, 교황 집무실

"교황 성하님, 진실은 항상 불편한 면을 가지고 있습니다. 그렇다고 진실의 반대편에 서게 되면 장래에 조롱을 피할 수 없지요. 외면된 진실은 기회다 싶으면 올챙이처럼 바둥거려 어떻게든 손아귀를 빠져나오기 마련이랍니다. 우르반 8세를 보세요. 오랜 친구 갈릴레이를 달래서 그의 학설을 철회하게 하고 저서를 금서로 만들었지만 몇 달 후 어떻게 됐습니까?"

시에나 통합교구의 허샹린 대주교는 생강편을 띄운 보이차를 홀짝거리며 안젤리카 교황을 몰아붙였다.

잠시 숨을 돌린 그녀는 이슬비 내리는 창밖으로 눈길을 돌렸다. 창문 너머 광장에는 처량하게 서 있는 세 개의 분수가 보였다.

17세기 중반 광장을 조성할 때 분수 두 개를 좌우에 배치하고 중앙에는 높다란 화강암 오벨리스크를 세웠다. 2333년 로마를 강타한 테베레 지진으로 오벨리스크가 붕괴되자 바티칸은 값비싼 대리석 모조품을 세우는 대신 그곳에 분수를 하나 더 만들었다. 비용도 훨씬 적게 들었고 주변과도 잘 어울렸다.

"네덜란드에서 출판된 저서는 바티칸에서 금서로 판정됐다는 소문에 베스트셀러가 되었죠. 게다가 바티칸은 잘못을 시인하는데 얼마나 인색한지…… 너무 인색하여 과연 진심인지 의문이 든답니다. 갈릴레이 종교재판 판결은 1992년 요한 바오로 2세가 비로소 취소했어요. 그때는 아마 동물원의 원숭이도 지구가 태양 주위를 돌고 있음을 의심하지 않았을 걸요."

교황의 기를 꺾기에 충분한 그녀의 신랄함은 재빠른 조치를 취하지 않으면 넘치는 경향이 있었다. 교황은 모빌러의 비상 브레이크를 밟듯 그녀의 말을 중단시켰다.

"그만하세요. 과거 바티칸의 잘못을 되씹자고 방문해 달라고 한 것은 아니랍니다. 아시다시피 두 달 전에 대체인간권익협회를 대표하는 할리나라는 법률 컨설턴트가 4번째로 바티칸을 방문했어요. 물론 대체인 신도 세례 건이었지요. 무작정 피하거나 거절만 할 수도 없고……. 그들은 더 이상 인간 세상에 세를 들어 사는 존재가 아니라고 하더군요. 그녀를 통하여 테오도라 상하이시티 시장의 개인적인 메시지를 받았답니다. 청순한 마렌카로부터 테오도라를 한번 방문해 달라는 초청이지요. 어떻게 생각하시나요, 대주교?"

190cm의 장신에 군살 하나 없는 몸매의 교황은 피곤한 눈빛으로

단신에 육중한 몸매를 부끄러워하지 않는 허샹린 대주교의 대답을 기다렸다. 안젤리카는 역대 여성 교황 중에서 기도보다는 몸매관리에 더 많은 정성을 들인다고 바티칸 성직자들 사이에 소문이 자자했다.

“진작 방문했어야 합니다. 성공회를 좀 봐요. 총대주교 에바는 아예 에카테리나 포트에 주교관을 마련해 두었습니다. 동방정교회도 우주에서 조난당했을 경우를 위한 특별 키리에까지 만들었다고 하더군요. 그렇게 꾸물거리다 우리 바티칸 성직자들만 지구에 남겨놓고 모두 우주로 떠나 버리면 어떻게 하려고 그래요? 종교의 미래는 단연코 지구 행성을 벗어나 저 멀리 우주에 있다는 게 최근 신학 추세랍니다.”

바티칸의 오랜 역사에 정통한 허샹린 대주교는 중국계로서 영국 옥스퍼드에서 철학과 종교사, 인류학을 수석으로 졸업한 후 비교종교학을 강의하고 있었다.

제2의 마르틴 루터라고 불리며 가톨릭 개혁을 꾸준히 주장하고 있는 그녀는 밀라노 교구 대주교 와이즈 안나와 함께 진보적인 사제들의 우상이었다. 일단 그녀의 도움을 받고자 한다면 비록 교황일지라도 가톨릭 역사에 관하여 일정 분량의 독설과 빈정거림을 감수해야 했다.

“과연 대체인간이 인류의 미래일까요? 일단 허락해 버리면…… 자연인 남성들 말이에요. 그들이 설 자리가 대폭 줄어들 텐데. 과연 인간이 자신들과 흡사한 생명체를 탄생시킬 권한이 있다고 생각합니까?"

"바티칸에 그런 종류의 딜레마는 처음이 아닙니다. 오래전 여성들이 인공수정하겠다고 했을 때도 똑같았죠. 그때도 한 치 앞을 보지 못하고 막무가내로 반대하지 않았습니까. 약삭빠른 성공회는 못 본 척했지요. 불임여성들이 죄다 성공회로 몰려가 개종하고 임신의 축복을 받았죠."

"그래요. 그때는 명확히 바티칸의 실수였지요. 그래도 당시에는 정자와 난자가 모두 자연산, 자연인 것이었지요. 하지만 대체인간 건은 근본적으로 다른 문제잖아요."

"성서에 기술된 대로 창조주가 지구를 창조했다면, 할렐루야! 창조주께 영광을! 창조주가 허락하지 않은 생명체는 지구 생태계에 존재할 수가 없었을 것입니다. 만약 존재하고 있다면 그것은 그가 이미 허락하신 것이겠지요. 비록 우리가 우둔하여 깨닫지 못하고 있을지라도."

"대주교의 해석에 일리가 있습니다. 창조주가 허락하지 않는 생명체는 지구에 존재할 수 없다, 충분히 설득력이 있는 해석입니다. 일단 세례를 베풀어 대체인간의 영혼을 인정하면 그들은 곧 정자에 생명력을 불어넣고 종의 연속성을 확보하려 할 것입니다. 알고 있죠?"

"인간은 크로마뇽인 등장 이후 뚜렷한 진화 흔적이 발견되지 않았다고 하더군요. 생명체로서 남성의 진화가 그동안 너무 뒤처졌어요. 초기에 남성 능력이 여성에 비해 10% 정도 뒤떨어졌다고 하지만 요즘은 격차가 더 벌어져 30%에 육박한다는 통계도 있더군요. 아직도 그들은 집중력을 적절하게 분산하여 멀티태스크를 수행하는데 어려움이 많다고 합니다. 이번에는 인간 진화를 창조주께서 우리 손에 맡겼을지 모르죠. 그게 창조주 의지일 수도 있단 말입니다."

"대주교, 역시 재미있는 이론이군요. 이제부터는 창조주 능력이 아니라 인간이 유전공학을 통하여 스스로 진화하는 것이 창조주의 의지라! 그럴듯합니다. 하지만 신자 대부분이 보수주의자들이라…… 이해하시죠? 교황이 먼저 그들에게 세례를 주겠다고 할 수 없는 입장이라는 것을. 성직자들 일부가 소청하고…… 교황이 심사숙고 후 허락한다면 한결 모양새가 낫겠지요. 12인 멤버들이 모일 때 한번 더 말씀해주지 않겠습니까? 대체인 신도들의 세례를 늙은 목자들이 소청하라고 하면 어떤 표정이 될까 벌써 궁금하네요."

목자를 따르지 않은 양은 가끔 늑대로 변한다. 늑대 무리 속에서 버틸 수 있는 목자는 없다.

특히 팔레르모 대선언 이후에는 더욱 그렇다. 교황은 교활한 안젤리카라는 애칭에 어울리게 뜨거운 감자를 살며시 허샹린 대주교에게 넘겼다.

16세기 초 레오10세가 그녀의 반만 교활했어도 결코 마르틴 루터는 새로운 종파를 태동시키지 못했을지도 모른다.

지난해 허샹린 대주교는 지진 p파 진동에 의하여 시스틴 성당의 천장화에 금이 갔다는 소식을 듣자 바티칸의 12인 목자 회의에서 보수할 것이 아니라 이번 기회에 아예 팔아 버려야 한다고 주장하여 참석자들을 기겁하게 만들었다.

"과거의 모든 잘못을 한꺼번에 속죄할 수 있는 마지막 기회라고 생각합니다. 교황 성하님, 존경하는 추기경님과 동료 대주교님, 어떻게 우리가 그렇게 호화로운 컬렉션을 소유하게 되었는지 잊지 않았겠지요. 어떤 잔인무도한 폭력배 집단일지라도 오래전 바티칸 사제단에 비하면 평생 수녀원 밖을 나가보지 않은 수줍은 처녀들처럼 보일 겁니다."

"대주교, 무슨 말을 그렇게 거칠게 하세요?"

누군지 12인 멤버 중 한 명이 그냥 지나칠 수 없어 대꾸하였지만 자신 없는 목소리는 허샹린 대주교와 가톨릭 역사를 따져보겠다는 의사가 아님을 명확히 했다.

"우리 바티칸 선조들은 성직자라면서 청빈하기는커녕…… 교황 삼중관에 싸구려 광대처럼 보석을 몇백 개씩 더덕더덕 붙여 놓았었죠. 만약 창조주께서 보셨다면 그 천박함에 기가 막혀 천국에서 추락했을 겁니다. 이제 창조주의 은혜를 잔뜩 입은 우리 목자들이 시도해야 할 거룩한 사업이 바로 이것이라고 확신합니다. 바티칸 컬렉션을 처분하여 그 자금으로 창조주가 마련해주신 이 지구 생태계를 치유해 보면 어떻겠습니까?"

"대주교, 바티칸 컬렉션은 경매장에 나온 다른 예술품과 달라요. 바티칸의 영혼이며 인류의 자랑스러운 유산이자 창조주의 의지입니다. 어떻게 그것들을 함부로 처분한단 말입니까?"

교황청 국무장관을 맡고 있는 조지프 추기경의 얼굴이 낮술 마신 것처럼 벌게졌다. 유난히 시대에 뒤처진 신학관으로 잘 알려진 그는 신앙심이나 학식보다 남성에 대한 배려 차원에서 현직에 임명되었다는 소문이 바티칸에 무성했다.

"추기경님, 바티칸 컬렉션이 인류 유산이자 창조주의 의지였다면 이제는 그걸 처분해 생태계를 회복시키는 것이 창조주의 다음 계획일 수 있습니다. 계속 머뭇거리면 우리가 그의 계획을 깨닫지 못한다고 오해하여 그냥 가져가 버릴지 모릅니다."

"그게 무슨 말이죠? 창조주께서 그냥 가져간다니……."

"산피에트로 광장의 중앙 분수를 보세요. 그 자리에는 본래 칼리쿨라 황제가 이집트에서 가져왔다는 26m 높이의 오벨리스크가 있었습니다. 테베레 지진 때 붕괴되었죠. 그뿐일까요? 이곳 광장에 둘러 세운 웅장한 그리스 기둥 284개 중 지금 몇 개나 남아있죠? 겨우 34개 남아있고 그중 16m 높이로 온전한 것은 18개에 불과합니다. 다음 차례가 시스티나의 천장화나 아테네 학당이 아니라고 누가 장담할 수 있죠? 문제는 지진이나 산불, 폭풍이나 화산 활동도 큰 틀에서 역시 창조주의 의지라는 점입니다."

"지구 생태계의 회복이 바티칸이 주도적으로 할 일이라고 생각합니까? 대주교?"

"일단 우리가 대양의 부유물을 처리하기 시작하면 다른 종교들도 경쟁적으로 뛰어들 것입니다. 다행히 모든 종교의 경전에 창조주가 손수 지구 자연을 만들었고 그 아름다움을 찬양하였다고 기술되어 있지 않습니까? 반드시 호응할 것입니다."

"우리는 종교단체지 환경단체가 아닙니다. 그런 일은 행정 당국 소관이지 않습니까?"

"화산이 폭발하고 땅이 갈라지는 등 촌각을 다툴 때 탈출 모빌러 조종간을 누가 잡아야 할지 회의를 소집해 결정하겠습니까?"

그녀는 말을 잇지 못하는 12인 목자 그룹을 다시 한번 둘러보았다.

"한 세기 전까지만 해도 지구 총 산소량 4분의 3을 바다의 플랑크톤이나 조류가 공급했답니다. 게다가 숲에 비해 탄소 제거량이 무려 3배나 되었죠. 혹시 요즘 바닷가에 가본 적 있나요? 회색 부유물 천지고 플랑크톤과 조류는 거의 눈에 띄지 않습니다. 전문가들은 머지않아 바다의 대류 순환이 완전히 멈출 거라고 하더군요."

"지구 생태계를 회복시키는 게 가능한지는 아카데미아가 계속 연구하고 있는 중 아닙니까?"

"전문가들이 하고 있는 연구란 행성지질학 측면과 경제성에 관한 검토뿐일 겁니다. 스페이스 포트라는 피난처가 있으니 결론은 뻔하고……. 하지만 모든 종교가 들고일어나 환경정화운동을 시작하면 차원이 다르지요. 아카데미아도 스페이스 포트도 결코 외면하지 못할 겁니다."

"본당인 산피에트로나 시스티나는 어떻게 되는 겁니까? 내부를…… 천장까지 전부 벗겨 프레스코를 팔아치우자는 말입니까?"

"물론이죠. 그리고 모조품으로 채워 넣으면 됩니다. 예배를 드리는데 진짜면 어떻고 가짜면 어떻습니까. 하지만 관람객 입장 수입은 아직까지 무시를 못하죠."

"허샹린, 지구에서 그만한 재력을 가진 자들이 있을까요? 좀 부유하다는 작자들은 전부 포트로 이주하여……."

밀라노 교구의 대주교 와이즈 안나가 답을 알고 있지만 다른 멤버들을 위하여 질문했다.

그녀는 허샹린 대주교와 함께 쌍벽을 이루는 진보적 신학관의 리더지만 허샹린 대주교가 차가운 논리에 의지한다면 그녀는 따뜻한 감성을 내세웠다. 이상적인 팀워크로 서로를 보완한 그들은 바티칸에서 막강한 설득력을 자랑했다.

"안나, 좋은 질문입니다. 물론 포트에다 팔아야죠. 거기에서 경매에 붙여야 합니다. 어차피 부유물은 회수하면 다른 행성에 버려야 하니까 운송 수단도 함께 입찰에 붙이면 됩니다."

그날 안젤리카 교황은 허샹린 대주교와 의견을 나눈 후 은밀한 지시를 내렸다.

허샹린 대주교는 2주 후에 예정된 바티칸 12인 목자 회의에서 대체인간에게 세례를 베푸는 문제에 관하여 개인적인 의견임을 내세워 멤버들을 설득한다.

테오도라 포트, 상하이시티 행정당국과 접촉하여 교황의 포트 방문 스케줄을 협의한다. 시티 당국은 바티칸 컬렉션 목록을 참조하여 경매업체를 선정하고 교황이 방문할 때 첫 번째 경매를 실시한다. 포트에서 경매 개시 직전 교황은 경매 수익금의 용도를 대대적으로 발표하고 바티칸 컬렉션에 축복을 내리며 경매가격 상승을 유도한다.

## 2 —— 
## 참민음의 수호자들(Guardians Of The True Faith)

2449년 10월 14일

로마 바티칸, 산피에트로 대성당 지하 서약의 밀실 입구

마스터 수호사제 루비오는 리프트에서 내려 힘찬 걸음으로 서약의 밀실로 통하는 복도에 들어섰다. 복도 양편에 도열한 새로운 수호자들은 수호자 석상들과 섞여 있었지만 구분하는 것은 어렵지 않았다. 희미하게 윤곽이 드러난 석상들은 복도 내부 조명으로 부분적으로 반들거렸다. 석상들은 여느 때처럼 침묵을 유지하고 있었다.

그는 두건을 살짝 올려 석상들 앞에 서있는 새로운 수호자들 표정을 살폈다. 외모는 쉽게 사람을 속인다. 검은 사제복을 입은 스테판과 카림, 레온과 유제비오 그들 모두 바티칸에서 흔히 보이는 사제들처럼 온화하고 타인을 위한 배려심으로 가득 찬 모습이었다. 카림 사제 외 무장사제 3명은 수호자 선발의 전통에 따라 코카사스

산맥 카즈베기에서 목숨을 건 치열한 사투 끝에 선발되었다. 마스터 수호자는 침을 삼킨 후 참민음 수호회의 오랜 역사에 대한 소개를 시작하였다.

“세상의 모든 것은 다 변해갔습니다. 그러나 오직 참믿음 수호자들만은 불굴의 의지와 용맹한 무예로 창조주 곁을 지켰습니다. 수련 방법으로 무예를 택한 무장사제나 무장수도승들은 오랫동안 산적떼들로부터 선량한 주민들을 보호하는 전투에서 많은 실전 경험을 쌓았고…….”

그는 잠시 숨을 돌리고 카림을 응시하였다. 그는 농부의 다부진 체격을 지녔지만 얼굴에는 젊은 학자의 날카로운 지성이 넘쳐흘렀다. 비록 무장사제의 처절한 수행 과정을 거치진 않았지만 그의 천재적인 두뇌에 감추어진 무기는 이번 작전에서 가장 중요한 역할을 수행할 것이다. 곧 참믿음 수호자 인장을 그에게 허락하면 그도 다른 수호자들처럼 어떤 고난 속에서도 믿음이 흔들리지 않을 것이다. 마음이 편해진 마스터 수호사제는 다시 하고 있던 말에 집중했다.

“참믿음 수호회에 변화가 찾아온 것은 십자군 때였지요. 성전에 참가한 유럽의 여러 기사단으로부터 현지 사정에 능통하고 전투를 지휘해줄 사제를 파견해 달라는 요청이 쇄도했습니다. 교황 갈리스토 2세가 예루살렘왕국 보두앵 2세로부터 최초로 무장사제 파견을 요청받았지요.”

마스터 루비오는 창조주 옆에서 영생을 누리고 있는 석상의 주인공들도 지금 이 순간은 자신들의 이야기에 귀를 기울이고 있을 것 같았다.

“당시 유럽은 크고 작은 전쟁이 멈추지 않았고 치열했던 전투에서 살아남은 기사들 중 쓸 만한 자들은 그들의 명성을 두려워한 왕의 모함으로 제 명을 살지 못했거든요. 그 후 기사라고 거들먹거린 작자들은 죄다 꽃단장한 사교형으로 기껏해야 하찮은 계집의 명예를 걸고 벌인 결투 경험이 전부였답니다. 그런 자들에게 대규모 군대의 지휘를 맡기는 것은 귀여운 푸들에게 꼬리가 있으니 맹견처럼 싸우라고 하는 것과 다름이 없었지요. 형제들이여, 주위에 보이는 석상 대부분은 당시 기사단을 이끈 참믿음의 수호사제입니다. 제일 앞 석상은 축복받은 제라르! 베네딕토 수도회 출신이지요.”

마스터 루비오는 비늘 갑옷을 입은 중키에 하마 같은 몸집의 민머리 기사 석상을 가리켰다.

“그는 절름발이로 알려졌지만 요령있게 성요한기사단을 이끌었습니다. 바로 뒤에 보이는 갈대처럼 마른 체격의 수호사제는 템플기사단 초대 단장을 역임한 위그 드 팽이고요. 외모와 달리 싸움에 임하면 상처 입은 사자처럼 용맹했다고 소문이 났었더군요. 십자군 전쟁 당시에는 무지막지한 전면전 위주였던 탓에 많은 수호자들의 순교가 불가피했지요. 저 뒤쪽에 머리 하나쯤 불쑥 튀어나온 장신의 기사는 그 유명한 자크 드 몰레입니다.”

템플기사단 마지막 단장이었던 그의 석상은 턱수염이 실감 나게 표현되었고 장검을 꽉 쥔 채 부릅뜬 두 눈은 함부로 접근할 수 없는 기사단 단장의 위엄을 내품고 있었다. 새로운 수호사제들은 그의 석상 앞에서 경건하게 성호를 그어 존경을 표했다. 전투에서 누구보다 용감했던 그는 템플기사단과 참믿음의 명예를 지키며 침묵 속에 1314년 3월 18일 파리 시테섬에서 순교하였다.

템플기사단의 막대한 보물이 탐난 프랑스 왕 필리프 4세는 그를 화형에 처하기 전, 그의 내장을 신체 밖으로 꺼내 갈가리 찢었으며 성기를 자르고 낭심을 짓이겼다. 너무나 잔혹한 고문에 현장을 목격한 허수아비 교황 클레멘스 5세는 그만 기절하였다.

그의 처참한 종말에 격노한 참믿음의 수호자들은 인류 역사상 유례없는 거대한 복수를 감행하여 교황청과 프랑스 왕가의 흐름을 바꾸어 버렸다. 그들은 곧 추악한 음모에 가담한 사악한 클레멘스 5세를 독살하고 필리프 4세는 물론이고 그의 자손들까지 남김없이 처형하여 아예 카페 왕가의 혈통을 끊어 버렸다고 오랫동안 참믿음 수호자들 사이에 전해진다.

서약의 밀실까지 줄을 잇는 수호사제 석상들 중간에 낯선 석상이 보였다. 큰 눈과 큰 입을 가졌고 작은 키에 통통한 여인의 석상이었다. 수수한 옷차림새의 그녀는 예쁘다거나 늘씬하다고 할 순 없었지만 기품이 서려 있었다. 남성뿐인 참믿음 수호자 석상과 전혀 어울리지 않았다.

"이분은 여인 같은데 왜 수호사제 석상들과 같은 곳에 있죠?"

복도를 울리는 낮은 목소리는 수호사제 중 슈터 솜씨가 가장 뛰어난 스페인 출신 레온이었다.

"잘 보셨네요. 유일한 여성입니다. 그녀가 홀로 프랑스를 구했지요. 검은 상복의 백합 카트린 드 메디치 왕비입니다. 피렌체 메디치 가문 출신으로 어릴 때부터 마키아벨리의 군주론을 달달 외웠다더군요. 본래 프랑스는 이교도들이 일찍부터 터를 잡아 희망이 없었던 곳이었답니다. 앙리 2세가 40세의 나이로 생을 마감하자 참믿음의 수호자들은 한 가닥 가능성을 발견했지요. 당시에는 남성 사회의 절정으로 일찍 배우자를 잃은 여인들은 아들에 대해 병적으로 집착하는 경향이 있었거든요. 왕세자를 인질로 잡은 참믿음 수호자들은 그녀를 협박했고 그것은 곧 기적을 일으켰습니다. 그녀는 참믿음을 진심으로 받아들이고 창조주 앞에 거듭나기로 맹세하였습니다. 참믿음 이전의 자신을 장례 지냈다는 의미로 그 후부터 평생 검은 상복만 고집하였죠. 1572년 성바르톨로메오 축일, 자신의 참믿음을 증명하고자 그녀는 위그노 이교도 수만 명을 참살했습니다. 프랑스를 사악한 무리의 손아귀로부터 한순간에 완벽히 빼냈습니다. 특히 오랫동안 가톨릭 신앙의 굳건한 요새 같았던 신성로마제국 독일이 한순간에 이교도 국가로 돌변해 버린 이후여서 프랑스에서의 예기치 않았던 승리는 더욱 빛났죠."

"독일에서의 배신을 사전에 방지하기가 불가능했었나요? 전혀 눈치채지도 못한 겁니까?"

카랑카랑한 목소리로 유제비오 사제가 물었다.

"배신의 낌새를 알아차린 수호자들이 마르틴 루터를 제거하고자 백방으로 노력하였지만 성공하지 못했습니다. 프리드리히가 파견한 경호팀은 아예 외부인들이 접근을 하지 못하도록 절벽 성곽에 그를 가두어 버렸거든요. 어떤 이유였던지 독일에서의 패배는 바티칸과 참믿음 수도회에 씻을 수 없는 치욕이었죠. 카트린 드 메디치는 참믿음 신앙이 누구보다 강했지만 여자인 관계로 수호자가 되지 못함을 무척 아쉬워했습니다. 그녀 임종 때에 당시 마스터 수호사제는 그녀의 손목에 칼로 참믿음 인장을 새겨주고 '남자 성기가 없는 유일한 참믿음 수호자'라고 속삭이며 공적을 치하했답니다."

서약의 밀실 가운데에는 4개의 인두가 벌겋게 달구어진 참나무 숯이 이글거리고 있었다. 오래전 참믿음 수호회가 결성된 이후 성스러운 의식은 조금도 바뀌지 않았다. 전통에 따르면 참믿음 수호회에서는 수호자의 인장이 손목에 새겨질 때 비로소 거듭난다고 전해진다.

마스터 루비오는 흥분한 목소리로 수호자들에게 창조주의 구원이 어떻게 임하는지 말했다.

"수호자 형제들이여! 싸우다 운이 다하여 어둠의 구덩이에 뒹굴어도 절망하지 마십시오. 수많은 시체 가운데서 몸을 일으키는 것이 불가능하여도 단지 수호자의 인장이 보이도록 오른손을 추켜세우시오. 창조주께서 여러분에게 구원의 손길을 뻗을 것입니다. 이제 각자 앞에 놓여 있는 인두를 집어 들어 다른 형제의 오른 손목 아래에 참믿음 수호자 인장을 찍어주십시오. 창조주께서 참믿음의 수호자인 여러분과 언제나, 어느 곳이나 함께 할 것입니다. 아멘!"

참믿음 수호자 인장이 새겨진 벌건 인두가 손목 안쪽에 압착되는 순간 피부가 타는 역겨운 냄새가 서약 밀실 내부에 진동했다. 새로운 수호자들은 과거의 모든 수호자들처럼 눈 하나 깜빡하지 않았다. 처치용 스프레이가 벌건 상처 부위에 뿌려지자 고약한 냄새는 순식간에 향긋한 민트향으로 바뀌었다.

참민음 수호회가 카즈베기의 극기 투쟁을 통한 수호사제 선발이나 수호자 인장 낙인 등 전통만 고집하였다면 교활한 이교도들과의 투쟁에서 결코 살아남지 못했을 것이다. 수호자는 각자 무기 고수가 되기 위하여 엄청난 양의 훈련을 소화하지만 수호회에서는 개인별 전투 능력이 최대화되도록 신체 부위를 업그레이드하는데 첨단과학 사용을 주저하지 않았다.

이번 작전의 리더 격인 스테판 사제는 손도끼 스냅 속도와 투척 속도를 결정하는 팔 전환부 미세근육과 어깨 회전근을 신축 속도가 월등하게 빠른 특수 합성 단백질로 교체하였으며 근육섬유도 4배 이상 촘촘하게 강화하였다.

향긋한 민트향이 옅어지자 루비오는 새 수호사제들에게 임무의 신성함과 사악한 무리와 전투에 임할 때 마음가짐, 수호회 계율 엄수의 중요성을 상기시켰다.

"수호사제들은 바티칸과 목자들을 보호하는 거룩한 임무를 창조주로부터 부여받았지만 사악한 무리를 절대 과소평가해서는 안 됩니다. 참민음 수호자들이 방심하거나 연민을 느끼고 잔인함을 아끼는 바람에 교활한 이교도들이 최후 순간 얼마나 많은 승리를 훔쳐갔는지 모릅니다. 16세기 초에 스코틀랜드 교구 내부에 배신자들이 등장했다고 바티칸에 보고가 들어왔지요. 파견된 수호자들은 그들을 체포하여 화형에 처했습니다. 수호자들의 자비로 화형을 면했던 단 한 명의 경호원이 몇십 년 후에 그곳에 돌아와 장로교 초석을 놓았습니다. 22세기 초, 그리스정교 대주교 소피아를 제거하려 했으나 바티칸에서는 정교가 가톨릭의 사촌쯤 되고 그녀가 총대주교감은 아니라는 이유로 허락하지 않았죠. 나중에 총대주교에 오른 그녀는 겁쟁이 교황 안젤라를 속여 팔레르모 선언을 선포하고 유일한 절대자를 사악한 잡신들 위치로 추락시켜 버렸죠. 카트린 디 메디치는 거리낌 없이 딸 마고와 사위인 앙리를 속였을 뿐 아니라 딸의 시어머니 나바르 여왕을 파리로 유인하여 독살해 버렸습니다. 이교도를 뿌리 채 뽑기 위해 마키아벨리의 이론을 따랐지요. 이처럼 사악한 무리에게는 어떤 경우에도 자비를 베풀거나 잔인함을 아끼지 말아야 합니다."

나이는 어쩔 수 없었다. 목이 마르고 쉰 목소리가 나자 말을 멈춘 루비오는 호주머니의 캡슐을 삼켰다. 입안에 산뜻한 습기로 가득 차고 피로가 사라진 목에서 제소리가 들렸다.

"창조주는 참믿음을 수호하기 위하여 선택된 자들에게 순결을 요구합니다. 절대로 여성과 동침하면 안 됩니다. 바티칸은 기혼인 기사들이 십자군 성전에 참가하고자 하면 반드시 배우자와 이혼하도록 요구하였지요. 여성의 사악함은 에덴동산의 음탕한 이브로부터 비롯되었다는 것을 잊지 마십시오. 교활한 그들은 끊임없이 형제들을 유혹하여 죽음과 절망의 구렁텅이로 몰아넣으려 할 것입니다. 마르틴 루터도 뱀처럼 사악한 카타리나 폰 보라 수녀에게 유혹당하기 전까지는 장래가 밝고 영특한 가톨릭 사제였습니다. 수호자들이여 그대들은 여인 대신 형제를 사랑하십시오. 믿고 의지하십시오. 명예롭게 대하시기 바랍니다. 이 계명을 지킨 형제들에게 창조주는 영생으로 보답하실 것입니다."

서약의 밀실을 나와 마스터 수호사제가 탑승한 리프트가 지상을 향하여 가속하기 시작했다. 32년 전에 있었던 티볼리 대지진 여파로 바티칸의 산피에트로대성당이 크게 파손된 적이 있었다. 복구공사를 감독한 사제 루비오는 대성당 지하 깊이 파내려가 지진으로부터 안전한 참믿음 수도회 기지를 건설하였다. 지상에 노출되지 않아 위성 탐색으로 안전한 2km 특수 금속 리프트용 통로는 거대한 안테나 역할을 하여 태양계 내 어떠한 시설이나 선박과 통신이 가능하였다. 템플기사단의 엄청난 재산 일부는 시설 구축에 요긴하게 사용되었다.

'다윗의 돌팔매'는 단순하고 치명적인 작전이다. 단순할수록 실패 가능성이 낮아진다. 실패란 있을 수 없다. 지구와 스페이스 포트에서 전개될 그 작전은 참믿음 수도회 역사상 가장 중요한 작전으로 사악한 이교도들에게 회복이 불가능한 타격을 가하고 인류를 구원할 것이다. 루비오는 리프트가 지상에 도착하여 문이 열리자 두건을 제치고 중얼거렸다.

"위대한 창조주여! 이번에는 저희들을 도와달라고 기도하지 않겠습니다. 그냥 지켜보십시오. 반드시 예전의 빛나는 영광을 찾아 드리겠습니다."

# 3 —
# 상하이시티 정오의 참극

2449년 11월 5일

스페이스 포트 테오도라, 상하이시티 고속철도 터미널

가톨릭 294대 교황 안젤리카의 방문단은 전날 인도 뉴델리를 출발한 사라싱거 익스프레스로 오전 10시 정각에 스페이스 포트 테오도라, 상하이시티 고속철도 터미널에 도착했다. 교황의 방문단은 10인 석 퍼스트 크래스 1칸, 30인 석 비즈니스 클래스에 탄 40인 사제단으로 구성되었으며 취재를 위한 다수의 지구 매스컴 팀이 8량의 이코노미 열차 칸에 분산 승차했다.

5세기 초 키프러스에 흘러들어온 인도계 집시에게서 태어난 테오도라는 콘스탄티노플 사창가를 전전하다 우연히 로마 귀족 유스티니아누스를 만났다. 뛰어난 용모와 지혜를 무기로 그를 황제로 만들고 비잔틴 제국을 공동 통치하였던 위대한 여걸, 테오도라를 기념하기 위한 이 우주기지는 인류 네 번째 스페이스 포트로 2368

년에 완성되었다.

스페이스 포트 여행이 처음인 교황은 고속철 플랫폼 에스컬레이터를 오를 때부터 과학의 가면을 쓴 마술에 기만 당하는 기분이었다.

로비에서 탑승한 45° 경사진 에스컬레이터는 곧 수직 방향으로 꺾어 솟아올라야 하나 에스컬레이터와 상층 무빙워크 연결지점에서 중력이 수평으로 방향을 튼 것처럼 느꼈다. 수행원 중 과학에 정통한 젊은 사제는 수평 이동 느낌이 목적지 터미널에 도착하기까지 계속된다고 하였다.

양자나노물리학 이론에 따라 자기 모멘트가 강한 홀뮴(Ho)으로 제작된 설비에서 원자 자성을 스핀하면 자기장 방향 변화가 가능해 수평으로 중력이 조작된다고 설명했지만 교황이 이해할 것이라고 믿지 않는 눈치였다.

우르반 8세에게 천체의 움직임을 설명하였던 갈릴레오가 그랬을 것이다. 단지 교황이 납득한 것은 시속 1천5백km의 고속철 속도로 3만6천km까지 수직 상승하면 인간 몸은 견디지 못하여 수평 이동처럼 감각을 속인다는 단순한 사실뿐이었다.

퍼스트 클래스의 안락한 좌석에서 일어난 교황은 흰색의 실크 수단에 펠레그리아와 주케토를 착용하여 한껏 위엄을 갖추었지만 표정은 밝지 않았다. 바티칸 국무장관 조지프 추기경은 교황의 표정이 단지 긴 시간 고속철 탑승에서 오는 신체적 피곤 때문이 아니라는 것을 잘 알고 있었다.

물론 스페이스 포트 여행이 처음인 만큼 달라진 공기가 낯설기도 하겠지만 교황의 마음을 짓누르고 있는 것은 한 달 전 실종된 허샹린 대주교와 와이즈 안나 대주교의 죽음이었다.

9월 21일 월요일. 저녁을 먹고 산책 나간 후 돌아오지 않은 허샹린 대주교의 행방은 오리무중이다. 지혜롭기로 유명한 밀라노 대주교 와이즈 안나는 지혜가 가득 찬 머리를 도난당한 채 벌거벗은 몸으로 욕조에서 발견되었다. 침입자는 전기톱 같은 흉기로 샤워 중인 그녀 뒤쪽에서 일격에 목만 잘라간 것 같다고 검시관이 말했다. 으레 그렇듯이 피해자에게 원한을 살 만한 상대가 적을수록 수사는 방향을 잡지 못하고 지지부진한 법이다. 즉시 소집된 12인 목자 회의에서 예정된 스페이스 포트 방문을 취소하거나 연기하는 것은 교황의 권위에 불리하게 작용할 것이라고 결론을 내렸다.

바티칸의 원로 목자들인 8명의 추기경과 2명의 대주교는 다소 지나치게 진보적인 2명의 성직자가 없어도 바티칸이 건재함을 보여주길 원했다.

허샹린 대주교의 실종으로 그녀가 추진 중이었던 비공식 업무는 대부분 취소할 수밖에 없었다. 교황은 논리정연하게 상대를 설득시킬 수 있는 지적인 두뇌를 가지고 있지 않다.

진보를 대변하는 안전판이 없으면 대체인 신도들에게 세례를 베풀거나 바티칸 컬렉션 경매를 진행하는 모험을 어떻게 그녀 홀로 감행한다는 말인가?

교황은 본래 정치인이다. 옛날에도 그랬고 미래에도 그럴 것이다. 모처럼 우주를 향하여 비상하려 했던 교황의 시도는 이번 방문을 통하여 오히려 바티칸이 근본주의로 회귀하는 모습으로 보일 것이다.

보통 방문국에 도착하면 맨 먼저 교황은 무릎을 꿇고 대지에 입을 맞추어 창조주의 영광을 기리고 축복을 기원한다. 하지만 이번에는 그렇게 하지 않았다. 스페이스 포트는 절대자가 창조한 대지가 아니라 인간이 만든 거대한 구조물이라는 것이 지구 가톨릭 사제들과 신도들의 일관된 신념이었다.

도착 후 사흘째 되는 날 일요일 오전 9시에 상하이시티 중앙 광장에서 거행 예정인 대규모 공동 미사는 안젤리카 교황이 집전하고 테오도라 포트 자연인 신도 184명에게 세례의식을 베풀 것이다. 교황은 바티칸에서 거행하는 의식과 똑같이 화려한 위엄을 갖추어야 한다고 방문 준비팀에게 귀가 따갑게 말했다.

지구 밖에서 교황이 최초로 집전하는 미사는 일반 사제들이 주재하는 미사와 격이 달라야 한다고 했다. 십자고상과 성광은 물론이고 성수대와 감실, 제대와 제대포, 성작과 성합에 성작 수건까지 모든 미사용 제기와 제구를 바티칸에서 가져오도록 지시했다. 그뿐 아니라 테오도라관구 그레이스 주교의 반대에도 불구하고 성수까지 바티칸 것을 준비하도록 했다.

교황의 의상은 평소 착용하는 하얀색 수단 4벌 외에 미사를 집전하기 위한 전례복으로 팔리움(교황 권위를 상징하는 Y자 띠)과 방패 모양으로 두건 달린 갑파(외출용 망토), 속옷에 해당하는 케석, 그

위에 입는 흰색의 장백의, 겉옷인 소매 없는 제의와 영대(목에 두르는 띠) 등을 합하면 웬만한 패션모델의 한 시즌 컬렉션 분량이다. 이 모든 의상과 교황의 삼중관(3층의 예식 모자), 바쿨루스(지팡이)가 각각 케이스에 넣어져 교황이 음용하는 생수 세니갈리아와 함께 화물 고속철에 실려 상하이시티 터미널에 방문 전날 도착했다.

열차에서 내려 그레이스 주교의 영접을 받은 교황은 붉은 카펫이 깔린 회랑을 지나 터미널 밖으로 나왔다. 그녀는 물속에 오랜 시간 잠수해 있다가 수면에 떠오를 때처럼 일순간 먹먹함을 느꼈다. 까마득한 고공에 뱀처럼 기다랗게 휘어지며 이동하는 정체불명의 물체와 간간이 층을 이루며 꼬리를 물고 비행 중인 모빌러 행렬 등 낯선 풍광에 압도된 그녀는 할 말을 잃었다.

뉴스에서 가끔 접하여 전혀 낯선 풍경은 아니었지만 그녀 머리에 각인된 지구의 낡은 거리 모습과 무기력한 분위기에 비하면 현장에서 목격한 스페이스 포트의 화려함과 생기발랄함은 큰 충격으로 다가왔다. 종교의 미래는 저 멀리 우주에 있다는 허샹린 대주교의 주장이 더욱 설득력을 갖는 듯했다.

터미널 밖에는 스위스인 경호 팀장 이렌느가 주위를 살피며 3명의 구르카족 팀원들에게 무언가를 지시하고 있었다.

교황은 경호팀 동반이 내키지 않았으나 조지프 추기경이 의전상 필요하다고 적극적으로 권고하였다. 이렌느는 교황이 탑승할 대형 모빌러를 향해 손가락으로 가리키며 조지프 추기경에게 고개를 끄덕였다. 안전에 문제가 없다는 신호였다.

의전용으로 특별 제작된 덮개 없는 모빌러는 앞부분에 빨간색 바티칸 문장판과 흰색의 교황 문장판이 각각 부착되어 있었다. 교황은 모빌러에 올라 허리 높이의 지지대를 붙잡고 서서 미소를 가득 머금은 채 환호하는 평신도들과 호기심 어린 상하이시티 거주민들에게 손을 흔들었다. 뒷좌석에는 그레이스 주교와 조지프 추기경이 탑승하였으며 모빌러의 각 코너는 담당 경호원이 도보로 경호하고 있었다.

지구였다면 훨씬 많은 경호원이 필요했을 것이다. 그러나 일종의 섬과 같은 스페이스 포트는 지구에 비해 훨씬 낮은 범죄율과 전무하다시피 한 테러 기록으로 경호 위협이 애당초 존재하지 않은 보안 환경이었다. 중앙광장에 도착하면 경호 임무는 바티칸의 4인조 팀에서 자연스럽게 테오도라 포트 20인 의장팀으로 전환된다.

지표에서 30cm 부상하여 초저속으로 주행하는 모빌러에서 교황은 언제든 계단처럼 내려와 거리의 환영 인파와 접촉할 수 있었다. 4km 떨어진 상하이시티 중앙광장에 마련된 환영 식장에 교황이 오르면 첫 순서로 시장인 마렌카가 간단한 환영사를 할 것이다. 이어서 교황은 방문 기념으로 재앙을 막는다는 케스메랄다 로사리오를 증정받고 방문 성명을 발표한 뒤 숙소인 광장 뒤편 리츠칼튼 호텔으로 향할 예정이었다.

일정표에 따르면 교황은 그곳에서 조촐한 점심을 하고 시장 관저에서 열리는 저녁 공식 환영 만찬 전까지 휴식을 취할 계획이었다.

다음날 교황과 고위 성직자들은 종일 테오도라 포트의 가톨릭 교세 확장에 관하여 그레이스 주교와 심도 있는 대화를 나눌 것이다. 이때 가톨릭의 장래는 지구가 아니라 머나먼 우주에 있을 것이라는 허상린 대주교의 신념을 그녀에게 은밀히 전해 줄 작정이었다.

커브를 돌아 교황이 탑승한 모빌러가 중앙광장에 들어서자 교황 찬가인 순결한 영혼의 목자 안젤리카가 울려 퍼졌다. 특유의 장엄한 저음 후렴부가 끝날 무렵 그녀는 중앙 광장 환영 식장 계단을 오르기 시작했다. 환영 식장에는 레이저 슈터로 무장한 테오도라 의장팀이 환영 무대 뒤쪽에 도열하고 있었다.

안젤리카 교황이 조지프 추기경과 그레이스 주교에 앞장서 무대에 있는 좌석을 향할 때 포트 찬가인 창조주의 은혜가 넘치는 테오도라를 밴드가 연주하기 시작했다. 교황이 테오도라 포트 수상 세에나, 아카데미아 의장 게이준과 상하이시티의 시장을 비롯한 시간부 행렬과 악수를 나누고 좌석에 앉으려는 순간 밴드는 상하이시티 시가인 머나먼 고향, 상하이를 연주하기 시작했다. 전원 바이오로봇으로 구성된 테오도라 의장팀은 평소에는 우주항해청 소속 마리아나 트렌치 딥라이너(deep space liner 줄임말, 먼 우주 여객용 선박) 조선소에서 작업로봇 감독관으로 근무하다 1년에 한두 번 시티나 포트 행정처의 요청에 따라 의장대 역할을 수행한다. 정확히 8개월 5일 전, 마리퀴리 포트 수상이 방문했을 때도 동원되어 의장 업무를 수행했다.

그들이 소유한 레이저 슈터는 파장 조절로 다양한 칼라 빔을 발사할 수 있어 오래전 군대 예포를 대용했다. 동시에 20대의 슈터에서 내뿜는 색색의 레이저빔은 불꽃놀이 화려함에는 미치지 못하지만 소리만 요란한 예포에 비할 바가 아니었다. 강렬한 레이저빔은 살상력이 충분하여 필요시 경호 업무를 대신할 수 있었다.

누구도 예상하지 못한 그 다음의 끔직한 사고는 순식간에 발생하여 당시 상황을 정확히 기억하는 사람이 드물었다.

머나먼 고향, 상하이의 두 번째 소절 고음부가 연주된 순간, 한 바이오로봇이 레이저 슈터를 바로 오른쪽 앞 좌석에 앉아 있는 교황의 주케토를 겨누고 아주 짧은 순간 700nm 파장의 적색 펄스 레이저를 발사했다. 순간 붕하는 소음과 함께 교황의 머리는 한순간 $10^2$W/cm$^2$ 고밀도 에너지에 새까만 재로 변했다. 순식간에 덮친 죽음으로 교황은 미처 고통을 느끼지 못했을 것이다. 새까맣게 타버린 두뇌 밑 핏방울이 흩뿌려진 흰옷의 교황 몸통과 팔다리가 마치 아무 일 없었다는 듯이 자세를 흩트리지 않고 좌석에 앉아 있었다.

레이저 슈터를 들어 올린 그 바이오로봇이 다음 타깃을 찾고 있는 듯 두리번거리자 이렌느는 순간적으로 어떤 행동이 필요한지 깨달았다.

번개 같은 동작으로 펠릿 슈터를 뽑아든 그녀는 이미 재로 변한 교황의 머리 대신 거친 숨을 내쉬는 조지프 추기경 머리를 감싸며 바이오로봇 두뇌에 펠릿 두 발을 연속으로 발사했다. 항아리가 박살 나는 듯한 소리와 함께 1개 당 TNT 3파운드 폭발력을 가진

1860mps 고속 펠릿 첫발은 정확히 바이오로봇 두뇌 상부를 박살냈고 두 번째는 목을 찢어놓았다.

몇 가닥의 회로 선이 바이오로봇의 목과 몸통을 가까스로 연결하였고 흘러내린 우윳빛 쿨러 용액이 무대 바닥을 지저분하게 더럽혔다. 경호팀장다운 민첩한 행동이었고 유럽에 널리 알려진 사격 솜씨는 소문과 다르지 않았다.

사격을 멈춘 이렌느는 무릎 사격 자세로 교황의 시체를 주시하며 흐느껴 울었다. 교황의 죽음이 슬프기보다는 허탈감과 수치심 때문이었다.

정보란 늘 사건이 터지기 전까지만 옳다. 지구에서 어떠한 집단도 교황을 위험에 빠뜨리려는 수상한 움직임이 감지되지 않았고 스페이스 포트는 천국만큼 안전할 거라는 테오도라 당국의 의견에 그녀는 전적으로 동조했었다. 테오도라 포트 역사에서 최초의 요인 암살사건이었고 이렌느에게는 최초의 실수였다. 최초였지만 결코 씻어낼 수 없는 치명적 실수였다.

그날의 엄청난 충격을 예상하지 못했던 지구와 테오도라의 매스컴은 그날 하루 극심한 혼란의 소용돌이에서 빠져나오지 못했다. 테오도라 포트보다 한순간 늦게 비보를 접한 지구 가톨릭 신도들에게 새까만 재로 변한 머리에 기도하듯 단정한 자세로 최후를 맞은 교황의 모습은 먼 옛날 화형대에 올라섰던 잔 다르크처럼 비장하고 성스러웠다.

비주얼 뉴스 클립은 매시간 사고 현장을 재현했으며 안젤리카 교황의 치적이 매스컴에서 반복 방영됐다.

초기 충격의 광풍이 가라앉자 지구는 막연히 테오도라 포트를 향해 분노로 들끓기 시작했다.

테오도라 매스컴들은 조심스럽게 바이오로봇 제작 결함에서 비롯된 사고 가능성을 언급했으나 지구의 일부 성급하고 보수적인 매스컴들은 대체인간이 관여된 음모설에 불씨를 지폈다. 음모설의 불길은 바티칸을 지지하는 대부분의 가톨릭 신도들과 극단적 환경주의자들, 별다른 이유 없이 어퍼리언들을 혐오하는 자들에 의하여 걷잡을 수 없게 번졌다.

## 4 ___
# 보험조사관 오선희

2449년 12월 7일

인도 뉴델리, 테오도라 포트 스페이스 고속철 플랫폼

퍼시픽인슈어런스 보험사고 조사관 오선희는 오전 10시에 출발하는 사라싱거 익스프레스에 탑승하기 위하여 9시 28분에 플랫폼 공용 모빌러 랜딩 파크에 도착했다. 서두르지 않아도 탑승에 충분한 시간이었다.

세상에서 가장 아름다운 건축물이 무엇이냐고 물어보면 대부분의 지구인들은, 비록 탑승 경험이 없더라도, 스페이스 고속철도라고 답한다.

한때 이집트 피라미드나 바빌론의 공중정원이 그랬던 것처럼 스페이스 고속철의 장엄함과 경이로움은 말문을 막히게 한다. 끝이 보이지 않은 하얀 오벨리스크가 하늘 높이 솟아 구름 사이로 사라지는 모습은 어느 시인의 말처럼 '인간이 얼마나 가슴 벅찬 존재인지'를 증명한 위대한 예술품이다.

햇빛 아래에서 그것은 백합처럼 순수한 아름다움으로 빛난다. 구름에 가려 있으면 낡은 성채처럼 겸손해 보인다. 비나 눈이 오는 날에는 강을 가로지르는 오래된 돌다리처럼 믿음직스럽다고 또 다른 시인이 찬사를 아끼지 않았다.

다행히 그날 날씨는 화창했다. 비싼 가격의 창가 좌석표를 구입한 그녀는 좋은 날씨를 간절히 바랐다. 고속철이 대기권을 벗어나면 경치는 별 차이가 없지만 눈 덮인 히말라야의 경치는 언제 봐도 환상적이다. 오선희가 8호 열차 6A에 착석하자 키가 크고 턱과 코 밑에 덥수룩하게 수염을 기른 인도계 남성 스튜어드가 미소를 띠우며 아는 체를 했다.

"오선희 씨죠. 다시 모시게 되어 기쁩니다. 올해 벌써 6번째 탑승이네요. 시원한 진토닉 한 잔 드시겠어요? 즐겨 마시는 스페인산 진에 나이로비 레몬이 준비되어 있습니다."

비즈니스 좌석의 차별화된 서비스였다. 낯선 스튜어드가 이름을 '오우 써니'라고 부르지 않고 '오 선~희'라고 비교적 정확하게 발음하는 것은 첫 번째 탑승에서 담당 스튜어드에게 주의를 주었던 것이 기록으로 남아 있는 모양이었다. 그녀는 조금 후 스튜어드가 건네준 차가운 진토닉을 홀짝거리며 어제 사무실에서 직속 상사인 보험 감독관 페드로가 부여한 새로운 임무에 관한 지시 사항을 조목조목 정리해 보았다.

"선희, 테오도라에 즉시 올라가 봐야겠어. 내일 출발할 수 있어?

하필 교황이 우리 여행보험에 가입했지 뭐야. 그것도 특별약관이래! 여행 중 모든 사고를 커버하는 거. 그동안 계속 애틀랜틱만 이용하다 모처럼 퍼시픽을 처음 이용한 건데……. 결과적으로 목숨은 잃었지만 잭팟을 터트린 셈이지. 보험금을 올해가 끝나기 전까지 바티칸에 지급해야 돼. 보험금 지급하기 전 반드시 조사관의 현장 방문이 필요한 것 알고 있지?"

전날 임무가 종료된 그녀는 내키지 않았지만 상사의 긴급 출장 요청에 동의했다. 상사들이란 도대체 왜 직원들이 단 며칠이라도 한가하게 지내는 걸 참지 못할까?

"로봇 제조사에 찾아가 다른 로봇들은 다 멀쩡한데 도대체 왜 그 놈만 미쳐 날뛰었는지 알아봐. 최종 뇌파 검사는 정상이었는지, 제조 과정에 오류가 없었는지 꼼꼼히 살펴봐야 해."

"이미 위에서는 로봇 오작동으로 확정한 것 같네요. 조사에 착수하기도 전에……, 맞아요?"

그녀의 질문에 포함된 약간의 빈정거림을 페드로는 애써 못 들은 척했다.

"아직은……. 하지만 어떤 결론이든 로봇 제조사와의 법정 싸움은 피할 수 없을 거야. 그 로봇이 소속된 딥라이너 조선소 책임자는 주피터078이라고 측량선 스키퍼 출신이야. 이주선인 스페이스필그림(Space Pilgrim)이 완성되면 그가 지휘할 거란 소문이 있어. 알고 있는지 모르지만 마리아나 트렌치 조선소그룹 건조 설비는 우리 퍼시픽에 터무니없는 보험료로 가입되어 있어. 이주선 보험 계약을 위해 일종의 미끼지."

"매스컴에서는 대체인간 쪽 음모라는 설도 있더군요. 오랫동안 대체인 신도 세례를 거부했던 융통성 없는 안젤리카를 제거하고 리버럴한 새로운 교황 선출이 가능하도록……."

"난센스! 질 낮은 매스컴의 유치한 수작이야. 외계인이 관련되었다는 헛소리도 있어. 난 로봇 두뇌 회로 오작동 가능성이 제일 크다고 봐. 명심해야 할 점이 하나 있어. 애틀랜틱에 부보된 바티칸의 시설이 한 달 후면 계약이 만료되거든. 그때 일부를 우리 쪽으로 돌릴지 몰라. 위에서 그동안 공을 많이 들였어. 회장이 2년 동안 바티칸 일요 미사에 한 번도 빠지지 않았대. 아직은 미정이니까 절대 발설하면 안 돼. 그쪽에서는 이번 건을 어떻게 처리하는가 살펴보고 결정하려나 봐. 조사 진행을 매일 바티칸에 업데이트해야 해. 회장이 이번 건은 정말, 정말 중요하니 무조건 베스트를 투입해야 한다고 했어. 알겠어, 선희?"

기분이 좀 나아졌다. 누구에게나 임무를 부여할 때 페드로는 늘 베스트 투입을 운운하지만 이번에는 특별히 회장을 언급하고 정말을 두 번이나 강조했다.

"설마 바티칸에서 조사를 간섭하겠다는 건 아니죠?"

"간섭은 아니고 교황이 죽었으니 그곳 입장도 이해할 수 있잖아? 무엇보다 그들은 어퍼리언들 수사에 마음이 놓이지 않은 것 같아. 그들보다 우리 보험회사 조사가 훨씬 믿을 만하다는 거지. 일단 내게 업무 보고할 때 같은 내용을 바티칸 국무장관에게도 전송해줘.

그가 그쪽 매스컴을 상대하고 내부 추기경들이나 대주교들에게 업데이트를 할 거야. 오선희?"

"왜요?"

"이번 건 얼마나 중요한지 잘 알고 있지? 실수하면 안 돼. 절대 안 돼!"

오선희. 그녀는 2424년 8월 세한연합 백제국, 서울 세브란스 출산센터에서 태어났다.

난자 제공자인 87세 오선애는 옛 한국의 전통나전칠기 전문가였다. 38년 전 그녀는 만약을 위해 난자 하나를 냉동 보관해 두었다. 나전이 보석보다 아름답다고 그녀는 줄기차게 주장했지만 귀를 기울이는 사람이 많지 않았고 그 수마저 꾸준히 줄어들고 있었다.

한때 나전칠기가 여성에게 값비싼 선물로 간주된 적도 있었다. 그러나 다이아몬드, 루비, 사파이어 등 지구산 보석에 뒤이어 케스메랄다, 그린보라드, 체트라, 뮤리넬 등 다른 행성 귀금속이 그 자리를 차지했다. 한국의 전통나전칠기가 자신의 대에서 끊어질 수 있음이 확실해지자 그녀는 한때 한국 나전공예에 관심이 있었던 젊은 네팔 출신 사내를 설득하여 정자 제공 동의를 받았다. 출산센터에서 정자 제공자로 그 사내를 지명한 그녀는 조건부 난자 수정을 요청했다.

그녀는 태어난 아기 이름을 오선희라고 지었고 법이 허용한 권리를 행사해 그 애가 10세 이후부터 15세 성인이 될 때까지 일주일에 한 번씩 기술 전수 교육을 실시했다. 교육 당국의 유전자 테스트 결과도 긍정적이었다. 그녀는 어린 오선희에게 한국 전통나전공예에 관한 모든 것을 하나하나 가르쳤다.

질 좋은 전복과 조개를 판별하고 자개패를 제조하는 법, 흑칠과 생옻칠 요령, 옻칠과 황토를 혼합하는 토회와 실톱을 사용하여 자개를 절삭하는 줄음질, 지짐질의 적정 온도와 물 사포법, 3단계의 옻칠과 광내기까지 몸소 실연하며 교육했다. 레이저커터 절삭과 같은 첨단 과학의 도움은 예술품의 품위를 떨어뜨린다고 엄격히 금지했다. 선천적으로 예민한 색감을 가진 그들은 빨강, 파랑, 노랑, 하양, 검정의 오방색을 혼합하여 경쟁하듯 다양한 파스텔톤 사이색을 만들었다. 몇 해가 지나지 않아 오선희의 정교함과 독창성, 색감은 오선애를 추월하기 시작했다.

그들은 공동으로 작업하여 다양한 가구와 집기, 악기, 커넥터 그리고 여러 종류의 섬유에 나전칠을 선보였다. 하지만 그들의 노력에 비해 주위의 반응은 나전공예가 주요 예술 장르로 발돋움하기에 턱없이 부족했다. 오선희가 15살이 되기 3달 전, 그들은 작품들을 모아 발표회를 열었다. 관객은 많지 않았지만 새로운 한국 전통나전 공예가의 탄생을 알리기에 충분했다. 발표회를 마친 그들은 정겹게 포옹 후 헤어졌다. 각자 길을 간 그들은 우연이라도 다시 마주치는 일이 없었다.

오선희는 선천적으로 신체에 몇 가지 특징을 가지고 있었다. 그녀는 오선애를 닮아 달걀형 얼굴 왼쪽 빰에 보조개가 있었다. 예쁘다고 할 순 없지만 차분히 살펴보면 귀여운 인상으로 15세가 되어도 얼굴은 젖살이 빠지지 않은 듯 통통했다. 얼굴만이 아니었다. 허벅지도 그랬다. 여성이 다른 여성을 처음 만날 때 가장 많은 관심을 가지고 응시하는 부위는 다름 아닌 바디라인이다.

돌도끼 시대 어두운 동굴에서도 그랬지만 우주 시대 스페이스 포트에서도 마찬가지다. 그녀의 다소 밋밋한 바디라인은 성인으로 활짝 핀 여성의 원숙한 굴곡에는 미치지 못하지만 몸에 착 달라붙는 옷을 밉살스럽지 않게 입을 수 있는 정도였다. 주위에서는 괜찮아 보인다고 했지만 그 또래 계집애들은 그런 말에 진실이 깃들어 있다고 생각지 않는다. 허벅지 군살에는 태권도가 제일 효과적이라는 소문에 태권도 도장에 등록했다. 처음 몇 달 동안 땀 흘려 노력한 결과 효과가 있는 듯했다. 신바람이 나 더욱 열심히 했으나 더 이상 나아지지 않았다. 태권도 겨루기에서는 상대를 이겨본 적이 드물었다. 두꺼운 허벅지 탓이라기보다 자신 있는 돌려차기는 동작 반경이 커 속도가 느릴 수밖에 없었고 옆차기는 본래 상대를 속이기가 불가능한 기술이다. 그 정도의 겨루기 성적이면 흥미를 잃어 도장을 그만두기 일쑤지만 애당초 태권도 고수가 목적이 아닌 그녀는 상관치 않았다. 몽고인 코치는 그녀가 중도에 포기할 의사가 없음을 눈치채고 모빌러 레이스를 관찰하면 도움이 될 거라고 조언했다.

그녀는 매일 한 시간씩 강변 레이스 트랙 스탠드에 앉아 굉음을 내며 질주하는 모빌러를 관찰하는 훈련을 했다. 처음에는 그저 스쳐 지나가는 흐릿한 모빌러 번호가 두 번째 주일부터는 또렷하게 보이기 시작했다. 두 달이 지나기 전, 질주하는 모빌러 외관의 작은 흠까지 놓치지 않았다. 그 후 태권도 겨루기에서 상대 눈빛의 미세한 변화를 읽을 수 있었다. 공격 직전에 사람의 눈동자는 반짝이며 긴장으로 수축된다. 상대 공격이 느린 구분 동작으로 보였으나 초기에는 그녀의 신체 반응이 미처 따라가지 못했다. 하지만 근육의 반응이란 두뇌 요구에 따르기 마련이다. 곧 신체 반응이 민첩해지고 정확해졌다. 점차 그녀가 이기는 횟수가 늘어났고 3년째에 들어섰을 때 그녀는 이미 주위에 맞수가 없었다. 그녀의 정확한 돌려차기는 강한 파괴력으로 소문이 났으나 그토록 염원했던 바디라인은 별 진전이 없었다.

차이니즈연방의 자금성이 유적 보호를 위해 강화 유리로 케이싱할 계획으로 그 해가 건물들을 직접 만져보거나 걸어볼 수 있는 마지막 해라는 소문에 오선희는 늦은 가을 베이징으로 향했다. 첫날 이화원을 둘러보고 이른 저녁에 숙소 근처 거리로 저녁 먹으러 나갔다. 거대한 3개 호수로 이루어진 스차하이 지역은 호수 주위가 대부분 관광객을 위한 노천 식당이었다. 그녀는 또래의 동양 여성이 홀로 한 식탁에서 검은 누들을 먹고 있는 것을 발견했다.

"검은 누들 맛이 어때?"

"짜장 누들 괜찮아. 한국인?"

"세한에서 왔어. 짜장 누들 몇 번 먹어본 적이 있어. 오선희라고 해. 반가워!"

"조혜원. 인도에 살고 있어. 이 지역은 짜장 누들로 소문난 곳이야. 인천과 차이가 거의 없어."

그렇게 만난 그녀와 조혜원은 급속히 가까워졌고 이튿날부터 자금성과 북쪽에 있는 바다링창청을 같이 쏘다녔다. 동갑나기인 조혜원은 서울에서 헬스 요가를 하다 본격적인 요가 수련을 위하여 3년 전 인도 자이푸르로 갔다고 했다. 그녀가 자신의 바디라인 고민을 토로하자 조혜원은 요가를 권했다. 요가 수강생들의 바디라인이 현격히 개선되는 것을 목격했다고 강조했다. 딱히 세한연합에 돌아가야 할 이유가 없었던 그녀는 새로 사귄 친구를 따라 자이푸르로 향했다.

자이푸르 명소였던 환상적인 핑크빛 옛 건축물, 바람 궁전이라고도 불린 하와마할은 1천개 가까운 창문으로 한때 많은 관광객을 유치했었다. 하지만 10여 년 전 지진으로 완전히 무너진 후 복원되었으나 예전의 아름다움과는 거리가 멀었다. 오랫동안 풍파에 시달렸던 섬세하고 연약한 사암 조각들은 상당수가 복원 과정 중 자연으로 돌아갔고 첨단 과학으로 카피한 새로운 창문은 시간이 흐르자 기존 창문과 풍화 속도가 달라 색상 차이가 두드러졌다. 관광객이 대폭 줄어들자 도심은 임대료가 폭락했다. 라자스탄주에서 제공한 숙소가 외곽에 위치하여 교통이 불편하자 그녀는 도심에 위치한 조혜원의 숙소 근처에 룸을 임차했다.

주 언어인 힌디어는 수면 교육으로 익히고 아직도 외곽 주민들이 흔히 사용하는 라지스탄어는 1개월짜리 언어 패치를 구입했다. 목덜미에 붙이는 언어 패치는 언어를 즉시 해독하는 장점이 있지만 수면 교육과 달리 기억에 각인되지 않고 그 효과도 기껏 일주일이다. 다행히 조혜원의 아낌없는 도움으로 3주째부터는 의사소통에 불편함이 없어졌다. 하지만 정작 힘든 것은 향료 냄새였다. 반갑지 않은 카레 냄새가 음식물은 말할 것도 없고 가구와 옷 심지어 공기에서도 진동하는 듯했다.

자이푸르에는 고대 4대 요가의 하나로서 호흡과 명상을 통한 수련으로 신체 장기 운동을 조절할 수 있다는 라자 요가(Raja Yoga)의 저명한 요기 파슈나의 수련도장이 있었다. 조혜원은 그곳에서 호흡법, 좌법, 명상법을 3년째 수련 중이었다.

이미 서울에서 하타 요가(Hatha Yoga)로 튼튼하게 기초를 다진 조혜원은 6개월 후 심장 박동을 임의로 조절할 수 있는 가장 높은 단계에 이르렀다. 동면하는 곰처럼 그녀의 심장 박동이 분당 4회로 줄어들자 급격히 하락한 체온과 최소 소비 수준의 에너지는 그녀가 며칠 동안 단식해도 몸과 마음이 거뜬했다. 오선희는 그동안 호흡을 조절할 수 있는 단계에 도달했다. 호흡 조절은 의도적으로 숨을 참는 것과 근본적으로 다르다. 호흡을 일시적으로 멈추어도 전혀 숨이 가빠지지 않는다. 사랑인지 우정인지 모호한 관계였지만 오선희와 조혜원은 요가 수련 외에도 항상 친자매처럼 붙어 지냈다.

자이푸르는 북동쪽 250km에 뉴델리가 있고 동쪽 200km에 아그라가 위치한 교통의 요지로 오래전부터 상업이 번창했다. 고속철 플랫폼이 있는 뉴델리는 토지에 대한 수요가 많았지만 자이푸르의 광대하고 저렴한 대지는 기업체 공장이나 창고에 최적이었다. 그중에서 가장 큰 공장은 마하리쉬 모빌러로 테오도라 포트에서 생산된

반제품 상태의 모빌러가 최종 조립되는 곳이었다.

오선희는 처음으로 마음에 드는 사내를 발견했다. 요가 명상센터에서 만난 그는 벵골만처럼 짙푸른 눈과 매혹적인 쌍꺼풀, 멋있는 바디라인을 갖추었다. 그 사내는 오선희가 깊은 명상에 이를 수 없는 유일한 장애물이었다. 그는 그녀가 식사를 하든 잠자리에 들든 일상의 모든 시간에 그녀의 마음 깊은 곳에서 떠나지 않았다. 마뉴엘이란 이름의 사내는 터키계 오스트리아인으로 마하리쉬 공장의 모빌러 테스트 드라이버였다.

주말이면 그녀와 조혜원은 그가 조종하는 모빌러를 타고 2시간 비행 거리에 있는 네팔 동부 산악지대에 갔다. 주로 트레킹을 하였지만 날씨가 좋으면 7천m 가까이까지 오르기도 하였다. 조혜원과 마뉴엘은 가끔 고산병에 시달렸지만 희한하게 오선희는 아무렇지도 않았다. 최고봉인 에베레스트도 무산소 등정이 가능할 것 같다고 현지인들이 말하자 그녀는 창조주가 착각하여 야크의 바디라인과 폐, 심장을 주었으며 그가 원하면 언제든지 돌려줄 용의가 있다고 대꾸했다.

가끔 마뉴엘은 히말라야 고봉 사이를 절묘하게 스치듯 비행하거나 수직으로 회전 하강하는 곡예비행으로 그녀들을 감동시키려고 했다. 조혜원은 마치 놀이동산 롤러코스터를 탄 듯 깔깔거렸지만 모빌러 레이스를 한동안 매일 관찰한 적이 있었던 오선희는 무덤덤했다. 하지만 마뉴엘이 마음에 걸려 환호에 동참했다. 마뉴엘은 여러 가지 비행 기술을 뽐내며 다음해 5월에는 세계 3대 모빌러 곡예 비행단 중 하나인 블루호크팀 입단 테스트를 치를 거라고 포부를 밝혔다.

자이푸르에 정착하고 9개월째인 7월은 더위가 한풀 꺾이는 때이지만 연중 강우량의 절반이 넘는 비가 내린다. 유달리 폭우가 쏟아진 어느 날, 조혜원이 외출한 사이 마뉴엘이 찾아왔다. 폭우로 조혜원의 귀가가 늦어지자 오선희의 권유로 그가 그녀의 숙소에서 같이 조혜원을 기다리기는 시간이 그녀 마음을 고백할 수 있는 절호의 기회라고 그녀는 생각했다.

그녀의 룸에 들어서자마자 마뉴엘은 실망스럽게 조혜원에 관한 이야기를 꺼내기 시작했고 조혜원이 돌아와 그녀의 룸을 떠날 때까지 멈추지 않았다. 그가 조혜원과 함께 밤을 지새우고 있을 때 홀로 남은 오선희의 가슴은 무너져 내렸다. 그날은 한밤중까지 비가 1백 mm 넘게 내렸다. 그녀는 억세게 퍼붓는 비와 볼품없는 자신의 바디라인을 탓했다. 짝사랑이었지만 첫사랑이었기에 마음의 상처는 견딜 수 없이 쓰라렸다.

마뉴엘이 조혜원과 밤을 지새운 후부터 둘은 동거를 시작했다. 그때부터 오선희는 주말에 갖은 구실로 모빌러 탑승을 피했고 그들도 성의껏 권하지 않았다. 영원할 것 같았던 그들의 동거는 12월 중순에 싱겁게 끝났다. 이듬해 1월 말, 수련을 마친 조혜원은 이스탄불에 요가 수련원을 개장하겠다고 자이푸르를 떠났다. 조혜원이 떠난 후 마뉴엘이 찾아와 오선희는 예전에 3명이 몇 번 간 적이 있었던 카트만두 북쪽에 있는 포카라로 향했다. 다음날 마나슬루 트레킹에서 돌아오는 도중 그는 오선희에게 진지하게 사귈 의향이 있는지 물어보았다.

"마뉴엘, 우리 그냥 친구로 남아 있자."

"왜, 혜원이 때문에?"

"넌 내 타입이 아니야. 사실 난 푸른 눈에 알러지가 있어. 게다가 내가 제일 실망한 것은……."

"언제는 푸른 눈이 제일 마음에 든다고 하더니…… 뭐야? 뭐가 제일 실망스러워?"

"네 형편없는 비행 솜씨! 지루해서 혼났어. 어떻게 그런 실력으로 블루호크에 입단하려고 해?"

"지난번에…… 재미있어 하지 않았어?"

"재미있어 한 건 혜원이야. 난 지루해서 내리고 싶었어! 회전은 병든 거북이처럼 느리고……."

두서가 없었고 과장이 섞였지만 그녀는 자신이 상처받았던 만큼 그에게 되돌려주고 싶었다.

"보르텍스 턴에서 5회 루프 후 5회 스핀 턴이 테스트 드라이버 미니멈이라고 했지. 맞아?"

"그래. 그게 마하리쉬 모빌러 테스트 드라이버의 커트라인이야. 그래서?"

"그 정도는 나도 할 수 있어. 사실 너보다 훨씬 잘할 수 있어. 스핀을 10회 이상."

다음날 늦은 오후에 마뉴엘은 그녀를 시뮬레이터에 앉히고 안전벨트를 채웠다.

"고도 7km야. 루프와 스핀 외는 모두 자동 비행 프로그램으로 설정했어. 큰소리친 대로 루프하고 스핀을 해봐. 난 밖에서 외부 모니터로 볼게."

오선희가 테스트 중에 먹은 것을 토해낼 거라고 예상한 그는 일부러 그녀 옆 좌석을 사양했다. 그녀는 레버를 잡고 루프 회전을 시작했다. 5회 회전이 끝나고 기체가 지상을 향하여 수직 상태가 되자 약간의 어지러움을 느꼈다. 곧 정신을 가다듬고 핸들을 잡은 채 스핀에 들어갔다. 턴이 8회를 넘어가자 속이 약간 메스꺼웠다. 그녀가 정확히 스핀 턴 10회를 마쳤다. 얼굴이 빨개진 마뉴엘은 할 말을 잃었다. 그녀를 숙소에 데려다주는 동안 그는 한마디도 하지 않았다.

공장 인사팀장이 월요일에 오선희를 방문하여 정중히 공장 내 의료시설로 안내했다. 검사 결과 그녀 몸에는 고산족 특유의 변이된 PPARA 유전자가 다량 발견되었다. 평지에 사는 사람들은 지방을 분해하여 에너지원으로 사용하는 반면 산소가 희박한 고산지대의 티베트인이나 안데스 잉카 후예는 지방에 비해 훨씬 적은 양의 산소가 소요되는 포도당을 분해하여 에너지로 사용한다.

오선애에게 정자를 제공한 네팔 사내는 셰르파로 잘 알려진 혈통으로 당연히 고산족 특유의 신체 대사 메커니즘을 가지고 있었다. 게다가 오선희는 어떤 조건에서도 탁월한 평형감각을 유지할 수 있는 초대형 반고리관과 전정기관을 귓속에 가지고 있었다. 의료팀장은 모빌러 테스트 드라이버에 이상적인 체질이라고 평가했다. 그녀는 생애 처음 직업다운 직업을 가진다고 생각하며 계약서에 사인했다. 테스트 드라이버 보수는 예상보다 훨씬 많았다.

테오도라 포트 바그다드시티에 소재한 마하리쉬 본사의 모빌러 신형 모델은 스페이스 포트의 고도 제한 때문에 출시 전 반드시 지구 상공에서 테스트 비행이 이루어졌다. 입사 후 반년 동안 테스트 비행에 익숙해지자 본사 개발팀 엔지니어들에게 테스트 비행 피드백 제공이 그녀의 주 업무가 되었다. 그녀는 정기적으로 본사를 방문하여 실험실 시뮬레이터 데이터 수정 작업에 참여하였다. 입사 1년이 지나자 그녀는 회사의 진지한 권고를 받아들여 마하리쉬 브랜드를 달고 각종 모빌러 레이스에 참가하였다.

새로운 임무에 대한 집중력과 특이한 체질 덕분에 그녀는 불과 몇 달 만에 A급 레이스 드라이버로 도약했다. 첫해 메이저 레이스에서 우승하지는 못했지만 톱 5에서 빠진 적이 한 번도 없었던 그녀는 다음 해에 모든 모빌러 드라이버들의 꿈인 블루호크 곡예비행팀에 입단했다. 최연소 멤버인 그녀의 타고난 재능은 곡예 부분에서 더욱 빛을 발했다. 비록 레이스만큼 대중의 각광은 받지 못하지만 훨씬 정교한 비행 기술이 요구되는 곡예비행은 전문 드라이버들 중에서도 최정상급 고수들만의 영역으로 인정받는다. 동료들은 어린 그녀를 피어리스 써니라고 불렀다.

마하리쉬 테스트 드라이버팀은 5명의 여성과 유일한 남성인 마뉴엘, 총 6명으로 구성되었다. 그들은 가끔 자이푸르 도심 외곽에 있는 호텔 핑크시티에서 왁자지껄한 파티를 열어 긴장을 풀고 팀워크를 다졌다. 한창 파티가 무르익고 초대받은 남성들이 등장할 즈음엔 마뉴엘이 살며시 자리를 떴다. 스트레스 해소에는 자극적인 섹스가 그만이라고 알려져 누구도 거부하지 않았다. 자주 초대를 받는 사내들 중 발기를 자유자재로 조절한다고 소문난, 아라비아 종마 제바는 값이 좀 비쌌지만 인기가 최고였다.

수석 드라이버로서 팀을 이끄는 발레리아는 그를 아꼈으나 동료들과 즐거움을 나누는 것에 인색하지 않았다. 제바에 대한 소문을 듣고 호기심이 발동한 오선희는 그를 예약하고 나름대로 준비했다. 예전에 오선애는 타인을 몸속에 받아들이는 행위는 신중해야 한다고 귀가 따갑게 말했지만 그녀는 별로 마음 쓰지 않았다. 하지만 첫 번째 경험만은 의미 있는 상대하고 치르고 싶었지만 마뉴엘 이후 생각을 바꿨다.

오선희는 의료실에 들려 질확장제 캡슐 3개를 받았다. 섹스 개시 10분 전에 복용하면 전혀 즐거움에 지장이 없다고 의료 스태프가 말했다. 룸에 들기 1시간 전에 그녀는 긴장을 풀기 위해 럼주를 연거푸 3잔 들이켰다. 10분 전에는 그래도 약간의 긴장이 남아있는 듯하여 캡슐과 함께 럼주 한 잔을 추가로 들이켰다. 침대에 벌거벗고 눕자 황금색 소용돌이무늬 티셔츠를 입은 제바가 웃으며 올라왔다. 한국계는 처음이라고 했다.

검은 가죽 바지를 벗어 내린 그가 거대한 성기를 꺼내 자랑하자 오선희는 후회하기 시작했다. 암만해도 제바의 성기가 지나치게 큰 것 같았다. 히말라야 고봉과 지상 몇 km 상공의 곡예비행에도 두려움을 느끼지 않았던 그녀는 지상 1m 침대 위 첫 섹스에 겁이 덜컹 났다. 제바가 그녀의 벌거벗은 몸 여기저기 어둡고 축축한 부분을 혀로 핥자 몸은 경직되고 침에 적셔진 부위가 불쾌하게 느껴졌다. 럼주를 몇 잔 더 들이켜야 했었나 후회하는 순간 제바가 그녀 허벅지 사이에 성기를 들이밀었다. 참을 수 없는 통증이 몰려오자 그녀는 뒤늦게 질확장제 캡슐이 알코올에 중화되어 효과가 없음을 깨달았다. 그녀는 제바에게 멈춰! 멈추라고! 소리쳤지만 그녀의 반응을 오해한 그는 아랫도리에 더욱 힘을 가했다.

그녀는 누운 채 오른손을 뻗어 제바의 턱을 쳐올렸다. 본능적인 일격은 의도된 가격이라기보다 반사 반응이었다. 둔탁한 소리와 함께 의식을 잃은 제바의 입이 피투성이로 변했다. 응급 모빌러에 실려 가기 전에 그는 의식을 되찾았지만 겁에 질려 눈을 뜨지 못했다. 금이 간 턱 위아래 치아 대부분이 깨졌고 혀는 반쯤 찢어졌다. 마하리쉬 테스트 드라이버 팀원 중 누구도 그녀의 폭력적 반응을 이해하지 못했으며 그녀가 과거 태권도 고수였음이 화제가 되었다. 며칠 후 그녀는 마뉴엘의 중재로 제바를 만나 사과하고 합의를 보았다. 반년치 연봉이 고스란히 위로금으로 날아갔다.

제바의 턱에 금이 간 지 21일째 날, 아침 일찍 오선희는 신형 모빌러 모델 P23의 두 번째 테스트 비행에 나섰다. 전날 비행은 지상 11km 대류권 계면 고도에서 성공적으로 이루어졌다. 그날은 지상

2km 순항 저고도 상공에서 이루어질 예정이었다.

8시 정각 자이푸르 상공에 솟아오르자 저 멀리 동쪽 옅은 안개 속에서 타지마할이 하얀 대리석의 우아하고 신비스러운 자태를 드러냈다. 허공의 적막 속에서 그녀는 서두르지 않고 지상 모니터 커넥션을 테스트를 한 후 스파이럴 턴을 준비했다.

크게 루프를 그리며 상승하다 점점 반경을 줄였다. 마지막 루프 반경은 60m에 불과했다. 상승이 완료되자 그녀는 기체를 수평으로 유지하며 숨을 돌리고 보르텍스 턴을 준비했다. 고도계는 3km에 조금 미치지 않았다. 스파이럴 턴과 반대로 루프를 반복하며 하강하다 수직 스핀 턴으로 마감할 계획이었다. 최종 루프가 끝나고 수직 스핀 턴을 시작하는 순간 그녀는 기체가 심하게 요동치는 것을 느꼈다. 즉시 턴을 중지하였지만 기체는 이미 제멋대로 회전하며 곤두박질치기 시작했다.

조종석 모니터에 의하면 동체 하부 왼쪽 삼각익 전면부가 이탈하였으나 분리되지 않고 동체에 매달려 스피드 브레이크 역할을 했다. 스로틀을 당겨 기수를 수평으로 유지하려 했지만 문제가 생긴 삼각익이 오히려 기체 균형을 잡는데 방해가 됐다. 기체는 드라이버가 의도한 수평 대신 꼬리를 밑으로 추락 중이었다. 기체를 탈출하지 않을 경우 안전장치는 안전버블뿐이지만 추락 시 안전을 보장하기에는 턱없이 부족했다. 스로틀을 강하게 당겨 다시 기체의 수평유지를 시도하였으나 모빌러는 성깔 있는 야생마처럼 복종을 거부했다.

기체의 움직임을 종잡을 수 없자 그녀는 패닉 상태에 빠졌다. 테스트 드라이버의 짧은 평균 근무연수가 떠오르자 그녀는 신중한 검토 없이 직업을 결정한 것에 대하여 뒤늦게 후회했다. 비명을 지르며 의식을 잃은 그녀는 모빌러 꼬리 부분을 지상으로 향한 채 심한 충격과 함께 암베르 성 마오다 호숫가에 충돌했다. 만약 모빌러 앞부분으로 지상에 박혔으면 안전버블에도 불구하고 그녀는 결코 살아남지 못했을지도 모른다.

병원에 입원한 지 6일이 되는 날 보험회사 감독관이라 칭하는 자가 그녀를 찾아왔다.

"오선희 씨, 몸이 좀 어때요? 그만하길 정말 천만다행입니다. 퍼시픽인슈어런스 감독관 페드로라고 합니다. 마하리쉬 모빌러 사고건은 전부 저희가 담당하고 있지요."

작은 키에 비만한 몸매, 설익은 베이컨 같아 보이는 볼을 가진 그는 마감처리를 깜박 잊은 채 진열대에 올려놓은 밀랍인형을 생각나게 했다.

"조사가 벌써 끝났나 보죠? 원인이 밝혀졌나요? 디자인 문제였나요? 아니면 부품 결함?"

온몸이 치료 케이스에 갇혀 있지만 충돌할 때 헬멧을 착용한 채 안전버블에 감싸인 두뇌만은 별 이상이 없었다. 얼굴을 케이스 밖으로 내놓은 그녀는 대화하는 데 큰 불편함이 없었다.

"아뇨, 그게 아닙니다. 개인적인 견해지만 사고 원인이 밝혀지지 않을지도 모릅니다. 더 조사가 필요하겠지만 제 직감으로는 제바와 연관 있지 않나 싶습니다. 한쪽 삼각익 리벳이나 볼트 조임 상태를 보면 오선희 씨를 죽일 생각은 아니었고 제바와 똑같이 혼만 좀…….”

“비행 전 기체 상태가 완벽하지 않으면 그린 라이트가 켜지지 않아요. 라이트가 켜져 있지 않으면 애당초 엔진에 시동이 걸리지 않는다고요. 그쯤은 알고 계시죠?”

“완벽한 상태의 기체와 거의 완벽한 상태의 기체는 임신과 거의 임신만큼 차이가 난답니다.”

그는 거의 완벽한 상태의 기체가 어떻게 스캐너를 통과할 수 있는지 대여섯 사례를 소개했다. 그런 일은 반드시 테스트 드라이버 간 불화가 있을 때 발생하였다고 덧붙였다.

“설마…… 그 소식을 전해주려고 이렇게 방문하신 건 아니겠죠?”

“상해보험은 특약 조건 없이 기본만 가입하셨더군요. 오선희 씨처럼 부상 등급이 B3 이상일 경우에는 회복 후에도 원직 복귀가 어렵습니다. 기껏해야 내근직이죠. 알고 계시죠?”

각오는 하고 있었지만 소식을 팀장이 아니라 보험회사 감독관이란 자에게 들으니 불쾌했다.

“그게 당신하고 무슨 상관입니까? 제가 왜 그런 말을 보험회사 감독관에게서 들어야 하죠?”

언성을 높인 그녀는 최대한 불친절하게 되받았다.

“차라리 이번 기회에 직업을 바꿔 보시는 게 어떨까 해서요. 회복 후 당사 보험사고 조사관을 맡아주셨으면 합니다. 기본보수는 지금보다 15% 정도 높고 별도로 인센티브 프로그램이 있습니다. 무엇보다 업무가 주로 지상에서 이루어지기 때문에 추락해도 상처의 급이 다르지요."

그는 그걸 재치 있는 농담이라고 생각한 듯 미소를 지었다. 꼬리를 흔들며 칭찬을 기다리는 강아지처럼 그녀의 반응을 기대하고 있었다. 뜻밖의 제안에 그녀의 목소리는 즉시 호전적에서 중립적으로 기어를 바꿨다.

"왜 제가 조사관에 적격이라고 생각하시죠?"

"최근 모빌러 관련 보험사건이 급증하는 추세랍니다. 선발 기준에 오선희 씨가 딱 들어맞아 제가 직접 추천했지요. 오선희 씨가 끝까지 기체를 포기하지 않았던 것에 채용위원들 모두 강한 인상을 받았고요."

그녀는 그가 동의를 구하지 않고 자신의 유전자 분석을 해보았을 것 같다는 의심이 들었다.

"전직 제안…… 지금 즉시 확답이 필요한 건 아니죠? 생각해 보겠습니다."

"물론 그래야겠지요. 그렇지만 치료가 완료되기 전 결정을 하신다면 오선희 씨에게 매우 유리할 수 있습니다. 회사 비용으로 신체를 업그레이드할 수가 있거든요. 새 바디라인이라든가……."

마뉴엘과 제바! 남자 동료들은 전원 문병을 왔다. 하지만 여성 동료는 한 명도 병실에 나타나지 않아 그녀의 결심을 쉽게 만들었다.

# 5

# 수상한 화물

2449년 12월 8일

스리랑카 최북단 자프나 항구, 해양동물센터

옷차림이 세련된 두 남자가 해양동물센터의 책임자 니몽을 찾았다. 자신을 케빈이라고 소개한 키 큰 사내는 정장이 몹시 불편한 듯했다. 값비싼 아르마니를 반듯하게 갖춰 입은 채 사우나를 하는 표정이었다. 비가 잦아들긴 했지만 고온에 습도는 여전했다. 역할을 분담한 듯 키 큰 사내가 말을 도맡아 했다. 다부진 체격에 스핑크스처럼 입을 꾹 다문 다른 사내는 부산하게 눈을 굴리며 주위를 두리번거렸다. 그들은 며칠 전 니몽에게 통보한 대로 모빌러 화물칸에 모종의 특수 사료를 싣고 왔다.

"니몽 씨, 테오도라로 향할 범고래들이 준비되었다고 연락을 받았습니다. 그렇습니까?"

"요청하신 대로 모두 길이는 8m를 넘지 않고 8t이 초과하지 않은 젊은 놈들로 준비했습니다. 포획한 총 28마리 중에서 가급적 같은 무리로 골랐지요.”

“수고하셨습니다. 아무것도 먹이지 않았겠죠?”

“물론입니다. 3일 전에 포획한 후 먹이를 전혀 주지 않았거든요. 매일 2백kg 이상 먹던 놈들이라 지금은 어미라도 뜯어먹으려 할 겁니다. 사료는 가져오셨지요?”

“오징어에 화학물질을 약간 첨가했습니다. 일종의 안정제지요. 고래를 고속철로 운송하는 것이 처음일 테니까 만약을 위해서죠. 멸종동물일 텐데 반출 허가는 별문제 없었습니까?”

“테오도라 포트의 아쿠아리움 수질이 벵골만 수질보다 범고래 건강에 훨씬 좋을 거라고 했지요. 게다가 수입처에서 반입 신청 사유를 워낙 그럴듯하게 작성하여…… 범고래 인공번식을 위한 연구용이라고 했더군요. 테오도라 환경처에서 전혀 문제가 없다고 확인서를 발급했으니 위쪽 세관에서도 일사천리로 통관될 것입니다.”

“우리가 떠나면 즉시 먹이를 주세요. 약효는 한두 시간 후에 나타나니 그 후에는 수면이 방해받지 않도록 주의를 기울여야 합니다. 수송용 모빌러는 준비되었나요?”

“벵골만의 짭짤한 물을 가득 채운 특수 화물 모빌러 6대가 대기 중입니다. 내일 밤에 출발하는 화물열차에 여유 있게 맞출 테니 마음 놓으셔도 될 겁니다. 단지 화물보험에서는 고속철로 그렇게 큰 바다 포유류를 운송해 본 적이 없다면서 거절하더군요. 하지만 걱정하지 마십시오. 고속철 화물부서에서 모두 팔팔하게 테오도라 터미널에 도착할 거라고 장담했으니까요."

그들은 니몽의 안내로 수조에 수영하고 있는 바다의 폭도, 킬러 고래라고도 불리는 흰줄박이돌고래 6마리를 확인했다. 바다 포유류 중 지능이 높고 가장 사나운 생명체로 알려졌다. 검은색 통통한 윗몸에 배면과 눈 주위가 하얀, 케빈처럼 젊고 사나운 바다의 무법자들이다. 그들은 스페이스 포트로 긴 여행을 떠나기 전 지구에서 마지막 식사를 할 것이다.

케빈은 모빌러 화물칸에서 특별히 처리된 사료 컨테이너가 하역되는 것을 초조하게 지켜보았다. 스페이스 포트 통관절차는 까다롭기로 유명하다. 승객들은 아무 제한이 없지만 고속철로 반입되는 동식물은 지구와 다른 포트 생태계 때문에 포트 환경처의 엄중한 검사를 받는다. 무기류나 폭약, 화약 등은 수입이 금지되었을 뿐 아니라 지구에서 출발한 모든 생산품이나 생명체는 정밀 스캔하여 조금이라도 위험 요소가 발견된 경우에는 통관을 불허한다. 테오도라 세관 당국이 범고래들을 어떻게 할지는 두고 봐야겠지만 케빈은 크게 걱정하지 않았다.

20여 년 전에 유럽 대륙은 새로운 식물 전염병이 유행했었다. 광합성 엽록소를 파괴하는 식물에 치명적인 전염병이었다. 독일 마인츠에 위치한 막스플랑크화학연구소에서 곧바로 전염병 퇴치용으로 새로운 물질인 MFV724을 합성해냈다. 농약으로 약효는 뛰어났으나 그 물질은 금속류를 급속히 부식시키는 치명적인 단점이 있었다. 막스플랑크연구소는 새로운 농약용 금속부식방지 첨가제 개발을 뮌헨 공대에 의뢰했다. 당시 뮌헨 공대 재학 중이었던 다부진 체격의 무뚝뚝한 사내와 동료 실습생 6명은 3개월 후, 농약의 약효는 약간 감소하지만 금속에 안전한 화학첨가물인 수소화붕소 화합물을 찾아냈다. 하지만 이미 계절의 변화로 식물 전염병은 자취를 감추었고 막스플랑크연구소에서는 뒤늦게 금속에 안전한 새로운 버전을 개발해 냈다. 그 후 MFV724는 모두에게 잊혀졌다.

케빈은 10일 전 커넥터를 통하여 2L 용량, 30일 표준형 액화 유예 기간 랑가우 멤브레인[9] 60개를 BDS(바바리언 디스포서블 신세틱스)사에 주문했다. BDS사는 무엇보다 원재료 소재지와 제품 주요 소비처가 지구였기 때문에 생산비가 저렴한 스페이스 포트로 이주하지 않은 대표적인 제조업체들 중 하나이다.

예전의 석유계 합성수지를 대체한 랑가우 멤브레인은 합성 단백질이 주요 원재료로 일정 시간이 지나면 순간적으로 발효해 액화되었다. BDS사는 정규 랑가우 포장 용기 외 고객의 요구에 따라 맞춤형 용기를 생산하였다. 4일 전에 랑가우 포장 패키지 60개를 독일 뮌헨 루트비히 공장에서 인도받은 케빈은 화물용 모빌러를 조종하여 헝가리 부다페스트 외곽에 위치한 이름 없는 농약 제조업체를 방문했다.

헝가리 부다페스트 외곽의 한 이름 없는 농약 제조업체는 오래전부터 주 제품인 농약이나 제초제 외에 정체가 모호한 고객들을 위하여 각종 화학제품을 주문대로 합성해 주었다. 제품 성분이나 용도를 따지지 않고 흔적을 남기지 않는 대신 요구하는 비용은 매우 비쌌다. 당국과 적당한 우호 관계를 유지하였지만 불법성이 적발되면 즉시 폐업하고 얼마 후 인근에서 다시 운영을 재개했다.

케빈이 화물 모빌러에 싣고 온 60개 랑가우 멤브레인에 MFV724를 진공 주입하기 전에 다부진 체격의 사내는 샘플을 채취하여 금속 부식성을 테스트하였다. 만족한 그들은 모든 주입 작업이 완료되자 농약 업체를 떠나 동남쪽으로 모빌러의 기수를 돌렸다. 대륙을 가로지르는 장거리 비행이었다.

다음날 오전 10시 케빈과 동승자는 스리랑카 남쪽 해안인 마타라 항구에 도착했다. 해안에서 동쪽으로 한참 떨어진 한 허름한 창고 수조에는 주문한 싱싱한 오징어가 가득했다. 2명의 남자가 조심스럽게 60개의 랑가우 멤브레인 표면에 오징어를 잡아 묶는데 4시간 30분밖에 걸리지 않았으나 하루 일당을 온전히 받고 기쁨에 들떠 미소를 감추지 않았다. 케빈과 동승자는 오징어가 묶인 60개의 랑가우 멤브레인을 화물 모빌러에 싣고 북쪽 자푸나에 위치한 해양동물센터로 출발했다.

방금 거친 섹스를 마친 사내의 털북숭이 가슴이 잦아든 호흡과 함께 평온을 되찾았다. 기다림의 초조함에는 섹스보다 나은 처방이 없다. 게다가 지구에서의 마지막 밤이 아닌가. 카림은 자신에 비해 한참 어린 스테판을 4개월 전 처음 만났지만 몇 년 동안 사랑을 나눈 관계처럼 편안함이 느껴졌다. 신뢰가 없다면 결코 마음이 편안해질 수 없다. 형제에 대한 신뢰가 부족하여 팀워크에 구멍이 생기면 창조주의 도움도 어쩌지 못하는 경우가 허다하다는 마스터 루비오의 가르침이 떠올랐다.

"스테판, 개인적인 거 하나 물어봐도 돼?"

"뭐든지."

"무장사제 선발 말이야. 카즈베기에서 무슨 일이 있었어? 난 그쪽엔 전혀 문외한이어서……."

"처음 바티칸에서 무장사제 파견을 요청하자 대부분의 수도회에서는 마지못해 할당받은 무장사제나 수도승들을 파견했어. 그런데 코카서스 지방 카즈베기 수도원에서는 좀 달랐어. 그 수도원은 오랜 기근에 폐원 직전으로 40명 수도승들에게 하루에 한 끼 제공하기도 벅찼어. 바티칸의 요청이 알려지자 수도승 전원이 지원했대. 뽑히지 못한다면 굶어 죽기 십상이었거든. 입장이 난처해진 수도원장은 무장 수도승 선발을 절대자에게 맡기기로 했어. 수도승 전원에게 균등한 기회를 제공하겠다고 약속한 그는 수도승 각자에게 3일치 식량을 지급하고 2인씩 조를 짜게 한 후 깊은 산속에 풀었어. 한 달 후에 수도원으로 돌아온 4인은 천하무적이었지. 특이하게 4인의 수도승은 돌아오지 못한 수도승의 무예적 특성을 대부분 익혔음이 밝혀졌어. 손도끼를 잘 쓰는 한 수도승은 자신의 운명을 선택한 후, 형제 수도사들에게 자신의 몸에 손도끼 시범을 보이며 기술을 전수했다고 알려졌어. 창조주에 대한 완벽한 믿음과 형제 수도승에 대한 뜨거운 헌신이 없었다면 그런 희생은 불가능하지. 카즈베기 수도원 사연에 깊은 감명을 받은 바티칸은 아예 그곳에 참민음 수호사제 선발을 맡겼어. 하지만 요즘은 옛날처럼 경쟁이 치열하거나 형제 수도승이 자신의 무예를 전수해 주는 전통은 사라졌어."

내키지 않아 마지못해 설명하던 스테판은 커넥터 울림을 핑계 삼아 카림의 팔을 풀고 상체를 일으켜 세웠다.

"니몽이야. 범고래들이 예정대로 고속화물편으로 테오도라 포트를 향해 출발했대. 내일 고속철을 놓치지 않으려면 우리도 곧 이곳을 떠나야 해."

스테판이 카즈베기에서 몇 명의 형제들과 경쟁하여 수호사제가 되었는지 궁금했지만 카림은 더 이상 묻지 않고 샤워실로 향했다.

## 6 ___
# 예기치 않은 위협

2449년 12월 10일

테오도라 포트 바그다드시티, 루터슈타트가 오선희 숙소

오선희는 커넥터에서 울리는 오선애의 목소리에 눈을 떴다. 오전 10시까지 상하이시티에 도착하려면 좀 서둘러야 한다. 두 달 전 페드로의 권유로 교체한 황금색 팔찌 커넥터는 그녀의 움직임이 없자 볼륨이 더욱 커졌다. "서두르지 않으면 바그다드시티 9시 모노트램을 놓칠 수도 있어"라는 말에 상체를 일으킨 그녀가 "알았어, 일어나잖아"라고 중얼거리자 알람이 잠잠해졌다.

20대 신체조건이 포트 여행에 최적이라지만 도착 후 단 하루의 휴식도 없이 업무를 개시하기란 그녀에게도 벅찬 일정이었다. 하지만 베스트 투입을 두 번씩 운운한 페드로가 머리에 떠오르자 오선희는 내켜 하지 않은 몸을 일으켜 세웠다.

샤워 중 거울에 비친 하체 바디라인은 예전과 다름이 없었다. 30

개월 전 서비스 계약 때 특별 인센티브로 페드로가 바디라인 교정을 권유했지만 그녀는 딱 잘라 거절했다. 무엇보다 제바 관련 쓰라린 경험과 추락사고 충격은 섹스에 대한 호기심을 환멸로 바꿔놓았다. 신기하게도 그녀를 오랫동안 귀찮게 했던 바디라인 콤플렉스가 눈이 녹듯 사라졌다.

전반적인 신체 업그레이드, 사이보그화는 대다수 자연인들처럼 질색이었지만 시력 보강에는 동의했다. 정밀한 비주얼 이미지를 위한 망막간상세포를 2억4천 개, 원추세포를 1억4천 개로 증가시키고 이미지 해석과 안구 활동 속도를 제어하는 대뇌 후두엽 시각 코르텍스와 중뇌 세포를 강화했다.

의료 처치가 끝나고 몇 차례 훈련을 마치자 운행 중인 모노트램 창을 통하여 반대편에 지나치는 모노트램 조종사 옆모습을 정확히 스케치할 수 있을 정도였다. 마하리쉬 테스트 드라이버 시절 그곳을 숙소로 정한 이유는 단지 회사와 가까웠기 때문이었지만 이직 후 보험사 직원으로 마하리쉬 본사를 계속 출입하게 되어 예전 숙소를 그대로 유지하였다. 임대료는 다른 곳에 비해 약간 비쌌지만 1인용 숙소로는 실내가 넓은 편이었다.

상하이시티 뮤란가 3호 정류장에서 모노트램을 내린 오선희는 공용리프트로 갈아탔다. 13분 동안 9곳에 정지하며 수직 상승한 후, 그녀는 베이스 고도 4km에 위치한 딥라이너 조선소 관리사무실에 9시 52분에 도착했다. 나이를 가늠하기 어려운 매혹적인 직원이 마중을 나왔다.

"오선희 씨죠? 반갑습니다. HB 블랑쉬, 친구들은 허니스위트 블랑쉬라고 부르죠. 주피터와 할리나를 돕고 있습니다. 동양인이시네요. 전 혹시 인도 인디언계가 아닐까 생각했었는데."

묘하게 눈을 흘리며 웃음 짓는 모습이 유혹하는 것처럼 보였다. 짧은 울 스커트 밑의 곧게 뻗은 다리 선은 그녀가 한때 몹시 갖고 싶어 했던 바디라인임이 분명하다. 이런 타입은 항상 주위 모든 사람들이 자신에게 눈독을 들이고 있다고 믿고 있다.

"곧 할리나가 내려올 겁니다. 주피터는 우주항해청의 회의가 길어질지 모르겠다고 연락이 왔네요. 할리나가 도착하면 더 자세하게 알 수 있겠죠. 홍차 좋아하세요? 자연산 다즐링이 있는데 잎 차로는 최상급인 세컨드 플러시랍니다."

오선희가 몹시 좋아하는 자연산 다즐링은 요즈음 인도 현지에서도 구하기가 쉽지 않다. 그중에서도 매혹적인 머스캣 포도향으로 유명한 밝은 오렌지색 세컨드 플러쉬는 극히 드물어 부르는 게 값이다. 그녀가 차를 음미하는 동안 블랑쉬는 입을 쉬지 않았다. 실크 씨스루 블라우스에 가려진 풍만한 가슴은 그녀가 제스처를 취할 때마다 비좁은 공간에서 뛰쳐나오려고 바둥거리는 듯 보였다.

"보험회사 조사관은 처음인데요. 한때 모빌러 테스트 드라이버를 하셨다면서요? 어떻게 전직하게 된 거죠? 어떤 게 더 재밌어요? 테스트 드라이버하고 보험사고 조사관하고."

사교적 대화에 지극히 서툰 오선희가 적당한 회피성 대답을 찾느라 비지땀을 흘리고 있을 때 주피터의 법률 컨설턴트이자 그의 파트너로 알려진 할리나가 등장하여 구원해 주었다.

"오선희 씨? 반갑습니다. 할리나에요. 좀 늦는 바람에 허니스위트에게 고문을 당하셨겠네요. 그러나 어떡하죠? 주피터는 우주항해청에 긴급 소환되어 오늘은 불가능할 것 같습니다. 언제 끝날지 모르겠대요. 딥라이너 조선소 법률대리인인 제가 대답하면 안 될까요?"

낭패였지만 어쩔 수 없었다. 그들은 사건 관계자이기도 하였지만 또한 주요 고객이지 않은가. 하지만 사건 조사 매뉴얼에 따르면 몇 개 항목만은 반드시 본인 면담이 필요하다.

"포트 당국 수사기관의 움직임은 어떻습니까? 지구에서는 크게 두 방향으로 사건을 주시하고 있다는 것을 알고 계시죠? 기계적 결함으로 바이오로봇이 미쳐 날뛰었는지 아니면 대체인간의 의도적…… 계획적 음모가 아닌지. 애석하게도 주피터의 입장은 두 부분에 모두 걸쳐 있습니다. 그 미친 로봇이 하필이면 주피터078의 작업장 소속이었고……."

"우리도 주피터의 미묘한 처지를 잘 알고 있습니다. 하지만 테오도라 수사기관은 완전히 로봇의 제작 결함 쪽이지요. 어퍼리언들은 어떤 분야에서든지 대체인간의 준법성, 도덕성이나 정의감에 대하여 함부로 의심하지 않습니다. 수사당국에서는 자연인이나 대체인이나 용의 선상에 있지 않다고 결론 내렸고 로봇의 오작동 문제 같으니 제조업체와 바티칸 그리고 보험회사 간 협의를 권고하더군요.

그게 안 된다면 민사소송밖에 없겠지요."

어처구니가 없었다. 테오도라 포트에서 최초로 발생한 VIP 사망 사건인데…… 지구에서는 교황이 피해자라면 경미한 교통사고라도 이렇게 처리하지 않는다. 페드로가 언급한 테오도라 수사팀의 무능, 무성의에 대한 바티칸의 우려가 충분히 이해됐다.

"교황이 사망했는데 테오도라 수사 당국이 벌써 그렇게 내부 방침을 정했다는 것은 충격입니다."

"오선희 조사관은 혹시 과거에 대체인간과 같이 일해 본 경험이 있습니까?"

"몇 번 지나치기는 했지만 같이 근무한 적은 한 번도 없었습니다. 그들이 높은 도덕성과 뛰어난 능력으로 꽤 높은 명성을 유지하고 있는 것은 알고 있지만…… 왜죠?"

"같이 근무해 보지 않으면 그들의 진면목을 알 수가 없을 겁니다. 어떤 경우에도 자연인을 위험에 빠트리는 일은 거부하도록 의식화되어 있어요. 에딘버러 클로스죠. 더욱이 그들은 가식적으로 반응한다거나 자연인처럼 말과 행동이 일치하지 않은 경우가 극히 드물답니다."

스페이스 포트와 지구의 양쪽 문화나 사회분위기에 익숙한 오선희는 어퍼리언들의 세련됨과 개방성 그리고 모험정신에 동조하는 편이지만 대체인간에 대한 그들의 무한한 신뢰는 이해하기 힘들었다. 그녀는 법적 절차상 몇 항목은 반드시 주피터 본인 확인이 필요함을 할리나에게 상기시키고 다음날 같은 시각으로 약속을 잡았다.

미친 바이오로봇의 사고 전 최종 뇌파 검사 기록도 요청했다. 미팅을 마치기 전 뜻밖에 할리나가 껄끄러운 부탁을 했다.

"물론 조사관 입장이니까 곤란할 수 있겠지만 조사 결과를 미리 알 수 없을까요? 어차피 소송으로 갈 경우 저희 쪽에서도 열람을 합니다. 그런데 만약 오해가 있다면 사전에 해소하는 것이 훨씬 신속하고…… 퍼시픽인슈어런스와 기존 계약도 있고 해서 실례를 무릅쓰고 말씀을 드립니다."

고객이 고객임을 강조하는 것은 불길한 징조지만 그렇다고 고객을 나무랄 수는 없지 않은가.

"감독관 페드로에게 부탁해 보세요. 얼마 전 바티칸에서 똑같은 부탁을 했다고 들었습니다."

아차, 실수를 깨달았지만 이미 말을 뱉고 나서였다. 바티칸 이야기는 꺼낼 필요가 없었다. 사무실을 나올 때 허니스위트 블랑쉬가 따라 나왔다.

"혹시 저한테 개인적이나 업무적, 그냥 심심해서라도 커넥트하고 싶으면 이 코드로 연락하세요. 연락을 받으면 제가 몹시 기뻐할 거예요."

블랑쉬는 일부러 어깨와 가슴을 과장하듯 흔들며 예쁘장한 카드를 내밀었다. 할리나와 달리 섹시하지만 경박스러운 그녀는 소위 손쉬운 타입같이 보였다. 오선희의 취향은 아니었다. 다음날 그녀가 주피터를 재방문하기 위해 숙소를 떠나려는 순간 페드로가 커넥트해 왔다.

"조사 결과를 보고할 때 할리나에게도 한 카피 보내주겠어? 말도 안 되는 요구지만 이사회가 승인할 수밖에 없었어. 건조가 임박한 스페이스필그림호 제조보험이 거액이라 임원들도 거절하기 힘들었어. 게다가 애틀랜틱에서 호시탐탐 끼어들 기회를 노린다지 뭐야."

"차라리 저의 보고와 스케줄을 매일 본사 옥외 레이저 광고판에 올리지 그래요?"

과거 전설적인 측량선 스키퍼이자 현재 딥라이너 조선소 관리책임자인 주피터078은 소문처럼 스페이서 사관생도 모집 홀로에 등장할 만한 멋있는 외모를 갖추고 있었다. 하지만 자세히 살펴보면 오랜 항해에서 겪은 고난과 그것을 모두 이겨낸 당당함이 얼굴 주름 사이사이에 깊게 스며 있었다. 당일 대체인간권익협회에 일이 있어 사무실을 떠난 할리나 대신 블랑쉬가 미팅에 참석했다. 주피터는 전날의 결례를 사과하고 바이오로봇의 두뇌파 기록 복사 칩을 그녀에게 넘겨주었다.

"사고 전날 최종으로 검사했습니다. 제가 직접 했지요. 평소에는 두 주에 한 번씩 검사기를 통과하게 합니다. 작업 중 스트레스를 받으면 과부하가 자주 걸리거든요."

그에게 할리나가 페드로에게 부탁한 조사 보고 사전 통보에 대하여 이사회가 허락했음을 귀띔해 주자 그는 뜻밖에 의아해했다.

"할리나에게는 나름대로 이유가 있을지 모르지만 저는 이해가 가지 않습니다. 괜한 오해를 불러일으키기만 할 것 같은데…… 페드로도 왜 그런 부탁을 수용했는지 이해하기 힘들군요."

오선희가 할리나의 커넥션 코드를 문의하자 블랑쉬는 자신에게 보내주면 그녀에게 전해주겠다고 제안했다. 비서들의 통상적인 대응이다. 그들 3인은 어차피 한 팀으로 모든 정보와 자료를 공유할 테지만 블랑쉬는 어떻게든 오선희와 개인적으로 엮이고 싶은 마음을 감추지 않았다.

주피터의 사무실을 나온 그녀는 모노트램 정류장으로 향했다. 숙소에 돌아가 정기 검사 중인 모빌러 회수 일정을 체크하고 사고 로봇 제조사 공장 방문 일정을 협의할 계획이었다.

앞쪽에 민머리 사내가 종종걸음으로 가고 있었다. 민머리는 의학적으로 오래전에 없어졌으니 그의 헤어스타일은 의도적인 선택이었을 것이다. 역사물 시니어 전문 배우가 아닐까 싶었다. 머리에서 왁스 냄새가 풀풀 풍기자 오선희는 빠른 걸음으로 그를 추월하여 플랫폼에 들어섰다. 승객이 별로 없었지만 습관적으로 가운데 짧은 줄에 섰다. 앞에는 바이올린 케이스를 든 단발머리 소녀 한 명뿐이었다. 민머리 사내가 뒤에 서있다는 것을 왁스 냄새로 알아차렸다. 곧 오른쪽에서 회색빛 모노트램이 특유의 브레이크 소음을 내며 플랫폼에 진입했다. 그 너머 다른 편 선로에 또 하나의 모노트램이 반대 방향에서 서서히 진입하고 있었다.

어느 순간에 뒤쪽에서 커다란 소음과 함께 민머리 사내가 강한 충격으로 그녀와 단발머리 소녀를 덮쳤다. 단발머리 소녀와 오선희 그리고 민머리 사내 순서로 거의 동시에 플랫폼에서 모노레일 위로 추락했다. 그녀는 재빨리 반대편 플랫폼 위로 피하는 방법이 유일하게 안전한 방법이라는 것을 직감했다. 본능적으로 추락 속도를 가속화한 그녀는 소녀를 뛰어넘어 맞은편 선로를 박차고 뛰어올랐다.

반대편 선로에서 서서히 접근하는 모노트램은 다기능 로봇이 운전하고 있었다. 겹눈 구조의 로봇은 곤충의 정밀한 시력뿐 아니라 시상 해석 속도가 자연인보다 몇 배나 빨랐다. 사고를 감지한 로봇이 급제동으로 감속한 바람에 오선희는 반대편 플랫폼에 무사히 착지할 수 있었다. 그녀 뒤를 따랐던 단발머리 소녀는 그녀만큼 행운이 따르지 않았다.

완전히 정차하지 못한 모노트램의 앞면과 충돌하여 오른쪽으로 튕겨 나간 소녀는 선로 위에 의식을 잃은 채 쓰러졌다. 소녀의 바이올린 케이스와 민머리 사내는 더욱 운이 없었다. 오른쪽에서 진입 중이던 모노트램 하부와 선로 사이에 민머리의 상체가 완전히 짓이겨져 있었다. 바이올린 케이스도 박살이 났다. 단발머리 소녀는 회복에 큰 지장이 없을 것 같았으나 민머리 남성의 두뇌는 전혀 가망이 없을 듯 보였다.

웅성거리던 몇 사람들 중 일부는 황급히 의식을 잃고 쓰러진 소녀를 선로에서 끌어올렸으나 끔찍한 민머리 사내에게는 아무도 다가가지 않았다. 지구 중력에 길들어진 그녀의 근육이 스페이스 포트에서는 보다 민첩하게 반응했겠지만 그녀가 상처 하나 입지 않은 것은 운이었다. 아드레날린의 분출로 두근거리는 가슴이 진정되기 시작하자 오선희는 방금 목격한 수상한 광경이 혼란스러웠다.

반대편 플랫폼에 착지 전에 그녀는 반사적으로 공중에서 몸통을 틀어 사고가 발생했던 곳을 살펴보았었다. 도대체 민머리 뒤쪽에서 무슨 일이 일어났단 말인가. 육중한 이동판매기 한 대가 넘어져 있고 몇 개의 음료수 같은 물체가 이리저리 굴러다니고 있었다. 사고가 발생한 플랫폼 우측 출입구 쪽으로 움직이는 뭔가를 본 듯했다. 펜스 일부가 겹쳐 더블 라인으로 보였다.

보통 시력이라면 눈에 띄지 않았을지도 모른다. 캐스퍼 위장망을 착용하고 도주할 때 움직이는 속도가 충분히 빠르지 않으면 실제 배경과 위장막이 완전히 일치하지 않아 이중으로 물결치듯 겹쳐 보인다. 혹시 그가 무거운 이동판매기 롤러 로크를 풀어 민머리 사내 쪽으로 밀어 넘어뜨리고 신속하게 도피하는 중이었던 것일까.

만약 테러였다면 누가 타깃이었을까? 민머리 사내, 단발머리 소녀, 아니면 그녀 자신? 두 사람의 신원이 밝혀지면 좀 더 확실해질지도 모른다.

다음날 오전 9시가 조금 지나자 그동안 정기 점검을 받고 있던 모빌러가 무인 조종으로 배송되어 숙소 전용 패드에 도착했다. 테오도라 포트 귀환이 예정보다 훨씬 앞당겨져 모빌러 검사소에 사정을 설명하고 일정을 재촉했었다. 어젯밤 늦게 모노트램 사고처리 담당자의 커넥션이 마음에 걸렸다.

일단 뮤란가 3호 모노트램 정류장에는 어느 수상한 자도 감시 기기에 잡히지 않았단다. 민머리 사내는 안전헬멧 제조사 품질 테스터로 신원이 확인되었고 단발머리 소녀는 바이올린을 전공한 예비 작곡가로 판명되었다고 알려주었다. 그는 어떻게 이동판매기의 고정 롤러가 풀렸는지 수사를 의뢰했다고 전해주었다.

오후 햇살의 포근함에 기분이 좀 나아진 오선희는 쇼핑을 나섰다. 무엇보다 텅 빈 식료품 보충이 최우선이었다. 그녀는 가급적 외식을 피했는데 그것은 무엇보다 마땅한 상대가 없어서였다. 5분 비행거리에 위치한 종합배급소는 원통형 건물에 파인애플 통조림처럼 중앙 내부가 뚫려 있으며 한쪽 면은 모빌러 통행을 위한 출입구로 개방되어 있다. 모든 배급소가 그렇듯 고객용 랜딩 패드는 주말이면 턱없이 모자랐다.

그녀는 식품과 필요한 생활용품을 카트에 가득 채웠다. 포트 당국에서 제공하는 기본 합성 식재료 외에 개인이 비용을 지불해야 하는 자연산 버몬트 메이플 시럽, 호주산 와인 한 케이스 그리고 좋아하지만 바디라인 때문에 절제하는 이태리산 젤라또를 집어 들었다. 카트를 끌고 2시간 전에 파킹한 A7804 랜딩 패드에 도착했다. 그녀는 자신의 마하리쉬 모빌러 HTAG 175에 지시했다.

"마하리쉬 175, 트렁크 좀 열어줘."

트렁크에 식재료와 젤라또, 일반 생활용품을 넣고 공간이 모자라자 와인 케이스와 교체한 프라이팬을 들고 좌석에 앉았다. 조수석에 와인 케이스를 내려놓고 그 위에 프라이팬을 올려놓았다.

"마하리쉬 175, 트렁크 온도를 영상 3°C로 유지하고 엔진 시동."

"트렁크 온도 영상 3°C, 오우서니, 엔진 시동."

그 순간 오선희는 얼어붙었다. 그녀는 엔진 시동 보안 회로에 자신의 이름을 '오우서니'라고 한 적이 없었다. 이곳으로 출발할 때 모빌러는 엔진 보안 코드를 '오·선·희'라고 예전처럼 정확한 발음으로 복창했었다.

그녀는 순간적으로 프라이팬을 집어 들고 모빌러에서 뛰어내렸다. 뒷머리와 목을 프라이팬으로 가리며 패드 바닥에 얼굴이 부딪친 순간 엔진이 걸린 마하리쉬 모빌러 HTAG 175는 굉음을 내며 폭발했다. 왼쪽 문이 통째 그녀의 엎드린 몸 위를 날아 건물 강화 벽에 부딪힌 후 튕겨져 아래 허공으로 사라졌다. 좌석에서 화염이 치솟는 모빌러는 균형을 잃고 랜딩 패드 너머 중앙 내부 공간으로 검은 연기를 내뿜으며 추락했다. 미처 닫히지 않았던 모빌러 왼쪽 문과 프라이팬이 그녀의 생명을 구했다.

만약 문을 닫고 좌석에 앉아 시동을 걸었다면 그리고 '오우서니'에 무심했더라면 그녀는 꼼짝없이 웰던 바비큐로 변했을 것이다. 그녀가 쇼핑하는 동안 누군가 기존 보안 회로를 지우고 모빌러에 침입하여 폭약을 설치한 다음 새롭게 '오우서니'를 녹음했음이 틀림없다.

어제 암살 타깃이 자신이었다는 생각에 온몸이 사시나무처럼 떨렸다. 치아가 제일 심했다. 공포감을 떨쳐버리기 위해 저주를 퍼붓고자 했으나 누구에게 해야 할지 모호했다. 심지어 저주를 여태 한 번도 퍼부어 본 적이 없었다는 사실을 불현듯 깨달았다. 분노 배출 상대로 상사인 그가 제일 적당했다. 즉시 그녀는 페드로에게 비주얼 모드로 커넥터를 활성화했다.

"야, 페드로! 이 망할 작자야! 어떻게 나한테 그런 사기를 쳤어. 뭐, 위험한 직업이 아니라고? 추락해도 상처 급이 달라? 어제, 오늘 난 두 차례나 저승에 갈 뻔했다고! 누군가 내 목숨을 노리고 있단 말이야. 이 오선희를 죽이려 했다고!"

소리를 질러도 분이 풀리지 않자 그녀는 엉엉 울었다. 깜짝 놀라 당황한 페드로는 그녀의 울음을 막지 않았다. 그는 잠시 비주얼 모드 커넥션으로 현장을 꼼꼼히 살펴보았다. 이윽고 그녀의 울부짖음이 잦아들고 사건의 자초지종을 파악하자 페드로는 흥분을 가라앉히는 차분한 목소리로 그녀에게 임시 대책을 말했다.

"살아있다는 게 천만다행이야. 그렇지만 사건을 도무지 이해할 수 없어. 보험사고 뒤치다꺼리나 하는…… 절대 이해 당사자가 될 수 없는 조사관을 한 번도 아니고 두 번씩이나 테러하려 하다니 믿어지지 않아. 당장 내가 프로텍터 일정을 조절하여 너에게 한 명 배치할게. 가급적 빨리 붙여 줄게."

"프로텍터라면 보험물 보호하는 요원 아냐? 그거 말고 보디가드 같은 거 없어?"

"보디가드? 그건 오래전 인간을 경호하던 거 아냐. 없어진 게 언젠데……. 요즘은 프로텍터야. 필요하면 사람도 보호해. 아주 유능하다고!"

"어떻게 만나지……. 내가 그를 어떻게 확인하지?"

"선희, 넌 아무것도 할 거 없어. 그가 스스로 찾아갈 거야."

"야, 페드로! 이 넓은 스페이스 포트에서 날 어떻게 찾아?"

"못 찾는다면 걔는 프로텍터가 아냐. 내가 최고를 보내줄게! 조금만 기다려."

## 7 ___

# 위험한 인터뷰

2449년 12월 13일

테오도라 포트 상하이시티, 중앙광장 시장 집무실

오선희는 숙소에 남아 프로텍터가 올 때까지 기다릴 여유가 없었다. 전날 사고를 생각하면 겁이 나 외출이 내키지 않았지만 그만한 이유로 상하이시티 시장 인터뷰를 다음으로 미룰 만큼 퍼시픽인슈어런스 보험사고 조사관의 사회적 위치는 높지 않았다.

상하이시티 시청 시장 집무실은 테오도라 포트에서 가장 전망이 좋은 곳으로 꼽힌다. 집무실 출입구 3층에서 광장까지 시야가 확 트였고 광장 중앙에는 높이 20m의 하이제트 분수가 위용을 자랑한다. 분수를 중심으로 3층에 이르는 양쪽 옥외 계단 가장자리에는 어깨 높이의 잎이 풍성한 금사철 나무가 수려한 자태를 뽐낸다. 테오도라에서 그 수종이 있는 유일한 장소로 알려졌다.

접견실 밖에서 시장의 호출을 기다리던 오선희는 트래커픽커

(Tracker-picker) 콤팩트를 꺼내 다시 한번 레이더 패널을 점검했다. 프로텍터가 배치되어 안전을 보장받기 전까지 그녀는 어떤 방법이든 정체를 알 수 없는 위협으로부터 자신을 스스로 지켜야 한다.

아침에 그녀는 렌트 모빌러의 보안코드를 아예 조작이 불가능한 그녀의 바이오리듬으로 설정했다. 10시쯤 바그다드시티에 위치한 인류사 박물관에 입장한 그녀는 가방을 어깨에 메고 지그재그식 실내 무빙워크로 7층의 터진 공간 맨 위에 올랐다. 열린 가방에서는 눈에 보이지 않은 트래커픽커 수천 개가 소리 없이 떠올랐다. 설정된 조건에 따라 반경 1km 이내 움직이는 모든 물체를 감시하며 따라다니는 그것들은 자신의 위치를 콤팩트 레이더에 전송한다.

트래커픽커는 고유의 특이한 자성 때문에 서로 엉겨 붙거나 동일 피사체에 중복 반응하지 않으며 8시간이 지나면 자동 소멸한다. 1시간 후 박물관을 떠날 때는 검은 점 반 정도가 이미 콤팩트 레이더에서 사라졌다. 그녀는 종합배급소에 들려 전날 잃어버린 생필품 일체를 모빌러에 다시 싣고 사람들로 붐비는 카페테리아에서 홀로 가벼운 점심을 먹었다. 콤팩트 레이더 패널에 남아있는 검은 점 몇 개가 자신을 노리고 있다는 생각이 들자 입맛이 사라졌다.

인터뷰는 예정 시간 7분 늦은 2시 7분에 시작되었다. 마렌카의 커다란 푸른색 눈은 아름다웠지만 눈 밑 짙은 화장은 고질적인 수면 부족을 숨기기에 충분하지 않았다.

"지난달 말에 알고 있는 모든 것을 수사당국에 진술했는데 또 인터뷰네요. 꼭 필요하다면서요? 빨리 잊고 싶습니다. 설마 오늘 인터뷰가 법적으로 구속력이 있는 건 아니죠?”

“물론 아닙니다. 퍼시픽인슈어런스는 단지 시장님이 어떤 연유로 교황을 초청하게 되었는지 궁금할 따름입니다. 보험금을 지급하기 전에 절차상 반드시 확인이 필요한 사항이거든요.”

“내년 5월에 선거가 있습니다. 월드컵 두 달 전에 가톨릭 교황이 스페이스 포트 중 최초로 테오도라를 방문한다면 현 시장의 기억할 만한 업적의 하나로…… 그럴듯하잖아요?”

“혹시 교황의 초청을 누구에게 직접 부탁받으신 적이 있나요?”

“직접 말하기가 거북하네요. 그 부분은 매스컴에 자세히 언급되었더군요. 그걸 참고하시죠.”

“오프 더 레코드 어때요?”

“조금 낫긴 하네요. 암튼 제 입장은 투표권이 있는 대체인들은 비록 소수에 불과하지만 무시할 수 없어 협회 대표와 무난히 지내는 편이랍니다. 그렇다고 아주 친밀한 사이는 아니고요.”

“그쪽 협회의 음모 가능성을…… 물론 만약이긴 하지만 어느 정도라고 생각하십니까?”

“협회 음모였다면 교황은 지구에서 손쉽게 암살되었겠죠. 굳이면 이곳까지 불러와 로봇 두뇌의 복잡한 회로에 레이저 강도까지 조작하며 의심을 자초하겠어요? 또 주피터가 미쳤다고 자기 책임인 바이오로봇을…… 그에 대하여 얼마나 알고 있습니까?”

“전혀. 앞으로 알아볼 예정입니다.”

“그를 좀 아는 편이죠. 항해청 법률전문가로 근무할 때 두 번째 사건이었거든요. 그의 변호를 맡았는데 고소인들은 대체인간을 시기하는 자연산 얼간이들이었고요.”

“무슨 혐의였습니까?”

“함선 지휘권 강탈로 일종의 선상 반란이죠. 지구에서 18만 광년 떨어진 마젤란은하에서 운석 조각에 스키퍼가 사망하고 측량선이 심하게 파손된 사고였지요. 난파선을 실습 항해 중인 견습 사관이 지휘하여 귀항한 사건으로 당시에 센세이셔널했습니다. 스키퍼가 사망하여 운항은 에스트로게이션 전공인 그가 수행할 수밖에 없었지만 절차상 사소한 결함이 있었지요. 임시라도 스키퍼 임무를 수행하려면 사전에 절차를 거쳐 등록해야 하지만 그전까지는 스키퍼와 함선이 항상 운명을 같이하는 바람에 이슈가 된 적이 없었죠. 아무튼 그는 곡절 끝에 손상된 인공지능을 찾아내 응급조치를 취하고 함선을 무사히 귀환시켰답니다.”

“믿을 수 없군요! 에스트로게이션 전공인 그가 인공지능의 결함을 찾아냈다는 겁니까?”

“그런 셈이죠. 파손된 함선이 길을 잃어 항해 안정성을 위해 반드시 인공지능을 점검해야 했습니다. 그는 선내 4개의 인공지능 모두에게 각각 원주율을 소수점 이하 3천 자리까지 계산하도록 시차를 두고 지시했지요. 동시에 지시하면 계산은 한 놈만 하고 다른 놈들은 결과를 공유한다나요? 꼬박 보름에 걸쳐 결과를 하나하나씩 서로 비교한 끝에 항해지능이 다른 지능에 비해 몇 군데 숫자가 다른 것을 발견했습니다. 함선 쿨링시스템이 운석에 파손될 때 맞은

편에 연결된 항해지능 64진법 자릿수 중 하나가 지워져 63진법으로 계산되었던 거죠."

"어떻게 수리했죠? 인공지능 엔지니어링은 아직도 법적으로 오픈되어 있지 않은데요?"

"수리하지 않았어요. 그냥 항해지능을 후생지능으로 교체하고 데이터 연결만 바꾸었지요. 인공지능은 데이터베이스와 명령어만 다를 뿐 작동 메커니즘은 동일하잖아요. 대신 그들은 귀항 때까지 설익은 음식에 불평하지 않았고 샤워 물 온도를 꼼꼼히 체크해야 했답니다."

오선희의 적절한 맞장구에 말문이 터진 그녀는 연이어 주피터와 할리나의 사연을 들려주었다.

7년 전 먼 우주 측량선 스키퍼 주피터078이 심각한 수면장애로 제조사 휴먼브리드사를 방문했으나 상담 엔지니어로부터 냉대를 받게 되자 대체인간권익협회를 찾았다. 할리나가 그를 대신해 면담한 수석엔지니어로부터 들은 정보는 난감하기 짝이 없었다. 항해청의 인력 공급 독촉에 대체두뇌 육성시간이 부족하자 제조사는 발주처의 동의를 얻어 재고가 넘치는 하인용 두뇌를 포맷하여 재사용하였다. 하인용 의식화 뇌파에 비해 스트레스 저항이 강한 스페이서 뇌파는 한동안 별문제가 없었으나 힘든 일을 몇 번 겪자 심각한 수면장애가 나타났다. 스페이서 의식화 뇌파와 동일한 파장의 하인용 수면 뇌파가 완전 제거되지 않고 잠복해 있다가 심한 스트레스를 받으면 수면장애를 유발했다. 재생한 대체두뇌를 다시 포맷하여 재의식화는 불가능하지만 수면장애 외 다른 기능은 정상이었다.

그가 수면장애를 제기한 시점에 하인용 재생 두뇌 생존자는 9명에 불과하여 근본적인 치료를 위한 연구는 엄두를 내지 못했다. 그 사건을 계기로 둘은 급속히 가까워졌고 할리나는 곧 그의 파트너가 되었다. 희한하게도 그들이 동거를 시작하자 주피터의 수면장애가 점차 나아지더니 얼마 후 완치되었다. 파트너와의 정서적 교류로 심리 상태가 안정되고 자연인의 따뜻한 육체는 수면장애에 기적을 일으킨 듯하다고 전문가들이 진단했다.

시간이 흐르자 주피터에 대한 그녀의 감정은 초기의 열정적인 연인에서 자식에 대한 여성 특유의 보호본능으로 발전했다. 할리나는 그가 항해에 나서면 귀항하기까지 심한 분리불안장애를 겪었다. 협회에서 대부분 동일한 심리적 장애를 겪고 있었던 자연인 파트너들은 마마스 클럽이란 모임을 결성하고 파트너 실종 시 삶을 지탱해줄 버팀목을 찾았다. 대체인의 유전자를 가진 혈육이 유일한 답이었다. 마마스 클럽 대표인 할리나는 수차례 바티칸을 방문하여 교황에게 호소하였지만 성직자들의 반대는 바티칸 성벽처럼 견고했다. 그녀는 포기하지 않았고 교황이 테오도라 포트를 방문하기 전까지 꾸준히 교황과 진보적인 성직자들을 접촉하는 등 노력을 아끼지 않았다.

4시 20분 시장과의 인터뷰가 끝나고 오선희는 시청 청사 4층에 있는 라이브러리에 들렀다. 자투리 시간을 보내기에 최적의 장소였다. 음료수를 들고 라이브러리 단말기 앞에 앉았다. 그녀는 시장과의 인터뷰 약속 때문에 3층 구내 VIP 랜딩 패드를 배정받을 수 있었다. 단말기 너머 창밖으로 일반 방문객용 랜딩 타워가 보였다.

콤팩트 레이더에 나타난 트래커픽커 검은 점은 매복 상대가 랜딩 타워 7층에 있음을 알려주었다. 상대는 그녀를 감시하며 지루함과 싸우고 있을 것이다. 그녀는 별다른 일이 없으면 5시쯤 퇴근하는 시청 직원 모빌러 행렬에 섞여 그곳을 벗어날 예정이었다. 4시 50분에 콤팩트 레이더의 검은 점이 미세하게 흔들렸다. 상대는 지루함에 감시를 포기했거나 5시에 몰려나올 끔찍한 퇴근 트래픽이 두려웠는지 자리를 뜨기 위해 준비하는 듯하였다.

오선희는 재빨리 콤팩트 검은 점을 손가락으로 가볍게 한번 쳤다. 트래커픽커의 전파가 두 배로 강렬해지며 레이더 탐지 범위가 배로 늘어났다. 지속시간은 당연히 반으로 줄어든다. 한 번 더 두드리면 탐지 범위는 다시 배로 증가하지만 트래커픽커 잔여 반응 시간이 15분에 불과하다. 오선희는 급하게 청사 내부 랜딩 패드로 뛰어가 자신의 모빌러에 시동을 걸었다. 그녀의 모빌러가 랜딩 타워에 접근했을 때 검은 점은 콤팩트 레이더 패널 오른쪽 코너 끝에 있었다. 검은 점은 빠른 속도로 동쪽을 향해 비행하고 있었다. 오선희는 적당한 거리를 유지하며 뒤를 쫓았다.

어둠이 깃들기 시작하자 테오도라 포트의 고층 건물들이 화려하게 반짝이기 시작했다. 마드리드시티에 들어선 순간 검은 점의 윤곽이 눈에 띠게 희미해졌다. 5분 정도 지나자 트래커픽커는 완전 소멸되었다. 마드리드시티 뮤란가 인근 딥라이너 조선소 관리사무실 근처였다.

# 8 ___
# 바이오로봇의 뇌파

2449년 12월 14일

테오도라 포트 이스탄불시티, 다우닝가 브라운로보텍 본사

숙소에서 나올 때 오선희는 혹시나 하여 사방을 주의 깊게 살펴보았지만 프로텍터 타입은 그림자도 보이지 않았다. 전날 페드로는 그녀에게 때가 되면 그가 알아서 나타날 테니 더 기다리라는 말만 되풀이했다.

오후 2시 브라운로보텍 본사에 도착했는데 입구에서 리셉션 로봇의 건방진 응대 태도에 기분이 나빴다. 주제를 모르는 로봇이었다. 리셉션 로봇이라면 정서적 소통력을 보다 섬세하게 다듬어야 할 필요가 있었다. 15분쯤 기다리다 무시당하고 있다는 생각에 리셉션 로봇을 박살 내고 돌아가 버릴까 망설이고 있을 때 수석엔지니어 아스마가 환하게 웃으며 나타났다. 수다스럽게 사과를 연발한 그녀는 보라색 눈동자에 콧날이 유난히 날카로웠다. 파키스타니 칼

라쉬족 후손으로 알렉산더 대왕의 핏줄이 섞였다고 은근히 잘난 척하며 자신을 소개했다. 아스마와 오선희는 보안 리프트를 타고 몇 층을 수직 이동해 사무실이 양쪽에 즐비한 복도를 지나 실험실로 들어갔다.

그곳은 정체를 알 수 없는 수많은 기계와 설비가 각종 케이블로 엉켜 있었다. 어두컴컴한 내부에 직원들이 작업하는 부분만 밝은 형광빛을 발하고 있었다. 자리에 앉자마자 오선희는 주피터에게서 받은 미친 바이오로봇 두뇌검사 칩을 그녀에게 내밀었다.

"아스마, 딥라이너 조선소 책임자에게서 받은 사건 전날 바이오로봇 두뇌검사 기록이야. 먼저 분석해 봐. 그가 이상이 없었다고 다짐했지만 절차상 제조업체 확인이 필요하거든."

"오우써니, 그가 틀리지 않았을 거야. 로봇 두뇌 뇌파는 매뉴얼대로만 사용하면 웬만해서 이상이 생기는 법이 없어. 내가 굉장히 흥미로운 걸 보여줄게."

그녀는 아무것도 기대할 게 없다는 무성의한 태도로 칩을 분석기에 넣어 돌렸다.

"이름이 오·선·희라고 해. 오우써니가 아니고. 힘들지 않다면 그렇게 불러주면 좋겠어."

아스마가 자신했던 대로 로봇 뇌파검사는 출고 당시와 일치하는 것으로 판명되었다. 바로 그날 미친 로봇은 사고 현장에 도착한 후 뇌파에 이상이 생겼다는 것을 의미했다.

아스마는 별실 테이블 앞에 그녀를 안내했다. 테이블 너머 투명 케이스 안에는 검게 탄 로봇 두뇌의 일부가 정체를 알 수 없는 푸른색 용액에 담긴 채 각종 라인으로 연결되어 있었다.

"오서허니, 우리도 이번 사건의 중요성을 잘 알고 있어. 제조 결함이라면 퍼시픽의 손해배상뿐 아니라 바티칸의 분노, 고객들 반품까지…… 주가는 이미 고속철보다 빠르게 지상으로 곤두박질쳤다고 들었어. 이사회에서는 수석엔지니어가 직접 볼트 하나하나 꼼꼼히 조사하라고 지시하는 바람에 내가 며칠 동안 눈꺼풀을 붙이지 못했어."

"매스컴에서는 바티칸 경호실장이 슈터로 로봇 대갈통을 박살내버렸다고 하던데. 어느 정도 파괴되었어?"

"윗부분은 대부분 날아갔지만 해마 부분은 두뇌 하부 깊숙이 위치한 바람에 온전했어. 운이 좋았지! 펠릿이 로봇 두뇌 조그만 더 아랫부분에서 폭발했다면 전혀 가망이 없었을 텐데……. 로봇 두뇌 구조가 사람과 유사하다는 거 알지? 기억 흐름이나 저장 과정은 거의 똑같아. 최근 브라운로보텍 기술 수준은 로봇 특정 뇌파의 두뇌 내부 위치 추적도 가능해. 일단 당시 발작한 바이오로봇 뇌파 비주얼을 보면서 설명을 들어봐."

가상 입체 모니터에 나타난 영상은 품질검사를 통과하지 못한 상업용 비주얼 샘플을 보는 듯했다. 로봇 시야에 보이는 대로 출력되고 있다지만 영상은 희미하고 사운드는 아예 없었다.

"이게 최대로 선명한 이미지야. 사운드 회로는 펠릿이 폭발할 때 녹아버려 재생을 못 했어."

저 멀리 보였던 교황의 이미지가 점점 가까이 왔다.

하얀 주케토의 교황과 주홍색 수단을 입은 추기경, 정장을 갖춰 입은 상하이시티 시장 및 간부들 모습이 간간이 보였다. 교황이 뒤돌아 착석하는 순간 이미지가 흔들거림을 느꼈다. 일반 시력으로는 알아차리지 못했을 미세한 흔들림이었다. 몇 분 정도 지나 이미지가 다시 미세하게 흔들거렸다. 잠시 후 교황은 커다란 늑대 같은 맹수 이미지로 변하며 덮쳐왔다. 짧은 순간 화면은 빛이 번개 치듯 밝아지더니 곧 새까맣게 변했다.

"보았어? 알다시피 모든 인지 로봇은 자연인이 위험에 처하면 명령이 없어도 긴급 보호 조치를 취하게 되어 있어. 헬싱키 코드에 따라 임베디드된 프로그램이지. 그 로봇은 미쳐 발작한 게 아니라 인간을 보호하고자 반응했었던 거야. 내가 다른 비주얼을 보여줄게. 이번엔 사운드가 있어. 바로 옆에 있던 동료 로봇 뇌파 비주얼이야."

또 다른 비주얼은 미친 동료의 비주얼과 달리 선명한 이미지에 사운드도 생생했다. 아스마는 두 모니터를 허공에 수평 연결로 배치하였다. 교황이 화면에 등장한 시점을 맞추어 조절하자 미친 로봇 비주얼에 사운드가 살아난 듯했다. 소음과 함께 교황 찬가가 끝나고 포트 찬가인 창조주의 은혜가 넘치는 테오도라가 연주되었다. 테오도라 포트의 수상과 상하이시티 시장 그리고 시청 간부들과 악수가 끝나고 좌석에 앉는 교황 이미지가 잡히며 사운드는 시가인 머나먼 고향, 상하이의 도입부 고음이 연주되었다.

교황이 야수로 변한 비주얼 화면과 교황이 인간으로 남아있는 비주얼은 동시에 교황 머리가 새까맣게 변한 비주얼로 변했다. 단지 한 비주얼에서는 교황이 야수로 변하기 1분 전쯤에 순간적으로 미세한 흔들림이 있었다.

"보았지? 교황이 갑자기 맹수로 보이는 것은 일종의 환각이야. 급성약물중독이지. 바이오로봇의 두뇌 물질 베이스가 합성이긴 하지만 단백질이라 반응이 인간 두뇌와 흡사해. 마약이나 독극물뿐 아니라 심지어 소금이나 설탕에도 마찬가지야. 초기 바이오로봇은 5년마다 단백질 베이스를 교환해 주지 않으면 치매에 걸린다는 소문이 나기도 했었어. 그만큼 오류가 잦았다는 거지. 그런데 도대체 무엇이 바이오로봇들 중 그 한 놈만 미치게 했을까?"

아스마는 어둠 속에서 모니터 빛을 받아 선명한 보라색의 눈동자로 오선희를 응시했다.

"확신은 없지만 내 눈에는 두 번 미세한 떨림이 있었던 거 같은데, 그게 관련 있을까?"

"써어니는 혹시 인공 시력인가? 자연 시력으론 잡아내기 어려운 미세한 떨림이었는데……."

"인공 시력은 아니고, 자연 시력을 약간 업그레이드했을 뿐이야."

"정말 운이 좋은 것은 상하이시티 홍보팀이 미친 로봇 왼쪽 뒷무대에 정밀 비주얼 기기를 설치한 거야. 앵글도 나무랄 데 없어. 정확히 미친 로봇 뒤통수와 교황 뒷모습이 비주얼 앵글 중앙에 잡혔지. 우리 회사는 알맞은 앵글과 정밀도를 갖춘 비주얼 기록을 찾기 위해 테오도라 전 지역을 샅샅이 뒤졌어. 상당한 액수를 포상금으로 걸고 말이야. 사내 보안팀은 포트의 모든 매스컴과 행정당국 관계자에게 일일이 문의하고 사정했지. 그게 이거야."

이번에는 상하이시티 홍보팀의 정밀 비주얼과 최초 비주얼, 즉 박살이 난 바이오로봇 비주얼을 모니터 분리 화면에 올렸다. 별도로 동료 로봇 비주얼 사운드를 연결하여 현장감을 살렸다. 교황의 주케토 하얀색이 시야에 잡히자 로봇의 화면이 떨렸다. 그 순간 아스마는 단말기에 비주얼 화면을 후진한 후 다시 저속으로 재생하며 미세한 떨림의 로봇 접촉 부위를 찾아내 최대한 확대하도록 지시했다.

미친 로봇의 뒷목 부위가 나타났고 미세한 바늘 같은 물체가 피부에 접촉한 후 재빨리 날아가는 것이 보였다. 나노 인조곤충 같았다. 아마 인조모기였으리라. 그 로봇은 미세한 인조곤충의 접촉을 느끼지 못한 듯하였다. 다시 몇 분이 흘러 비주얼 사운드에서 머나먼 고향, 상하이의 고음부가 경쾌하게 흘러나왔다. 두 번째 떨림이 있었던 순간이었다. 전번과 똑같은 절차로 두 번째 나노 인조곤충의 접촉을 확인했다. 그리고 1분도 채 지나지 않아 야수로 변한 교황에게 인간을 보호하고자 바이오로봇은 본능적으로 정의의 레이저 슈터를 휘둘렀다.

"이게 끝이야. 첫 번째는 교황의 흰색 주케토가 시그널 같고 두 번째?"

“머나먼 고향, 상하이?”

“그래 맞아. 고음 파장에 반응하도록 프로그램된 나노 곤충이 틀림없어.”

“아스마, 수사 당국에 발견한 비주얼 분석 결과 전해줬어?”

“아직은……. 사실 바로 어제 오후에 발견했어. 즉각 회의에 들어간 경영진은 우선 퍼시픽인슈어런스 측 의견을 들어보고 결정하기로 했어.”

“고마워! 아스마. 그런데 수사 당국에 즉각 넘기지 않은 이유가 뭐야?”

“알다시피 스페이스 포트는 워낙 범죄율이 낮고…… 대부분 유전자 문제로 취급하다 보니 수사관 자질이 형편없어. 개울가에 숨어있는 두꺼비 잡기에도 벅찰 거야. 게다가 그들 중 상당수는 교황을 먼 옛날 아프리카 주술사와 별로 다르지 않다고 생각하고 있어. 차라리 퍼시픽에서 수사를 해보면 어떨까? 우리는 이미 제조 결함이 아니라는 명확한 증거를 확보했어. 퍼시픽에서 싫다면 당연히 테오도라 수사당국에 넘겨야겠지……. 어때 써어니?”

2시간 후에 페드로가 경영진에서 브라운로보텍의 제안을 받아들이기로 했다고 오선희에게 전했다. 그는 그녀에게 마약에 중독된 로봇 두뇌를 챙겨서 즉시 뉴델리 본사에 보내도록 지시했다. 아스마는 밀봉된 원형 케이스에 반쯤 파괴된 로봇 두뇌를 질소와 함께 넣어주었다. 오선희가 인수증에 사인을 해주자 아스마의 표정에는 처치 곤란한 뜨거운 감자를 이웃에게 넘긴 것 같은 후련함이 엿보였다.

“퍼시픽이 일단 증거품인 로봇 두뇌를 가져가면 우리를 교황 암살과 관련하여 일체 기소할 수 없어. 민사상 손해배상도 마찬가지고…….”

“난 법률컨설턴트가 아냐. 그런 문제는 그런 부류끼리 해결하라고 해. 아니면 브라운로보텍이 이 새까만 대갈통 반쪽을 깨끗이 씻어 선반에 잘 넣어두든지.”

“알았어, 오우써어니!”

## 9 ___
# 마약상 공정한 커니

2449년 12월 15일

테오도라 포트 마드리드시티, 신주쿠가 로봇 폐품처리장

거대한 로봇 폐품처리장은 마치 개장한지 얼마 되지 않은 라이브러리 같았다. 몇 대의 작업로봇들이 질서 정연하게 각자의 업무를 수행하고 있었다. 인간은 주인인 이란계 한국인 강세나가 유일했다. 조혜원이 떠난 후 한국어로 대화할 기회가 없었던 오선희는 더할 나위 없이 반가웠다. 강세나는 고급 교육반 동료 8명과 함께 창업하였으나 지금은 혼자 운영하고 동료들은 배당금만 챙긴다고 했다. 망하기 전에는 그들의 관심을 되돌리지 못할 것 같다고 투덜거렸다.

"세나, 인지로봇도 취급한다고 들었어. 두뇌만 필요해. 작동하는 거나 폐기된 거 상관없어."

"살아있는 것은 내가 쓰고 있어. 인지로봇이라기보다 폐기 인지

로봇에서 인공지능 부분만 떼어내 단말기에 붙여놨어. 똑똑하긴 하지만 좀 건방져. 가끔 자기가 주인인 줄 안다니까. 혹시 찾는 브랜드나 메이커 있어?"

"브라운로보텍 바이오로봇. 반쪽 정도만 있어도 되는데."

"인지로봇은 재생하려면 반드시 제조사 승인이 필요한 거 알고 있지?"

"재생해 사용하려는 게 아냐. 세미나용 샘플이지. 로봇 사고 유형에 대해 뉴델리에서 보험 상품 소개할 때 쓸 거야. 가급적 T5623 타입이면 좋겠어. 최근 모델이지."

강세나는 단말기에 붙어 있는 인공지능을 향하여 소리쳤다. 얌마가 그의 이름이었다.

"얌마, 브라운로보텍 바이오로봇. 모델 번호 T5623 두뇌, 우리 가지고 있는 거 있어?"

"그 모델은 신품이라 당분간 이곳에 올 것 같지 않아. 구조가 동일한 T5610이 6일 전에 하나 들어왔어. 세나는 똑똑하니까 그걸 재생하려면 제조사 승인이 필요하다는 것쯤 알고 있겠지?"

"물어보는 것만 대답하라고 내가 몇 번이나 말했어. 주제넘게! 선희, 그거라도 돼?"

오선희가 고개를 끄덕이자 그녀는 얌마를 시켜 작업로봇에게 이쪽으로 가져오게 했다.

"인지로봇은 폐품도 상당히 비싸. 알고 있지?"

"알았어. 그런데 용기도 하나 줘. 뉴델리까지 가져가야 하거든."

"이거 법대로 사용하지 않으면 내 사업면허 취소되는 거 알지?"

작업로봇이 가져온 폐기된 바이오로봇 T5610의 두뇌를 절단기로 일부 잘라내고 토치로 적당히 구웠다. 새까맣게 변한 바이오로봇 두뇌를 보자 강세나는 안심하는 눈치였다.

로봇 폐품처리장을 떠난 오선희는 그 길로 상하이시티 고속철 터미널의 화물탁송부에 들렀다. 특송 화물로 뉴델리, 사우스 델리, 로디가에 위치한 퍼시픽인슈어런스 본사 감독관 페드로 앞으로 화물을 탁송했다. 경쟁사인 애틀랜틱에 분실보험 가입을 마치자 목적지까지는 정확히 3일 걸릴 거라고 소화물 탁송부 담당 로봇이 말했다. 그날 저녁 오선희는 업무보고에 화물탁송부 담당 로봇이 장담한 대로 진술했다.

숙소에 돌아오던 중 그녀는 종합배급소 인근에 있는 농산물시장 과일센터에 들렀다. 출고된 지 일주일도 안 된 싱싱한 합성 네트멜론 5개를 구입하였다. 숙소에서 일단 하나를 잘라 맛보았다. 합성 과일의 전형적인 특징으로 모양은 탐스럽지만 맛은 밋밋했다. 그녀는 나이프로 멜론 하나를 반쪽 내고 속을 파낸 후 바이오로봇 두뇌를 용기째 집어넣었다. 딱 들어맞았다. 멜론 껍질 네트와 같이 흰색의 가느다란 접착테이프로 감쪽같이 위장했다. 다른 멜론에 비해 상당히 무거운 편이었지만 4개를 한꺼번에 보내면 눈치채지 못할 것이다.

다음날 그녀는 고속철 화물탁송부에 들려 멜론 상자를 페드로 숙소에 일반 탁송으로 부쳤다. 1주일 정도 걸린다며 담당 로봇은 신속하고 안전한 특별 탁송을 거듭 권했지만 그녀는 못 들은 척했다. 그녀는 화물에 '생일을 축하하며, 저 높은 곳에서'를 쓴 카드를 동봉하였다. 그녀는 사실 페드로의 생일을 모른다. 관심도 없었다.

그녀는 그날 저녁 무렵, 전날 강세나가 가르쳐준 베이스언더 1층에 있는 브루클린을 찾았다. 그녀는 그곳 폐품이 출처는 모호하지만 품질이 월등하여 가끔 방문한다고 하였다. 그곳은 대낮 임에도 어두침침하고 눅눅한 공기는 쉰내마저 나는 듯했다. 소득이 낮은 남성들이 주로 거주하는 그곳에서는 돈이면 구하지 못할 것이 없다고 했다.

각종 마약과 무기, 불법으로 취득한 정보가 거래되었다. 심지어 대가만 충분하다면 납치나 테러, 암살 대행 인력도 어렵지 않게 구할 수 있다고 알려졌다. 도박과 술 그리고 매춘업소가 대부분이었다. 매춘은 싸구려 섹스로봇이 대부분이었지만 포트 상부에서 급전이 필요한 진품들이 가끔 내려오기도 한다고 알려졌다. 시간 계산인 그녀들 가격은 에어돔 천정을 뚫을 정도로 높았지만 그녀들이 나타났다 하면 노아 방주에 입장하려는 줄 만큼 고객 대기줄이 길다고 소문이 나돌았다.

오선희는 강세나가 소개한 톱카피에 들려 생맥주를 한 잔 주문했다. 여성은 그녀를 포함해 셋뿐이고 열댓 명 꾀죄죄한 차림의 사내들이 카드를 돌리며 웃고 떠들다가 가끔씩 그녀 쪽을 흘끗거렸다. 싱싱하고 행실 바른 숙녀들이 대낮에 그런 곳에 나타나는 것은 포트 상공에 무지개 뜨는 것만큼 드물다. 콧수염을 기른 젊은 바텐더가 맥주를 내밀며 물었다.

"얼굴이 낯선데……. 팔려고 오신 건가 아니면 사러 오셨나?"

"켈림을 만나고 싶어. 그에게 꼼꼼한 세나 소개로 왔다고 전해 줘."

"꼭 켈림이어야 돼? 나도 돈을 주체 못한 신사들을 많이 알고 있는데……. 수수료 7% 어때?"

오선희는 준비해온 5크레 코인 하나를 내놓았다. 그녀의 몸매를 힐끔거리는 콧수염은 코인을 못 본 체했다. 그녀가 코인을 회수하려 하자 콧수염의 손이 잽싸게 채갔다.

"알았어. 잠깐만 기다려. 그렇지만 켈림의 제안이 맘에 안 들면 내게도 기회를 줘. 난 이 구석에서 가장 정직하다고 알려졌어. 이름은 순진한 버루야. 순진한 버루!"

그가 순진한지는 잘 모르겠지만 재빠른 것은 틀림이 없었다. 그는 중키에 몸이 단단하게 보인 터키인 켈림과 함께 나타났다. 그의 오른쪽 뺨에 세나가 말해준 기다란 상처가 보였다. 터프하게 보이도록 일부러 상처를 냈거나 사고 상처를 지우지 않았을 것이라고 했다.

"강쎄나가 보냈다고? 그러면 파는 쪽이 아니라 쎄나처럼 사는 쪽이겠네. 켈림이라고 해."

"난 오선희야. 발 넓은 켈림. 좀 물어볼 게 있어서 들렀어."

"이곳에서는 비록 소문일지라도 공짜 정보는 없어. 알고 있지?"

"걱정 마. 공짜로 달라고는 안 할게."

그녀가 혹시 마약에 대해 좀 아는지 묻자, 켈림은 마약을 취급하지는 않지만 그것을 취급하는 작자를 어디서 본 듯하다고 말했다. 오선희는 탁자에 10크레 지폐 5장을 올려놓았다. 지폐 4장을 접어 자신의 상의 호주머니에 넣은 그는 나머지 한 장을 콧수염의 손에 쥐어주며 뭔가를 속삭였다. 곧 콧수염이 사라졌다. 기다리는 동안 켈림과 그녀 사이에 세나는 요즘 어때, 별일 없지 뭐, 어떻게 개를 알게 됐어 등 의례적인 말들이 오갔다. 시간이 조금 지나 콧수염은 몹시 왜소한 체격의 사내를 데리고 나타났다.

"이 근처에서는 가장 크게 비즈니스를 하는 커니야. 공정한 커니라고 불러. 의사소통에 인내심이 필요할지 모르지만 둘이 이야기해 봐. 이야기를 마치면 그에게 직접 지불해. 난 지금 돌아가야 하거든. 쎄나와 같이 한번 내려와. 생맥주는 이곳 따라올 곳이 테오도라에는 없잖아."

"커니, 내가 알고 싶은 건 마약의 이름과 구입처야. 1분 정도의 짧은 시간에 상대방이 야수로 변하는 환각을 경험했거든. 고음이 촉발했을지 몰라."

"대……부분의 약은…… 사사이키델릭한 고음 사운드에 반응하는 편이지. 사사실은 약이 바반응하는 게 아니라 인인체가 반응하는 거지. 배밴드가 요란하게…… 고음으로 음, 요란하게 연주하면…… 환각작용이 쉽게 유유발되거든……."

"아무리 고음 밴드라도 1분 정도 짧은 순간에 반응해? 그렇게 빨리?"

"그그렇게 빠를 수는 없어. 뭐뭔가 잘못 알고 있는 거야. 기술이 발달하여 독성이 많이 약화되었다지만 소매용으로 희희석된 것은 최소 5분이야. 더 빠르면 이인체가 감당 못 해."

"사람이 아니라면 어떨까? 예를 들면 바이오로봇 같은 것은 어때?"

"바……바이오로봇? 난 바이오로봇과 거거래해 본 적이 없어서 모르겠는데?"

바보 같은 질문이었다. 커니의 정보에 의하면 인간 두뇌 건 로봇 두뇌 건 5분 이내 환각작용을 일으키는 소매용 마약은 브루클린에 유통된 적이 없었던 게 확실한 것 같았다.

"순도가 높거나 농축된 마약은 어떨까?"

"그그건 모르지. 나는 평생 소소매용 캡슐만 취급해서. 농농축마약은 테오도라에 없을 거야."

"소매용 캡슐을 어디에서 공급받아?"

공정한 커니는 어딘지 모르게 불편한 구석이 있는 것 같았다. 그는 한 번도 오선희 눈을 똑바로 쳐다보며 대답하지 않았다. 왜소한 것은 그의 체구만이 아닌 듯하였다.

"오서선니, 내가 그렇게 모은 돈, 음, 어떻게 쓰는지 알아? 마약을 팔아서 모은 돈을 말이야. 대부분 세섹스로봇에 써버리거든. 더럽게 비싸! 여태까지 거기에 바친 도돈 모았으면 그걸 하나 충분히 장만했을 거야. 내 유유일한 위안이야. 얼마 전에 너처럼 젊고 예쁜 자자연인 말이야. 그녀의 속살을, 가가슴을 만져본 적이 있었어. 엄청나게 비쌌지만 정말 좋았어! 그렇게 피부가 부부드러운지 몰랐어. 좀 만져보면 안 될까? 부부탁이야."

누가 베이스언더에서 난장이를 간신히 면한 사내를 남성으로 대했겠는가. 차라리 더 왜소하거나 심하게 말을 더듬었더라면 그는 틀림없이 행정당국으로부터 무상 유전자 치료를 받을 수 있었을 것이다. 그가 측은했다.

"대신 옷 위야. 블라우스 속이 아니라고. 대신 아는 대로 숨기지 말고 대답해야 돼."

"아알았어. 정말 고마워!"

공정한 커니는 공손하게 그녀의 왼쪽 가슴 위에 조심스럽게 손을 얹고 눈을 감았다.

"저정말 사업 비밀이라 남에게 가르쳐 주면 안 돼. 약초 파우더를 소소매용으로 캡슐화하는 것은 나야. 약초 파파우더 공급은 테오도라에서 단 한 곳뿐이야. 호홀시스 레이크를 둘러싼 숲속에 마낫캄이라는 연구소가 있어. 거기서 공급받아 숙소에서 캐캡슐을 제조해."

"마낫캄은 소원이나 희망을 의미하는 힌두어 아냐? 그런 곳에서 마약을 제조해?"

"그그곳은 마약 제조가 아니라 도동물을 연구하는 곳이야. 며멸종 동물, 본래 동물의 치료나 교교배를 위하여 약초를 이용한 것이 시작이었어. 약초 중 일부가 주중독성 있는 식물…….”

그녀의 왼쪽 가슴에서 공정한 커니의 손길에 힘이 가해지는 것을 느꼈다.

“매맨살까지는 바라지 않지만 오옷 속으로 손을 집어넣고 싶어. 하한번만! 제발, 지불할게!”

그녀는 고개를 끄덕여 커니 손이 블라우스 속으로 들어와 브래지어 위로 가슴을 만지도록 허락했다. 흡족해하는 그의 표정과 달리 떨리는 손길이 얇은 실크 브라를 통하여 느껴졌다.

“인도인이야. 퍼펀잡 출신 마스터 타지마야. 그 자를 찾아가면 테오, 테오도라의 약초에 관한 모든 저정보를 얻을 수 있어. 하지만 저접근이 쉽지 않을 거야. 유일한 바방법은…….”

그녀는 만족한 미소를 지으며 한사코 거절하는 그에게 10크레 지폐 5장을 주었다. 그곳을 떠나기 전 그녀가 커니의 이마에 뽀뽀를 해주자 감동한 그는 눈물을 흘렸다. 공정한 커니는 그날 자신이 월등히 유리한 거래를 했다고 자부했다. 오선희도 그랬다.

그날 밤늦게 오선희는 페드로와 커넥트하여 10분가량 향후 작전에 대해 의논했다.

“페드로, 그 프로텍터라는 놈 해고해 버리는 게 어때? 오늘 베이스언더를 다녀왔는데 그놈은 꼴도 안 보였어. 거긴 힘자랑하는 사내들, 법 우습게 아는 놈들 수두룩하잖아?”

페드로는 그가 꼭 나타날 테니 걱정하지 말라고 다시 한번 말했다. 공정한 커니의 정보를 깊이 생각해 본 그녀는 페드로에게 특별한 주문을 했다.

"지구에서 정말 구하기 힘든 동물을 찾아보라고. 대부분이 멸종동물이란 소리는 아예 하지 말고. 지구에 단지 몇 마리 남은 것 중에서 한두 마리라든가. 한 번 잘 뒤져봐."

오선희는 주말 내내 언어 패치를 붙이고 기억 속에 희미해진 라지스탄어를 연습했다. 커니에 의하면 까다로운 성격의 타지마는 펀잡어나 라지스탄어가 아닌 요청은 무시해 버린다고 한다.

20일 일요일 밤에 페드로가 커넥트해 왔다. 그는 희귀 동물을 구해 특송으로 전날 밤 보냈으며 다음날 일찍 테오도라 포트에 도착할 거라고 알려주었다. 지구에 26마리밖에 남아있지 않으며 암수 두 마리를 빼내기 위해 얼마나 고생했는지 수다를 늘어놓았다. 잠시 침묵으로 오선희는 그가 커넥트를 종료한 줄 알았다. 페드로는 몇 시간 전, 그녀가 보낸 특송 화물이 분실되었다는 연락을 고속철 화물 담당 로봇으로부터 받았다고 걱정스럽게 말했다.

나쁜 소식은 예외 없이 로봇이 전한다. 분실물은 부하직원을 상사 대하듯 깍듯하게 대하면 종종 뒤늦게 나타나는 경우도 있다고 그녀가 평소의 목소리로 말했다. 더 이상 묻지 않았지만 페드로는 그녀의 차분함에 마음이 놓였다. 베스트는 역시 뭔가 다르다고 생각했다.

# 10 ___
# 마냣캄연구소의 타지마

2449년 12월 21일

테오도라 포트 이스탄불시티, 홀시스 레이크 마냣캄연구소

그녀는 월요일 아침 일찍 고속철 화물부에 들려 비쿠냐 두 마리를 인수했다. 지체하지 않고 마냣캄연구소를 찾아갔다. 그곳은 이스탄불시티 남쪽, 바그다드시티와 이스탄불시티에 식수를 공급하는 홀시스 레이크를 감싸고 있는 인더스 포리스트 중앙에 위치했다. 많은 주민들이 잘 가꾸어진 숲과 조화를 이루는 아름다운 인공호수에서 산책과 조깅을 즐기지만 평소 숲 중앙에 위치한 마냣캄동물연구소에 관심을 갖는 사람은 거의 없었다.

나이를 가늠할 수 없는 마스터 타지마는 그녀가 가져온 비쿠냐 두 마리에 깊이 감동하였다.

"연락을 받았을 때 제가 얼마나 감격했는지…… 정말 고맙습니다! 이 아름다운 생명체를 보십시오. 이런 신비함을 어찌 인간 솜씨

로 흉내 낼 수 있단 말입니까? 사슴처럼 보이지만 사실은 낙타과로 라마와 사촌이랍니다. 워낙 개체 수가 적어 잉카제국 때부터 멸종위기 동물로 보호받았지요. 당시에 비쿠냐의 황금빛 털 모직물은 오로지 왕족에게만 허용되었다더군요. 지구에는 지금 몇 마리나 남아있습니까?"

"이곳 2마리 외 26마리가 페루 안데스 산맥 보호소에 있습니다. 인공번식이 가능할까요?"

"그럼요. 충분히 가능합니다. 비쿠냐 수컷은 정력이 세기로 유명하답니다. 보통 한 마리가 암컷 10마리를 거느리지요. 늦어도 6개월 이내 새끼들에 대한 소식을 들려드리겠습니다."

기분이 들뜬 타지마가 내부로 연결된 관리소 접견실 문을 열자 월커튼 초원이 시원하게 펼쳐졌다. 초원은 시냇물 건너 숲까지 이어졌다. 습기를 머금은 바람에 편백나무 피톤치드 향이 상큼하게 후각을 자극했다. 타지마는 간략하게 연구소를 소개했다.

"유전자 조작으로 탄생한 새로운 동물 중 생태계에 제대로 적응하는 종자가 거의 없습니다. 고대 벽화에 나오는 독수리 날개를 가진 사자는 아직 멀었지요. 자가 번식은커녕 제 명을 사는 개체도 드물어요. 하지만 약초를 이용하여 탄생한 이종교배 종은 자가 번식력도 강하고 생태계 적응도 자연스럽습니다. 그 다음에 필요한 최소 부분만 유전자 조작으로 보완해야 한다는 게 저의 신념입니다. 오선희는 인도인으로 보이지는 않은데 라지스탄어가 유창하네요. 언어 패치만으로는 그런 자연스런 발음이 나오지 않을 텐데?"

"한국인입니다. 7년 전에 자이푸르에서 몇 년 살았답니다. 요가 배우러 갔었어요."

"그럼 파슈나에게 배웠겠군요. 맞아요?"

"네, 제 스승이었지요. 그를 아세요?"

"형제에요. 사실은 쌍둥이지요. 펀잡에서 어릴 때를 같이 보내고 우리는 자이푸르로 갔지요. 난 그곳에서 허브를 이용한 이종동물 유도교배를 연구했고 그는 요가수련에 집중했어요. 그런데 약초에 대하여 몇 가지 문의할 것이 있다고 했었죠. 무슨 약초?"

공통점을 발견한 인간은 급속히 가까워진다. 거기에 마낫캄의 자연환경이 더해져 그녀는 긴장이 풀리고 마음이 편해졌다. 암살 위협이 초래한 불안과 초조함이 깨끗이 사라진 듯했다.

"마스터만이 정체를 알 거라고. 혹시 1분 이내에 상대가 맹수로 보이는 강력한 환각작용을 일으키는 약초가 있을까요?"

"사람에게 1분 만에 그런 환각작용을 일으키게 하려면 농축된 약물을 투입해야 하는데 인간의 두뇌 신경세포는 그런 농도를 감당하지 못할 텐데요."

"인간이 아니라면 가능할까요?"

"무슨 소리입니까. 인간이 아니라니?"

"인간과 뇌 구조가 흡사한 고급 로봇들 있잖아요. 그들의 뇌 베이스는 합성 단백질로 인간 뇌와 반응 메커니즘이 비슷하답니다. 오염이나 중독으로 두뇌가 손상될 수도 있지요."

"전 로봇에 대해서는 전혀 모르지만 이론적으론 인간 두뇌에 두

가지를 섞어 쓰면 가능할 수 있지요. 첫째는 단백질 계열 동물성 독으로 인체 혈관 내 독성에 대한 방어벽을 무력화하고 강한 알카리계통 독을 주입하면 순식간에 환각을 일으킬 수 있지요. 다만 환각 작용이 오래가지는 않아요. 그런데 재미있군요. 방금 생각이 났는데…… 얼마 전 비슷한 질문을 받은 적이 있었죠. 아카데미아 화학 관련 부서 소속이라는 한 연구원이 로봇 두뇌에 대한 독성 테스트라며 두 가지 약물을 소량 구입해 간 적이 있었어요. 두 달 전이었던가?"

순간적으로 그녀는 벼락을 맞은 듯했다. 모든 의문의 실마리가 풀리는 것은 시간 문제였다.

"팔리토아라는 산호의 일종에서 채취한 팔리톡신은 복어의 테트로톡신보다 50배 이상 독성이 강합니다. 그걸 주입하여 혈관 내피세포와 기저막을 마비시키고 아코니틴이란 성분을 투입하면 짧은 시간에 그런 환각 증상이 유발될 겁니다. 아코니틴은 늦은 봄 초오라고 불리는 투구꽃 덩이뿌리에서 추출되는데 약발이 오래가지 않는 게 흠이지요."

"혹시 그때 아카데미아에서 왔다는 연구원 이름을 기억하세요?"

"글쎄요. H로 시작하는 이름인 것 같았는데…… 용모가 뛰어난 여성으로 전형적인 연구원 타입은 아니었던 걸로 기억합니다."

"제게 굉장히 중요한 일이거든요. 그 여인 이름이나 연락처를 알 수 있는 방법이 없을까요?"

"석 달이 지나지 않았다면 비주얼이 남아있을 거예요. 실험실에 가서 체크해 보죠. 약초를 취급하다 보니 간혹 버릇이 없는 작자들도 출입하거든요. 모든 거래를 비주얼로 기록하고 있습니다."

그들은 언덕 위에 있는 커다란 그린하우스 내부로 들어섰다. 그곳에는 각종 희귀한 약초가 좌우 벽을 향하여 계단식으로 층층이 수경 재배되고 있었다. 그린하우스 출입문에서 2m 폭의 긴 복도가 실내를 좌우로 크게 나누며 뒤쪽에 위치한 실험실 내부까지 연결되어 있었다. 복도 바닥은 모래가 살짝 덮혀 있었으나 회색 자기판이 군데군데 보였다.

"생태계의 불청객인 인간은 약초를 알아보지 못한답니다. 초기에는 주로 동물들의 행위를 관찰했지요. 원숭이가 배 아플 때 씹는 나뭇잎이라든지, 발 상처에 바르는 풀이라든지. 저기 보이는 풍성한 연보라색 꽃은 팥꽃나무인데 향기가 좋다고 냄새 맡다가는 불임되기 십상이랍니다. 뒤쪽에 별 모양 노란 버터꽃은 화살촉에 발라 사람 목숨을 빼앗는데 사용되었죠. 하지만 중세 흑사병이 돌 때, 구토제나 설사제로 사용하여 많은 생명을 구하기도 했고요."

실험실에 들어서자 호스로 복잡하게 연결된 다양한 실험기구가 보였다. 실험실 내부 온도는 그린하우스 내부 온도에 비해서도 높은 편이었다. 어쩐지 조금 전부터 타지마의 컨디션에 이상이 있는 것 같았다. 그는 땀을 몹시 흘리며 힘겹게 말했다.

"이쪽 모니터에 앉아 봐요. 피곤하니 빨리 끝내고 쉬어야겠네요. 무엇을 찾는다고 하셨죠?"

"두 달 전에 이곳을 방문했던 아카데미아 화학부서 연구원의…….”

“내가 아카데미아에서 이곳을 방문한 사람이 있었다고 했나요? 무슨 일로 왔었을까요?”

그의 얼굴은 땀으로 뒤범벅이 되었고 호흡이 거칠었다. 실내 온도가 더욱 높아진 것 같았다. 벌보다 훨씬 작은 곤충 몇 마리가 보였다. 어지럼을 느끼자 오선희는 정신을 차리고자 머리를 세차게 흔들었다. 침침해지는 눈에 몇 마리 곤충들이 모니터와 비주얼 기기에 부딪히는 것이 보였다. 곤충들은 불꽃을 내며 사그라졌다. 꿈속 같았다. 다른 곤충 몇 마리가 타지마 머리에 불꽃을 반짝이며 부딪혔으나 그는 방어를 포기한 듯 입을 벌려 침을 흘리고 멍한 눈길은 허공을 응시하고 있었다.

순식간에 오선희의 머리가 아프기 시작했고 움직임이 힘들었다. 의식을 잃지 않으려고 이를 악문 그녀의 흐릿한 시야에 곤충의 집단 공격으로 머리카락이 불길에 타고 있는 타지마의 참혹한 모습이 보였다. 싸구려 상업용 공포 비주얼 클라이맥스 같았다. 그가 산 채로 머리부터 화형을 당하는 끔찍한 모습은 곧 그녀 자신의 모습일 것이다. 극심한 고통과 얼어붙은 공포에 그녀의 의식 대부분이 마비되었지만 쉽게 굴복하지 않는 의식은 필사적으로 탈출방법을 찾았다.

수천 개 바늘이 동시에 부드러운 뇌를 쑤셔대는 통증이 사고의 집중을 방해했다. 벽 쪽 기둥을 향해 지상 1m 정도 높이에 멈춰 있는 화물용 반중력 돌리가 보였다. 화물 데크 측면에 5개의 조종 버튼이 십자가 형태로 눈에 들어왔다. 타지마 머리에서 시작한 불꽃은 어느덧 그의 얼굴을 삼켰다. 불타고 있는 그의 상체를 밀치고 납처럼 무거워진 다리를 부추겨 화물 돌리를 향해 뛰었다. 돌리에 뛰어든 그녀는 수평 3버튼 중 앞 버튼을 눌렀다. 돌리가 앞으로 움직여 기둥을 향하자 그녀는 실수를 깨닫고 뒤 버튼을 눌렀다. 가운데 정지 버튼 누름을 거른 돌리는 관성 때문에 여전히 기둥 쪽으로 나아갔다.

그녀가 마지막 힘을 모아 기둥을 박차자 돌리는 1m 높이를 유지한 채 실험실 바깥쪽으로 후진하기 시작했다. 뒤 버튼을 몇 번 더 누르자 이동 속도가 빨라졌지만 그렇다고 화물용 돌리가 스포츠 모빌러가 될 리는 없었다. 실험실 탈출이 불가능할 것처럼 느껴졌다.

화물 데크 위에서 곤충들의 습격을 방어하고자 튜닉을 머리에 뒤집어쓴 그녀는 꺼져 가는 의식 속에서 자신을 기만한 페드로에게 저주를 퍼부었다. 프로텍터는 나타나지 않았고 보험사고 조사관은 결코 안전한 직업이 아니었다. 시간이 정지된 듯 과거가 파노라마처럼 펼쳐졌다.

그녀는 그대로 삶을 마감하는 것이 크게 무섭지는 않았지만 볼품없는 바디라인에 신경이 쓰여 단 한 번도 남성에게 자신의 신체 내부를 허락하지 않았던 것이 못내 아쉬웠다. 그녀에게 팬티를 내려달라고 정중히 부탁하는 예의 바른 사내가 단 한 놈도 없었다는 것은 여성으로서 수치스럽고 자존심 상하는 일이었다. 돌리가 마침내 실험실을 벗어나 그린하우스 내부에 이르자 이번에는 귀신이 나타났다. 새까맣고 커다란 눈을 가진 무시무시한 괴물은 미친 듯이 그녀를 향해 달려들며 오른손에서 연속으로 불꽃을 내뿜었다. 그녀는 까무러쳤다.

# 11 —
# 프로텍터 써드

2449년 12월 22일

테오도라 포트 바그다드시티, 하노버가 마리암만의료소

오선희는 후들거리는 다리를 이끌고 점심 전에 퇴원했다. 메뚜기처럼 얼굴이 길쭉한 의사는 독성이 대부분 중화되긴 했지만 하루 동안은 몸을 무리하지 말라고 주의를 주었다. 의료소를 나서는데 노천카페에서 이쪽을 바라보며 차를 마시고 있는 검은 아이웨어 사내를 발견하고 깜짝 놀랐다. 전날 마낫캄에서 불을 뿜어대며 달려들었던 귀신이 틀림없었다.

"뭐야, 너 맞지? 마낫캄에서 나에게 덤벼들어 불을 쏘아대던 귀신 맞지?"

그는 마시던 찻잔을 내려놓고 고개를 들어 오선희를 쳐다보더니 뜻밖이란 목소리로 말했다.

"넌 목숨을 구해줘서 고마워란 말을 참 독특하게 말하는구나. 귀신은 뭐 말라죽을…… 프로텍터야!"

"프로텍터! 그렇게 늦게 나타나면 어떻게 해? 골로 갈 뻔했잖아. 페드로 연락을 받고 얼마나 기다렸는데."

그녀는 의자를 끌어와 사내의 맞은편에 앉았다. 재빠르게 카페 서비스로봇이 달려왔다. 고객 성별과 표정에 따라 음성을 바꾸며 서비스로봇은 최대한 매력적인 목소리로 말했다.

"날씨가 화창하군요. 아름다운 숙녀분. 오늘 같은 날씨에는 딤불라 티가 제격이지요. 마침 지구에서 방금 도착한 프레시한 배치가 있습니다. 하우스쿠키와 정말 잘 어울리지요."

"미안하지만 조금 후에 올래?"

서비스로봇을 돌려보내고 그녀는 비난과 원망이 가득 찬 눈길로 프로텍터를 노려보았다.

"내가 늦게 나타나? 뭔가 오해하고 있는 거 같은데. 내가 왜 네 눈에 띄어야 하지? 프로텍션은 본래 은밀한 비즈니스야. 프로텍티 주위에 서성거리다 발각되는 놈들은 죄다 엉터리라고! 며칠 동안 쫓아다니느라 얼마나 고생했는데. 사실 마낫캄에서는 조금 늦긴 했어…… 조금!"

의식을 되찾자마자 그녀를 이송해 온 사내가 잡아 온 몇 마리 인조곤충 덕분에 독극물 정체를 쉽게 파악하여 재빠른 처치가 가능했다고 메뚜기 얼굴이 해준 설명이 기억났다.

"최상의 서비스는 프로텍티가 눈치채지 못하게 조용히 위협을 제거하고 종료하는 거야. 혹시 옛날 보디가드처럼 사방팔방에 자신의 존재를 과시했던 그런 스타일을 기대했었던 거 아냐?"

"내가 어디 있는지, 나의 위치 어떻게 알아냈어?"

"조사관 서비스 계약서에 사인하면서 시력 업그레이드했잖아. 나노 칩에서 전파가 발송돼."

갑자기 질문할 것이 너무 많아졌지만 무릇 대화에는 합당한 절차라는 것이 있는 법이다.

"오선희라고 해. 일단 뒤늦게라도 나타나서 구해준 것 고마워. 널 뭐라고 불러야 하지?"

"프로텍터 써드."

"써드? 세 번째라고 할 때 그 써드?"

"맞아. 테오도라 포트에서 어카운트 몇 개를 책임지고 있어."

"무슨 이름이 그러냐?"

"내 이름이 어때서? 넌 기상통보관도 아니면서 오써니잖아. 교육 중에 난 그저 번호로만 불렸어. 최종 테스트를 통과하고 임무를 부여받기 전에는 이름도 붙지 않아."

"너 대체인간이지, 그렇지?"

"맞아. 대체인간이야. 이제는 내 신분이 노출되었으니 넌 프로텍터를 바꿔야 해. 본래 넌 계획에 잡혀 있지 않았다고 들었어. 교체 인력이 준비되어 있는지 페드로에게 물어봐."

"그 새끼 만나면 죽여 버릴 거야. 내게 사기를 쳤어. 마낫캄 타지마는 어떻게 됐어?"

"그는 너무 늦었어. 두뇌는 불에 탔고 실험실은 완전히 쑥대밭이

됐어. 너와 달리 그는 인화 곤충에 쏘였거든. 너도 조그만 늦었다면 타지마 꼴이 되었을지 몰라."

"도대체 누가 날 암살하려는 거야. 누가? 집히는 데 있어?"

"솔직히 모르겠어. 잠복하여 적이 노출되기를 기다렸으나 인조 곤충같이 추적이 불가능한 것들만 나타나고 정체를 드러내지 않아. 너의 행선지를 미리 알고 있는 사람이 누구누구야?"

"조사 결과와 스케줄을 페드로 외 다른 두 곳에 통보해. 하나는 바티칸 국무장관이고 또 하나는 딥라이너 조선소 관리소장 주피터. 미쳐 날뛰었던 로봇 근무처 책임자이기도 해."

"너의 스케줄은 톱 엔터테이너 공연 스케줄 같구나. 모르는 사람이 없으니 말이야. 바티칸은 당사자고 주피터는 퍼시픽의 중요한 고객이라 거절하기 힘들었겠지만…… 그에게 직접 보내?"

"아냐, 블랑쉬라는 비서에게 보내. 막상 주피터를 만나보니 그는 내 조사에 별 관심이 없어. 반면에 그의 대리인인 법률 컨설턴트 할리나는 관심이 많은 듯해."

"법률 컨설턴트들은 어느 곳이나 마찬가지야. 가급적 많은 정보를 확보하려 해. 더욱이 그녀는 주피터의 파트너이자 조선소 법률 대리인이거든. 혹시 그 외 다른 곳 집히는 데 없어?"

"타지마에게 두 달 전쯤 독극물을 구해간 아카데미아 소속 연구원이 있었대. 이름이 H로 시작한다는 여성 연구원의 신원을 확인하러 실험실에 들어갔었던 건데…… 의료소에서 어제 의식이 돌아오자마자 즉시 페드로에게 수배를 요청하는 메시지를 보냈어."

"흥미로운 이야기군. 그럼 그 자가 교황 암살 용의자가 되는 셈인가?"

자꾸 그녀 쪽을 힐끔거리는 서비스로봇 눈길이 신경에 거슬렸다.

"일단은 그런 셈이지. 근데 여기는 뭐가 좋아? 네가 마시고 있는 것은 뭐야?"

"이곳은 차와 쿠키로 유명한 곳이야. 추천한 스리랑카 딤불라도 괜찮고 누와라는 무난해. 하우스쿠키 세트는 단연 테오도라에서 최고라고 알려졌어. 난 이곳 단골이야."

그녀는 서비스로봇을 불러 딤불라와 하우스쿠키 세트를 주문했다.

"써드, 넌 은밀하게 행동해야 한다면서 이렇게 나하고 카페에서 내놓고 노닥거려도 괜찮아?"

"이미 노출되어 버렸잖아. 페드로가 후임을 배치하면 난 마리아나 트렌치로 돌아갈 거야."

서비스가 실론티 한잔과 레몬 슬라이스 그리고 하우스쿠키 세트를 놓고 갔다. 그 순간 오선희의 팔찌에서 진동이 왔다. 귀속 이어폰이 페드로라고 알려주었다. 더할 나위 없이 이상적인 타이밍이었다. 팔찌를 시계 방향으로 틀자 오디오 커넥션이 활성화되었다.

"이 사기꾼! 썩어 문드러진 돼지 생식기 같은 작자야! 넌 내가 독물 곤충에 물려 죽어야 조사관 직업이 위험하다고 인정할래? 네가 해, 네가 하라고! 난 바로 지금, 이곳에서 그만둘 거야. 그만두고 내 명 끝까지 가느을고 기일게, 오오래…… 살아야겠다!"

페드로는 별로 놀라지 않았다. 오선희가 제풀에 꺾여 정상으로 돌아오기를 기다렸다.

"그래, 미안해! 충분히 이해해. 나 같아도 그만두었을 거야. 근데 네 목숨을 노리는 것, 업무 관련이 확실해? 회사가 모르는 개인적 원한 관계가 또 있는 거 아냐? 아무튼 잘 됐지 뭐. 써드를 철수시키면 금방 알 수 있겠지. 참, 생일 선물은 잘 받았어! 너 같이 뛰어난 조사관은 다시 구하기 힘들 거야. 그동안 수고 많았어. 행운을 빌게!"

그녀는 순간 당황했다. 그녀가 퍼시픽을 떠난다면 암살자가 그녀 목숨 노리는 것을 중단할까? 적이 모르고 있을 텐데 그녀의 사직을 어떻게 알리지? 프로텍터마저 철수한다면? 옆에서 듣고 있던 써드가 큭큭거렸다. 그녀는 페드로에게 한 주 더 근무하겠다고 씩씩거리며 수정했다. 써드는 페드로와 잠시 의논하고 현재 임무를 당분간 계속하기로 했다. 무엇보다 교체 가능한 프로텍터가 없었다. 조사관이 업무 수행 중 프로텍터가 필요한 경우는 그녀가 처음이었다.

그들은 마닐라시티 아퀴노 광장에 위치한 잉카 요리 레스토랑 가스톤에서 저녁을 먹었다. 회사 비용 가이드라인에 한참 벗어난 고급 음식점이었지만 그녀는 페드로를 골탕 먹이고 싶었다. 사내 조직도에서 분명히 프로텍터는 조사관 아래급으로 표시되어 있었다. 그에게 목숨을 구해준 답례를 톡톡히 하고 한편으로는 상사의 권위를 확실히 보여줄 좋은 기회였다.

"써드, 프로텍터가 언제부터 생긴 거야? 조사관을 보호하는 경우는 이번이 처음이라면서?"

"프로텍터란 직업이 생긴 지는 꽤 됐어. 범죄 원인 대부분이 유전자 결함임을 증명했던 화이트먼 리포트 기억해? 유전자 치료가 형벌을 대신하자 갑자기 보험 사기가 극성을 부렸어. 파산 직전까지 몰린 보험회사들이 수사 당국과 협의 후, 회사가 직접 보험물을 경호하는 게 최선이란 결론에 도달했어. 첫해에 퍼시픽은 프로텍터 7명을 고용했었지. 모두 터프하다고 소문난 사람들이었대. 근데 악당들이 훨씬 더 터프했던 거야. 1년이 지나자 그중 달랑 한 명만 살아남았어. 위험하다는 소문에 자연인 지원자가 뚝 끊겼지."

"그래서 그 자리에 너희들 대체인간이 투입되었구나."

"맞아. 우리가 투입되었지. 근데 곤혹스러운 일이 생겼어. 자연인을 강제 소멸시키고 유전자 치료를 거부하면 어떻게 되지? 인격성 기억을 말소하잖아. 그렇지만 대체인간을 죽였다고 자연인에게 그런 중형은 선고되지 않아. 반면에 우리는 무고한 자연인에게 스크래치라도 가게 하면 그대로 끝장이야. 법이 그렇게 되어 있대. 아무튼 우리는 자신들을 스스로 보호해야 했어."

"그래서 너희들이 무장하게 된 거야?"

"무장뿐 아니지. 10여 년 전부터는 우리에게도 수사권이 주어졌어. 보험사건이 확실한 경우에 한하지만 민간 비용으로 공공서비스 질을 높이는 교활한 정치적 트릭이란 여론도 있었지."

"내가 까무러치기 전에 쏴댄 불벼락은 뭐야?"

"베레타 듀얼 슈터야. 레이저와 펠릿 복합용이지. 속도는 레이저가 빠르지만 파괴력은 펠릿이 강해. 오른팔에 장착한 두 배럴 중 바깥 배럴은 레이저고 안쪽은 펠릿용이야. 펠릿은 가운데손가락과 집게손가락 사이 골에 넣어 조준하고 레이저는 약손가락과 가운뎃손가락 사이야."

"펠릿 탄통을 오른팔에 메고 다니면 무겁지 않아?"

"펠릿은 좁쌀만 해. 연질 캡슐 형태로 배럴에서 배출되어 날아가는 순간 급팽창해. 매뉴얼에 따라 평소 30발을 배럴 탄착 통에 넣어 둬. 별도 300발 케이스는 모빌러에 보관하고."

식사가 거의 끝나고 페드로가 커넥트했다. 그는 아카데미아의 보안팀과 합동으로 우선 화학 관련 부서의 H로 시작되는 위원이나 학자들을 조사했지만 결과는 허탕이라고 알려주었다. 그래서 다시 전 직원을 대상으로 9월 이후 마낫캄을 방문한 적이 있는지 체크해 볼 계획이나 전망은 그리 밝지 않다고 솔직히 말했다. 별로 기대하지 않았던 오선희와 써드는 페드로와의 커넥션을 종료하고 사건을 하나하나 해부하듯 세밀하게 분석해 보았다. 전송한 업무 스케줄이나 결과 보고가 노출되어 매복에 걸린 것 같다는 그녀의 의심에 써드가 반론을 제기했다.

"그럴 리가 없어. 설마 열흘 전 종합배급소에 생필품 보충하러 간 스케줄까지 업무 계획에 올린 건 아니잖아? 그때도 적들이 매복하고 있었어. 내 생각에 넌 추적이 가능한 방사성 물질이나 칩이 든 음식물을 복용한 것 같아. 뭐, 집히는 것 없어?"

"전혀 없어. 항상 혼자 먹었거든. 아침 외에는 모두 일반 식당에서 무작위로……."

"숙소에 침입해 음료에 타 놓고 빠져나올 수도 있어. 선희, 난 본래 테오도라에서 중요 고객인 마리아나 트렌치 조선 설비 담당이야. 내일이나 모레 이주선 드라이브가 도착하면 정신없이 바빠. 마냥 기다릴 수만은 없어. 과감하게 미끼를 던져 적을 유인해 보는 게 어때?"

미끼와 유인이란 말에 오선희는 정신이 바짝 들었다.

"내가 미끼가 되어야 한다는 말처럼 들리는데, 그래?"

"그래 맞아! 기다리는 것보다 우리가 유인하여 사로잡는 게 훨씬 빠를 것 같아."

"써드! 넌 싸움도 잘하고 훈련도 많이 받았지만 난 그게 아니라고. 난 요가뿐이야."

"내가 미끼를 할 수는 없잖아. 한때 태권도를 제법 했다고 파일에 적혀 있던데…… 너의 모빌러 실력을 최대한 이용해 보면 어때?"

"포트 에어돔에서 무슨 곡예비행이야! 스핀 몇 번만 해도 면허가 취소되는 거 몰라? 무엇보다 난 이미 3번이나 죽을 고비를 넘겼다고. 불쌍하지도 않냐? 못해!"

"이번에는 너 혼자 하는 게 아니고 나랑 같이 하는 거야. 꼭 해야 할 때 하지 않으면 결국은 절대 해서는 안 될 때 하게 되는 법이야."

써드는 반격에 대하여 미끼를 써서 적을 유인하고 생포하는 계획에 대하여 이미 상당히 생각해 본 듯하였다. 그는 일일 업무 보고를 할 때 다음날 계획에 함정을 파서 전송해 보자고 제안했다. 업무 스케줄 누설이든 아니면 추적 물질이든 적은 반드시 나타날 것이라고 장담했다.

그들은 써드의 모빌러를 타고 밤늦게 오선희의 숙소에 돌아왔다. 정체가 노출된 써드는 굳이 다른 곳에 가야 될 이유가 없었다. 그녀의 숙소 침실은 옷장과 화장대 외 침대 하나와 아담한 카우치 소파가 구비되어 있었다. 간발의 차이로 죽음에서 벗어난 지 불과 이틀만에 다시 불에 뛰어들어야 하는, 그것이 장래 안전을 보장하는 유일한 길이라는 반박할 수 없는 논리에 그녀 마음은 천근같이 무거웠다. 그녀는 신경질적으로 식품함에 남아있는 젤라또를 꺼내 용기째 퍼먹기 시작했다.

"눈 좀 부쳐야 되지 않아? 그걸 다 먹으려는 생각은 아니지?"

"말리지 마! 내일 밤이면 난 딱딱한 송장이 되어 있을지 몰라."

한심하다는 듯 고개를 흔들며 써드가 슈터를 오른팔에서 떼어냈다. 그가 아이웨어를 벗자 창백한 피부와 잘 어울리는 푸른 눈이 나타났다. 우수에 젖은 듯한 푸른 눈! 사내 밝히는 계집애들이 보자마자 침 흘리는 그런 얼굴이었다.

"아이웨어를 벗으니까 제법 핸섬한데! 상업용 비주얼 주연이나 모델해도 되겠어. 너희들 대체인간은 모두 아이웨어 커넥터를 사용해?"

"우리는 아이웨어 커넥터가 필수야. 다른 타입에 비해 기능이 많거든. 듀얼 통신도 가능해."

"듀얼 통신이 뭐지?"

"아이웨어를 분할하여 한 사람과 통신하면서 다른 사람과 주제를 달리해 통신하는 거지. 뉴럴 링키지가 되어 있으면 양방향 듀얼 통신이 가능해. 네 기록엔 뉴럴 링키지가 없던데. 그렇지?"

"사이보그 같아서 거절했어. 남자라면 했을지 몰라. 자연인 여성은 그거 없어도 단순한 멀티태스킹이 가능하잖아? 난 대화를 나누며 음악을 감상하고 비주얼도 즐길 수 있어."

"아이웨어를 착용해야 되는 또 다른 이유도 있어. 자연인 시력은 지구 오존층 자외선 수준에 유전적으로 적응되었어. 스페이스 포트에서도 무난하지. 하지만 유전자가 허약한 우리 눈은 오존층이 없는 포트의 강한 자외선에 꼼짝 못 해. 아이웨어가 없으면 각막에 화상을 입거나 심하면 실명하기도 한대. 이제 난 샤워 좀 해야겠어. 나 먼저 할게. 괜찮지?"

샤워 부스에 들어가는 그의 날씬한 뒷모습에 그녀는 전날 의식을 잃기 전 잠시 떠올랐던…… 하마터면 섹스도 경험해 보지 못한 채 생을 마감할 뻔했던 아쉬움이 스멀스멀 찾아왔다. 어차피 내일 미끼가 되어 죽을지도 모르는데 무슨 체면! 그녀는 옷을 벗고 써드의 뒤를 따라 샤워 부스에 들어갔다. 등을 따라 샤워 물줄기가 흘러내린 그의 탐스러운 히프를 그녀의 자신 없는 히프로 밀치며 물길 속에 몸을 들이밀었다.

"같이 샤워해. 나도 찝찝해 못 참겠어. 이건 2인용 샤워야."

"노즐이 하나뿐인데?"

"넓게 퍼지잖아!"

바디드라이어로 몸의 물기를 제거한 그녀는 매혹적인 향의 바디로션을 몸에 듬뿍 발랐다.

"네가 어제 날 구해주었으니까 오늘 내 침대에서 편히 자."

"넌 카우치에서 자려고?"

"아냐. 침대가 두 사람이 자기에 충분해."

"알았어."

"업무 수행 중에 자연인 여성들 많이 만나?"

"그런 편이지. 고객이나 보험물이 여성일 경우 지나친 친절이나 상냥함이 부담되는 경우가 가끔 있는데. 넌 마음이 놓여!"

"그게 무슨 말이야?"

"그렇다는 거지 뭐! 제바 폭행 건이 아니라도 넌 상냥한 타입은 아니잖아. 여태까지 상냥하다는 소리 몇 번이나 들어봤어?"

그녀는 문득 한 번도 주위에서 속마음을 털어놓는 친구에게서도 그런 소리를 들어보지 못했다는 것을 깨달았다. 괜히 태권도를 배웠다고 생각한 그녀는 써드를 등지고 침대에 누웠다. 내일 죽을지도 몰라! 그녀는 대담하게 팬티를 벗어 던졌다.

"난 옷을 몸에 걸치면 깊게 잠들지 못하거든. 다 벗을 테니까 이상하게 생각하면 안 돼."

"걱정 마."

"써드, 충동을 참지 못하고 말도 없이 그냥 들이대지 마. 꼭 하고 싶으면 미리 얘기를 해."

"알았어."

"……잠이 와?"

"응, 잘 자!"

"혹시 내 신체 중에서 매력적이라고 느끼는 부분이 있어?"

"……보조개."

"내 바디라인 흉하지 않아?"

"괜찮은 편이던데."

"너 자연인과 섹스해 본 적 있어?"

"몇 번 있어. 넌 어때? 어쩐지 경험이 없는 것처럼 보이는데."

"무슨 소릴 하는 거야? 경험 많아!"

"알았어."

"대체인간 중에 성불구자도 있어?"

"성불구 대체인간? 들어본 적 없는데…… 왜 그런 생각이 들었어?"

"있다면 혹시 네가 그중 하나가 아닐까 하는 의문이 갑자기 들었어."

"무슨 말을 그렇게 함부로 해?"

"한번…… 증명해 보든지!"

"선희, 퇴원할 때 혹시 의사한테서 무슨 독에 중독되었다고 들은 적 있어?"

"아니, 무슨 독이었는데?"

"상자해파리 독이래. 육식성 동물 독으로 말벌 수백 마리 독과 맞먹어. 2분 만에 인간 심장을 멎게 할 정도로 치명적이래. 당분간 무리한 행동은 금물이라고 의사가 당부하지 않았어?"

"알았어. 그럼 다음에 증명해 봐…… 잊어버리지 마!"

# 12
# 베이스언더의 추격전

2449년 12월 23일

테오도라 포트 이스탄불시티, 홀시스 레이크 마냣캄연구소

오선희와 써드는 마냣캄연구소를 다시 찾았다. 인조곤충 공격 배후 단서가 될 만한 것을 찾거나 타지마가 언급했던 용의자의 흔적을 찾기 위하여 조사관이라면 맨 먼저 들려야 할 곳이었다. 전날 밤에 이곳을 첫 번째 방문처로 언급하였지만 정체를 알 수 없는 상대는 촉박한 시간과 사방이 트인 호수 전망 때문에 이곳에 매복할 가능성은 거의 없었다.

테오도라 당국 수사관들이 전날 조사를 마치고 돌아갔다고 동물들을 보살피고 있던 키 큰 인도계 남성이 전해 주었다. 불에 타버린 실험실을 제외하고는 비교적 깨끗한 그린하우스, 평화로운 동물 막사는 이틀 전 이곳에 정말 끔찍한 테러가 있었나 싶을 정도였다.

"써드, 찜찜한 점이 있어. 내가 곤충의 공격에서 벗어난 것이 정

말 재빨리 탈출해서였을까? 그들이 과연 타지마를 제거한 후 나를 집중공격하려 했을까? 왜 내가 전과 달리 첫 번째 타깃이 아니었을까. 두 타깃을 동시에 공격할 수는 없었을까? 넌 어떻게 생각해?"

"사실 너의 피습은 온통 모순투성이야. 전부 프로 솜씨이긴 하지만 끝맺음이 미스터리야. 넌 간발의 차이로 계속 살아남았어. 네 날카로운 직감에 뛰어난 시력, 재빠른 근육 반사 신경은 인정하지만…… 뭔가 석연치 않은 구석이 있어."

아침을 서둘러 먹은 그들은 마낫캄연구소에 오기 전에 오선희가 가끔 찾는 마닐라시티 앤더슨 모빌러 정비소에 들렀다. 쌍발엔진 스포츠 모빌러가 허용되지 않은 스페이스 포트에서 스피드를 즐기는 젊은이들은 전적으로 튜닝을 통하여 그들의 욕구를 충족하였다. 브라질계인 릴리언이 마닐라시티에서 운영하는 앤더슨 모빌러 정비소는 정비나 수리보다 튜닝으로 소문난 곳이다. 릴리언은 레클리스(reckless) 릴리언이란 애칭에 걸맞게 테오도라에서 맨정신으로 비행하기에 어려운 장소만 찾아 곡예비행을 즐기는 것으로 유명하다. 오선희의 모빌러 경력을 잘 알고 있는 그녀는 기술적인 문제점에 직면하면 오선희에게 조언을 구한 적이 자주 있었다.

그들은 먼저 써드의 모빌러 커맨드 시스템에 오선희 목소리를 추가했다. 무엇보다 사냥개는 사냥감보다 빠르고 민첩해야 한다고 강조한 릴리언의 조언에 따라 스피드 보강을 위하여 AG엔진에 터보차저를 부착하고 기민한 회전을 위하여 동체 하부, 좌우 통 삼각익 한 세트를 폴더블 하프 삼각익 두 세트로 교체했다. 릴리언은 적의 모빌러를 발견했을 때 어떻게 상대해야 할지 목숨을 걸고 체득한 경험과 테크닉을 아낌없이 쏟아냈다. 그녀는 모험에 동반하지 못함을 무척 아쉬워했다.

그들은 11시 15분쯤 마낫캄연구소를 떠나 다운닝가에 있는 브라운로보텍 본사에 들렀다. 그 빌딩은 주위에 고층 건물이 없어 은밀한 접근이 불가능하다. 적을 기만하기 위한 작전 중 하나였다. 오선희는 아스마를 만나 시치미를 떼고 바이오로봇 두뇌 분실 사건을 알려주었다. 안쓰러워했지만 그녀는 그들이 돌아가면 맨 먼저 로봇 두뇌 인수증을 꺼내 오선희의 사인을 다시 확인하고 안도의 숨을 내쉴 것이다. 아스마에게 써드를 소개하자 그녀 눈이 반짝였다. 엉큼하게 대화 중 힐끔힐끔 그를 쳐다보며 대화에 끼도록 유도한 후 뜻밖의 제안을 했다.

"서허니, 이번에 연구시설을 확장하면 보험에 가입해야 하는데 너희 퍼시픽도 추천할까 해. 물론 퍼시픽이 우리를 기소하거나 손해배상을 청구한다면 물거품이 되겠지만……. 가급적 써드가 새로운 연구시설 보안을 맡아주었으면 하는데 가능할까?"

"아스마, 고마워. 하지만 써드는 안 돼. 담당 어카운트가 이미 꽉 찼어. 어차피 회사 법률 집행인이 조만간 너희 쪽에 정식으로 통보하겠지만 법적 다툼 없이 지나가기는 힘들 것 같대."

점심을 먹고 모빌러에 오르기 전에 써드는 트렁크에서 헬멧을 꺼내 오선희에게 건네주었다.

“다기능이야. 팔찌 커넥터로는 어림없어. 강풍으로 인한 소음에는 헬멧 커넥션이 최고야.”

“한 치수 작잖아. 갑갑해서 못 쓰겠어. 좀 더 큰 거 없어?”

“없어. 그건 남성용이야. 넌 머리카락이 많아서 그래. 금방 익숙해져. 사고가 발생할 경우 팔찌를 머리에 뒤집어쓸 수는 없잖아?”

이곳저곳 비행하며 써드와 오선희는 서너 시간 동안 주위를 세밀히 살펴보았으나 그들을 쫓는 수상한 모빌러는 그림자도 보이지 않았다. 오선희는 레이더를 켜 놓고 싶은 유혹을 겨우 참았다. 레이더를 켜 놓으면 상대가 내비-레이더를 로크하는 순간 자동적으로 감지된다. 석양이 불그스름하게 물들기 시작하자 정보가 미처 적에게 전달되지 않았거나 미끼임을 눈치챘을 거라는 의문이 강하게 들었다. 써드는 아까부터 심각한 표정으로 뭔가에 몰두한 듯했다.

“선희, 뒤쪽 스타보드 저 멀리 두 번째 회색빛 모빌러 보여? 10분 전부터 우리와 코스가 같아. 뭔가 액션을 취하기에 아직 시간이 이르다고 생각하는 걸까?”

“틀림없어?”

“믿어 봐!”

그녀는 모빌러를 그라운드스피드 시속 290km로 높이고 우회전했다.

“맞았어. 틀림없이 우릴 따라오고 있어. 미끼를 물었어.”

“내비게이션 가이드 오버라이드, 올 세이프티 메저스 오버라이드, 풀-매뉴얼 플라이트!”

이제 모빌러는 속도제한에 구속받지 않고 길이 아닌 곳도 주저하지 않을 것이다. 기체가 충돌하여도 안전기능을 수행하지 않은 채 묵묵히 피땀 흘리며 고통을 감내할 것이다.

“어느 곳에서 그들을 추월시킬 거야?”

써드는 기술적으로 매우 까다로운 문제를 별것 아닌 것처럼 물어보는 재능을 가진 듯했다.

“포트 상부는 에어돔 때문에 왈츠를 제대로 출 수가 없어. 일단 베이스언더에 진입해야 해!”

스페이스 포트의 석양은 지구만큼 아름답지 않고 지속 시간도 훨씬 짧다. 어둠이 순식간에 닥쳐온다. 그녀는 베이스 고도 2km에서 뒤쪽 멀리 추적자를 매달고 모빌러 전용 통로를 따라 북쪽 바그다드시티로 향했다. 베이스언더로 통하는 9개의 포트 상부 모빌러용 수직 샤프트 중 가장 북서쪽에 위치한 테무진 샤프트를 통과하여 베이스언더에 접어들었다.

사각형 구획 도시인 베이스언더는 전 지역이 오픈되어 있으며 거대한 베이스 플레이트가 하늘을 가려 대낮에도 어두컴컴하다. 이곳 거주민들이 베이스 상부로 올라오면 맨 먼저 태양 빛에 반사되는 눈부신 돔과 고층 건물의 화려한 위용에 큰 충격을 받는다고 한다.

“써드, 그들이 우리 모빌러에 내비-레이더를 로크했어.”

“어떻게 할 거야? 곡예비행을 하거나 기체를 심하게 흔들면 레이더 로크가 풀리기도 하나?”

“말 같지 않은 소리! 때가 되면 내가 알아서 처리할게.”

써드는 불안해 하였지만 오선희는 오랜만에 모빌러 레이스에서 처럼 풀파워 AG엔진 진동과 굉음이 유발한 아드레날린에 긴장하기 시작했다. 모든 근육은 곧 끊어질 듯 팽팽해질 것이다.

테무진 샤프트 첫 레벨 서쪽 인터체인지에서 빠져나와 좌회전하여 2분 정도 비행하자 삼거리에 이르렀다. 추적자와의 거리는 어림잡아 50초 이내였으며 점점 줄어들고 있었다. 삼거리 바깥쪽은 2m 높이 안전펜스가 포트 가장자리를 따라 설치되어 있다. 안전펜스에서 20m 정도 난간을 벗어나면 허공, 곧 짙푸른 우주 공간이다. 베이스 플레이트 상부와 달리 하부는 안전펜스 난간을 따라 실드의 일종인 고강도 투명한 플라버 조직으로 둘러쳐져 있으며 펜스에는 거대한 카스틸[10) ] 서포트가 1km 간격으로 그리스 신화의 아틀라스처럼 육중한 베이스 플레이트를 떠받치고 있다.

그녀는 삼거리에서 우회전하여 북쪽으로 기수를 돌리고 엔진을 풀가동했다. 시속 300km 저공비행에 오른쪽의 단조롭기 짝이 없는 제조시설 블록들이 스쳐갔다. 직진하여 한 블록을 비행하자 오른쪽에 목표하였던 노란색 기다란 건물이 나타났다. 카리브애니푸드, 지구와 포트를 통틀어 가장 큰 보호동물 인조사료 공장이다. 대로 맞은편 남쪽은 감자와 옥수수 혼합 스낵으로 유명한 잉카스타토콘 공장이 자리잡고 있다.

왈츠를 추기에 가장 알맞은 장소였다. 그녀는 스로틀을 살짝 밀었다. 의도했던 가속이 느껴지자 급브레이크를 밟았다. 가속과 급정거, 동시에 모순된 명령이 주어지자 기체는 비행 공학적 공기 흐름에 따른 우아한 선회 대신 제자리에서 시계방향으로 빙글 돌았다. 짧은 순간 핸들을 왼쪽으로 살짝 꺾자 기체는 상쇄된 회전의 반작용으로 튕기듯 오른쪽, 애니푸드와 타토콘 사잇길로 방향을 틀었다. 순간적으로 감속하고 오른쪽 폴더블 하프 윙을 접었다.

사냥 중인 매나 독수리들이 재빠른 선회를 위해 회전하는 쪽 발을 움츠리는 것처럼 오선희의 모빌러는 선회 공기저항을 최소화했다. 비록 기체 밑부분이 애니푸드 공장 벽에 스쳐 튕기긴 했지만 시속 280km 상태에서 깔끔하게 급선회 우회전을 마쳤다. 고마워, 릴리언!

비명을 지르는 모빌러를 위로 비틀어 잔여 추진력으로 타토콘 공장 북쪽 벽에 45° 대각선 방향으로 올랐다. 엔진을 역회전하여 기체를 순간적으로 멈춘 후 20m쯤 수직으로 후진했다. 바깥 담장과 공장 벽 사이에서 몇 차례 고통스러운 충돌을 참아낸 기체는 그녀가 스로틀을 가볍게 밀자 충분하지 않은 추진력으로 체임버 입구까지 수직 담벼락을 10m쯤 헐떡거리며 기어올랐다. 수평으로 뚫린 체임버의 입구는 담장에 가려 밖에서 보이지 않았다.

체임버 입구에서 가까스로 기수를 수평으로 바로잡은 모빌러는 헤드라이트를 켜고 공장의 거대한 쿨링시스템 내부로 진입했다. 그곳은 합성 감자와 옥수수를 대량으로 쪄내는 스팀 체임버 상부 공간으로, 줄지어 서있는 거대한 기둥 사이에 누르스름하고 축축한 스팀이 항상 가득 차 있다. 아른거리는 고온 스팀이 모빌러의 강렬한 두 줄기 불빛에 재빨리 길을 터주다가 금세 다시 후미로 밀려들었다. 기체 캐노피 안에서 느껴지는 폐쇄공간에 증폭된 비행 굉음은 덫에 갇힌 맹수의 울부짖음처럼 처절했다. 극한 상황 비행에 익숙한 오선희는 기체의 연이은 절규에도 눈썹 하나 까딱하지 않았다.

"선희, 이런 곳에서 자주 비행해?"

"미쳤어? 예전에 릴리언과 딱 한 번 같이 와봤어."

급우회전을 놓치고 직진한 추적자는 유턴한 후 저속 좌회전으로 카리브애니푸드 대로에 들어선 순간 레이더에서 타깃이 사라진 황당한 상황을 전혀 이해하지 못할 것이다. 정상 비행로에서 벗어나 벽 속으로 사라진 타깃을 인식할 수 없는 내비-레이더는 에러 메시지를 몇 차례 내뱉다가 초기 디폴트 모드로 회귀할 것이 뻔하다. 어리둥절한 그들은 대로를 직진 후 사거리에서 정면에 사냥감이 보이지 않으면 좌회전이나 우회전할 것이다. 좌회전을 할 경우 1분 정도 막다른 곳까지 비행한 후 유턴하여 다시 내려올 수밖에 없을 것이다. 계속 타깃을 발견하지 못하면 그들은 분명히 다시 카리브애니푸드 공장 쪽으로 향할 가능성이 크다. 한번 왔던 길을 따라 오르며 사라진 사냥감을 찾으려고 눈에 불을 켤 것이다.

오선희는 스팀으로 가득 찬 체임버 내부 기둥 사이를 민첩하게 비행하여 정확히 68초 후 반대편 남쪽 출구로 빠져나왔다. 약 1분 동안 소규모 공장 루프 라인 사이에서 이리저리 곡예 비행하고 대로변 지붕 사이에 모빌러를 부상한 채 멈추었다. 헤드라이트를 끄고 엔진 소음을 최소화한 상태로 정체 모르는 추적 모빌러가 나타나기를 기다렸다.

“보기보다 훨씬 터프한 편이네.”

“평소에는 안 그래! 모빌러 조종할 때 빼고는 수줍은 토끼 같댔어. 제바 건만은 예외야. 하지만 너도 나처럼 몇 차례 죽을 고비를 넘기면 조금 터프해지는 것은 당연하지.”

잉카스타토콘 공장 밖은 이미 어둠이 깔렸다. 그녀는 헬멧의 버튼을 눌러 야광 투시경을 켰다. 어둠 속에서 시야는 흐린 날 대낮 정도로 밝아졌다. 만약 추적자가 애니푸드 대로를 따라 직진 후 우회전했다면 금방 지나갈 것이고 좌회전했다 하더라도 1분 이상 늦지 않을 것이다. 정확히 54초가 지나자 기다리던 회색 모빌러가 쏜살같이 지나갔다. 이제 쫓던 자와 쫓기는 자의 처지가 바뀌었다.

오선희는 망설이지 않고 터보차저를 켰다. 쫓기는 모빌러는 북쪽을 향하여 우회전하자마자 뒤쫓는 모빌러의 정체를 알아챘다. 앞선 모빌러는 시속 350km, 스페이스 포트 한계속도로 도주했다. 오선희의 모빌러는 시속 380km로 추격했다. 도주 모빌러를 그들의 기체로 밀어붙여 펜스 사이에 꼼짝 못 하게 가둔 다음 드라이버를 생포하는 것이 써드가 제안한 작전의 핵심이었다. 질주하는 두 모빌러 간격이 불과 1km도 되지 않을 때 오선희의 헬멧 바이저에 전방 모빌러 캐노피가 열리며 검은 상체 실루엣이 드러났다.

“속도 줄여! 미사일 슈터야. 미사일 레이더 로크!”

오선희는 즉시 속도를 줄이며 기체를 심하게 요동치듯 움직여 저격자의 조준을 방해했다. 써드는 캐노피를 열고 재빨리 간단한 기기로 탁구공 몇 개를 허공에 쏘아댄 후 캐노피를 닫았다. 곧 탁구공 하나가 기체 우측에서 폭발한 직후 좌측에서도 같은 폭발이 있었다. 탁구공 같은 방어무기는 사방 300m 이내 폭발물을 감지하면 강력한 자력을 발산하여 자폭을 유도한다고 써드가 차분하게 설명했다. 도대체 프로텍터는 언제 흥분하는지 궁금했다. 쫓기는 모빌러 캐노피에서 팔뚝만 한 은색 물체를 든 상체가 다시 나타났다.

"최대 속력으로 거리를 좁혀봐. 선희!"

써드는 캐노피 밖으로 상체를 내놓고 오른손을 내밀었다. 그녀는 급가속으로 터보 출력을 최대로 올렸다. 시속 420km. 거리가 순식간에 좁혀지자 도주 모빌러의 저격자 모습이 점점 또렷해졌다. 적의 은색 물체에서 레이더 로크 표시인 빨간 불이 켜졌다. 그 순간 울부짖는 터보엔진 굉음에 써드가 발사한 레이저 방출음은 들리지 않았지만 헤드라이트 광도와 비교할 수 없이 밝은 녹색 광선이 순간적으로 번쩍였다. 520nm 파장에 에너지 $8^2$W/cm$^2$ 밀도의 레이저 빔은 미사일 슈터를 일격에 튕겨냈다. 미사일 슈터를 잃은 상체는 즉시 모빌러 내부로 사라졌다.

오선희는 도주 중인 모빌러를 순식간에 따라잡았다. 가속 파워를 이용하여 상대를 펜스 쪽으로 세차게 밀어붙이자 빠져나가려고 필사적으로 발버둥 치는 상대 모빌러는 펜스와 마찰로 불꽃을 내뿜기 시작했다. 속도를 줄이지 않은 채 불꽃을 날리며 도주하는 모빌러에서 동체 하부 삼각익 한쪽이 떨어져 나갔다. 600m 전방에 카스틸 서포트가 앞을 가로막고 있었지만 그들은 정지할 의사가 없는 듯하였다.

도주 모빌러는 시속 365km로 거대한 카스틸 서포트에 정면으로 충돌하며 폭발했다. 오선희는 가까스로 폭발을 피해 1km쯤 직진하다 유턴하여 사고현장으로 돌아왔다. 휴지처럼 구겨진 모빌러가 불타고 있었다. 흥분이 채 가시지 않아 거친 호흡을 몰아쉰 그녀는 소화기로 이미 불을 끄기 시작한 써드에게 다가갔다. 추적자는 두 명이었으나 모두 고열에 전소되어 신원파악이 불가능할 것 같다고 그가 말했다.

"써드, 혹시 봤어? 모빌러가 서포트 충돌 직전에 폭발했어."

모빌러는 충돌 시 그렇게 폭발하지 않는다.

"그래. 나도 봤어. 무서운 놈들이야. 신원파악을 못 하도록 자폭한 거야."

완전히 연소된 조종석 내부에 시체 두 구가 새까만 재로 남아 있었다. 만약을 위해 인화성 강한 고열 폭약을 기체에 장착해 놓았던 모양이다. 모빌러의 불길이 진화되자 오선희와 써드는 모빌러를 저속 비행하여 왔던 길을 되돌아갔다. 다행히 10분도 되지 않아 길거리에 뒹굴고 있던 은색 미사일 슈터를 발견했다. 손목과 팔꿈치 중간에서 절단된 오른손이 미사일 슈터를 최후의 만찬 성배라도 된 듯 꼭 움켜쥐고 있었다. 예기치 않았던 커다란 행운이었다.

오선희와 써드는 불에 탄 모빌러 잔해로 돌아왔다. 그녀는 열기가 완전히 가시지 않은 모빌러 잔해에서 조심스럽게 엔진을 확인하였다. 구겨진 엔진 체임버 윗부분에 각인된 넘버, TeBa-Ag-

D480928-0129를 겨우 식별할 수 있었다. 바그다드시티 마하리쉬 공장에서 2448년 9월 28일 129번째 생산된 AG(아쿠아길) D모델 엔진이었다.

그녀는 과거 마하리쉬 테스트 드라이버였을 뿐 아니라 보험조사관으로서 공장의 부품이나 완제품 조회 절차에 익숙한 편이었다. 그녀는 헬멧 커넥터로 공장의 완제품 트래킹 시스템에 접속하여 엔진 넘버의 현 소재지를 추적했다.

그녀는 말라카 모빌러 렌트에 커넥트했다. 야간 당직 로봇에게 그녀가 말라카 모빌러와 충돌사고를 일으켰고 의식을 잃은 렌트 모빌러 드라이버를 병원으로 운송 중이라고 둘러댔다. 병원에서 치료를 받기 위해 신원확인이 필요하다고 하자 당직 로봇은 그 모빌러는 다른 모빌러 2대와 함께 2주 전에 딥라이너 조선소 관리사무소에서 업무용으로 일괄 렌트하였다고 응답했다. 그쪽에 문의하라고 친절하게 안내한 당직 로봇은 매뉴얼에 따라 임시로 사용할 수 있는 의료코드를 불러주었다.

그녀는 매우 혼란스러웠다. 할리나나 주피터가 청부업자를 고용할 만큼 그녀에게 무슨 말 못할 원한이 있단 말인가. 만약 원한이 있다면 그것은 개인보다는 회사와 관련되었을 가능성이 컸다. 난감해하고 있는 그녀에게 써드가 절단된 팔을 들이밀었다.

"이것 좀 봐, 선희. 혹시 이 문신 본 적 있어?"

그가 내민 미사일 슈터를 움켜쥐고 있던 팔, 메스처럼 예리한 써드의 레이저빔에 깔끔이 절단된 오른팔 손목 안쪽 팔꿈치 방향 5cm

정도 되는 곳에 까만 문신이 보였다. 문신은 초기 열쇠 모양으로 윗부분 동그란 키 홀더가 있고 아래쪽에 두 개의 돌기부 그리고 중간에 조그만 날개가 손목을 향해 양쪽으로 펼쳐져 있었다.

"습격자들의 DNA로 유일한 증거야. 모빌러는 조회해 봤어?"

"근데 도무지 이해할 수 없어. 파괴된 모빌러를 포함하여 3대의 모빌러를 2주 전 딥라이너 조선소 관리사무소에서 렌트한 거래. 내가 얘기했잖아. 상하이시티 시장 인터뷰 후에 날 미행하던 모빌러가 사라진 곳도 그 근처라고."

"설마…… 그럼 타지마가 언급했던 H 이니셜은 할리나란 말인가? 난 믿을 수가 없어."

"믿어지지 않았던 용의자가 범인으로 밝혀진 사건이 범죄 역사에 얼마나 많은지 알아?"

"업무 때문에 주피터와 그녀를 자주 만나는 편이야. 그들을 잘 안다고 생각해."

"대체인간이 범죄로 기소된 적이 없다지만 자연인은 달라. 인간이 얼마나 모순된 존재인지 너희들은 몰라."

그때 페드로가 커넥트하여 오선희와 써드의 안전을 확인하고 작전의 성공 여부를 물었다. 써드는 추격전에 대하여 간단히 설명하고 정체 모를 문신 이미지를 페드로에게 전송했다. 그는 즉시 지구와 스페이스 포트 데이터베이스를 샅샅이 뒤져 심벌과 관련 있는 단체를 찾아내겠다고 약속했다. 써드는 절단된 팔에서 채취한 DNA를 테오도라 포트의 거주민 데이터베이스에서 조사해 보겠다고 말했지만 별로 결과를 기대하는 말투는 아니었다. 유전자 데이터는 가짜가 많아 증거력이 없고 증거로서 완벽한 바이오리듬 체증은 세포 활동이 중단된 신체 조각에서는 불가능하다. 오선희로부터 말라카 모빌러 렌트사 정보를 전해 들은 페드로는 크게 충격을 받은 듯했다.

"페드로, 지금까지의 상황을 종합적으로 검토해 보면, 비록 써드가 동의하지는 않았지만, 유력한 용의자는 주피터의 파트너 할리나야. 알다시피 그녀의 이름은 H로 시작되거든. 지구 매스컴 추측대로, 암살된 교황과의 껄끄러운 관계가 범행 동기가 되지 않았을까?"

# 13 __
# 사라진 용의자

12월 24일 오전 9시

테오도라 포트 바그다드시티, 루터슈타트가 오선희 숙소

오선희는 아침에 커넥터 모닝콜을 들은 기억이 없다. 대신 써드가 9시에 몸을 세차게 흔들자 겨우 눈을 떴다. 어젯밤 숙소에 돌아오자마자 그녀는 벼락 맞은 고목처럼 침대 위로 쓰러졌다. 육체적 피곤에 심리적인 충격까지 더해져 샤워도 거른 채 잠에 떨어진 것은 근래 들어 처음이었다. 그래도 옷은 벗고 침대에 올랐나보다고 생각하는 순간 번뜩 자신이 벌거벗었다는 걸 깨달았다.

"써드, 너 혹시 어젯밤에 내 옷 벗겼어? 팬티까지?"

"응. 벗지 않으면 깊은 수면에 들지 못한다고 하지 않았어?"

"그렇긴 해. 옷만 벗겼어?"

"왜? 가죽도 벗겨야 했어?"

처음 들어보는 써드의 썰렁한 유머였지만 피곤이 풀리지 않아 미소 짓기조차 힘들었다.

"됐어!"

"일어나 식사해. 어젯밤 저녁도 안 먹고 잠들었잖아. 지금쯤은 털 안 뽑힌 수탉이라도 군침이 돌 걸?"

망고 토스트와 레몬 쥬스, 바삭 소리가 날 듯 구워진 계피 베이컨, 매뉴얼에 따라 한 치 오차 없이 프라이드된 오버이지 달걀에 향긋한 자연산 커피는 미처 수면의 안락함에서 벗어나지 못한 그녀에게 식욕을 일깨워주었다. 숙소에서 남이 차려준 음식을 먹다니 꿈만 같았다. 매너 좋은 녀석이다. 음식에 대해 다소 지나친 관심이 대체인간의 공통된 특성이 아닌지 궁금했다.

"써드, 고마워! 이렇게 근사한 아침까지……. 눈 좀 붙였어?"

그의 단정한 모습을 보자 전날 밤 얼마나 잤는지 궁금해 물어보았다. 그는 씩 웃으며 새벽에 한두 시간 소파에서 눈을 붙여 피곤하지 않다고 했다. 그는 지난밤에 모빌러에 장착된 장비를 이용하여 증거물인 오른팔 DNA를 분석하고 테오도라 거주민 데이터를 검색하였으나 신원이 확인되지 않자 다우너 데이터 검색을 위하여 자료를 페드로에게 넘겼다고 말했다.

스페이스 포트 범죄에 대한 지구 수사팀의 협조는 갠지스강이 말라 바닥을 드러내기를 기다리는 것과 별반 다름이 없다. 게다가 다우너 데이터베이스에는 가짜 정보가 범람하여 유전자 정보와 바이오리듬이 일치하지 않은 경우가 비일비재하다.

페드로의 조사에 따르면 할리나는 2448년 1월 하순부터 이듬해

4월까지 바티칸에서 교황을 4번 알현하였고 12월 3번째 방문에서는 허샹린 대주교를 면담했으나 무슨 얘기가 오갔는지 확인할 수 없었다고 써드가 전해주었다. 페드로는 증거물을 지난번 오선희처럼 최대한 안전하게 자신에게 보내도록 지시하고 행여 그녀 업무보고에는 언급하지 않도록 당부했다고 써드는 의미 있는 미소를 지으며 말했다.

"어제 사람을 둘이나 죽여 놓고 넌 아무렇지도 않아, 써드?"

"넌 어제 정말 충격을 많이 받았나 보구나! 설마 벌써 잊은 건 아니겠지? 그들은 자폭했어. 그전에는 우리를 죽이려고 미사일 슈터를 마구 쏘아댔고."

"그래 맞아. 우리가 죽인 게 아니지! 우린 심지어 불을 끄고 그들을 살려보려 했었어. 넌 어제 보니까 한순간도 흥분하거나 긴장하지 않던데. 대체인간은 모두 그렇게 냉정해?"

"근육이나 두뇌 반응을 지연시키는 흥분을 최소화하려고 노력하는 게 습관화됐어. 우린 자연인과 달리 세상을 움직이는 힘이 열정이라기보다 냉정이라고 생각해. 훨씬 오래가거든……."

"자연인들은 모든 문화권에서 전통적으로 열정을 위대한 성취의 심리적 원동력으로 보고 있어. 냉정은 제대로 환영받지 못해. 가끔은 부정적인 심리 상태로 간주되기도 하고 말이야."

"자연인 심리 메커니즘이 유발한 모순 중 하나라고 배웠어. 가장 지성적 생명체라면서 때로는 차가운 진실보다 따뜻한 거짓 위로를 선택하잖아. 열정이란 자연인에게 극단적 경쟁을 점화시키는 수단이라고 했어."

"자연인은 4억 대 1의 수정으로 탄생하니 그런 극단적 경쟁 성향을 탄생 후에도 쉽게 버리지 못하겠지."

"너희들은 오래전부터 경쟁에서 패한 상대를 완벽히 제거하기 위해 폭력을 주저하지 않았어. 폭력은 가장 강력한 중독성 습성이란 거 알고 있어? 자연인은 태생적으로 폭력에 중독된 상태야. 마땅한 경쟁 상대를 찾지 못하면 심지어 자기 자신과 싸운다고 하잖아?"

"그럼 너희들의 심리 메커니즘은 자연인과 달리 비경쟁, 비폭력에 능동적인 상호협조 타입이야?"

"우리의 탄생은 경쟁 산물이 아니잖아. 지구에 대체인간보다 더 뚜렷한 존재 목적을 가진 생명체는 없어. 물론 너희 몇몇 자연인들은 존재 목적 대신 용도라고 하지만 말이야. 어떻게 표현하든 존재 목적이 다른 타인과 무슨 경쟁이 필요하겠어? 우린 서로 돕는 것에 익숙해."

"자연인들은 너희들과 달리 좀처럼 자신들의 삶에 만족하거나 행복해하지 않아."

"생명체 중 유일하게 원하는 만큼 생명을 연장하고 우주를 마음대로 쏘다니는 데도 아직까지 행복해지는 방법을 찾지 못했다는 건 자연인 최대의 미스터리야."

"써드, 높은 지능에 삶의 목표와 만족도가 뛰어난 너희들을 두려워하거나 시기하는 자연인도 많은 거 알고 있어?"

“그래. 특히 지구에 많다고 들었어. 대체인간 두뇌는 명석하다기보다 의식화 집중 효과야. 우리가 명석하다지만 자연인의 한계를 가늠할 만큼 똑똑하진 않아. 우주를 통틀어 목표가 뚜렷한 자연인보다 더 무서운 존재는 없을 거야. 곧 창조주마저도 두려워하게 될걸?”

써드는 갑자기 말을 멈추고 아이웨어 커넥터에 집중했다. 오선희는 그의 마지막 말에 식사를 멈추고 샤워실로 향했다.

“알았어. 즉시 그쪽으로 떠날게. 물론 오선희와 함께. 30분 이내에 도착할 수 있어.”

11시 15분 상하이시티 뮤란가에 위치한 딥라이너 조선소 관리사무실에 도착하여 방문객 랜딩 파크에 모빌러를 안착시켰을 때 할리나가 몸소 안전 도어 밖으로 나와 그들을 맞았다.

“갑작스러운 방문 요청에 응해주어 얼마나 고마운지 모르겠군요. 일이 워낙 급해 실례를 무릅쓰기로 했답니다. 회의실로 들어가실까요? 서비스, 두 분께 마실 것 좀 준비해 주겠어?”

귀여운 소년 차림의 서비스로봇이 주문을 받으러 재빨리 달려왔다.

“생수 한 잔 부탁해.”

써드의 주문에 이어 오선희는 지난번 상큼하였던 다즐링 세컨드 플러시가 생각났다.

“혹시 다즐링 세컨드 플러시 아직도 남아 있어?”

써드의 생수 브랜드를 확인한 서비스는 그녀 쪽으로 몸을 돌리며 죄송한 표정으로 말했다.

"죄송합니다. 다즐링을 마지막 서비스한 게 7개월이 지났습니다. 올해 초에 시킴 대지진으로 다즐링 차밭이 폐쇄되는 바람에 공급이 끊겼지요. 정말 훌륭한 차였는데 아쉽습니다. 괜찮으시다면 향이 흡사한 스리랑카 차를 하나 권해 드릴까요?"

"불과 2주 전 허니스위트한테 분명히…… 그럼 나도 써드와 같은 브랜드!"

다즐링 언급에 써드의 표정이 미묘하게 움직이는 걸 눈치챘지만 그녀는 다음 기회로 미루었다. 그들은 서비스가 가져온 생수를 들고 회의실 테이블에 할리나를 마주 보고 앉았다.

"오늘 아침 말라카 모빌러 렌트사에서 모종의 문의가 있었습니다. 어젯밤 사고 관련으로 커넥트했던 분이 오선희 조사관 맞죠?"

반박이나 대답을 기다리지 않는 할리나의 표정은 적의라기보다는 호기심에 가까웠다.

"제가 요청하자 말라카에서는 녹음된 음성을 들려주더군요. 누군지 금방 알아차렸죠. 처음에는 블랑쉬를 찾았지만 그녀가 없자 교통사고 건을 아는 직원을 찾았답니다. 제가 자초지종을 요구했더니 딥라이너 조선소 명의로 렌트한 모빌러 충돌사고 건이라고 하더군요. 드라이버 부상 상태를 묻고 사고 원인이 조종 부주의 탓인지 아니면 기계적 결함인지 확인해야 한다고 했습니다. 충돌사고가 뭐죠? 도대체 무슨 일이 벌어지고 있는 건가요?"

"왜 허니스위트에게 직접 묻지 않고 저희들에게 연락하셨나요?"

"그녀가 사라졌어요. 숙소에도 없고……. 커넥터마저 꺼져 있습니다. 타이밍이 기가 막혀요."

"타이밍이 기가 막히다니요?"

"어제 타키온 드라이브가 도착했어요. 그것 때문에 지금 주피터는 항해청과 스페이스필그림호 건조 스케줄을 협의하고 있습니다. 이제부터 본격적으로 이주선 조립에 착수해야 하는데 모든 데이터를 가진 그녀가 사라졌어요. 유성 충돌로 에어돔이 깨져 붕괴가 시작된다는 소식에도 이만큼 놀라진 않았을 거예요."

"도착한 타키온 드라이브를 예인선에 연결해 놓았다고 어제 주피터로부터 들었습니다. 이주선이 아직 보험에 들지 않았지만 보안 문제라면 걱정하지 않아도 될 겁니다. 제가 없으면 전력사용이나 공기 주입이 불가능하거든요. 알고 계시죠?"

"사무실을 뒤져보면 그녀의 실종에 대한 단서를 찾아낼 수 있지 않을까요?"

"모든 게 삭제되었습니다. 블랑쉬가 의도적으로 기록을 모두 삭제한 것 같아요."

"그동안 제 활동 보고를 보셨다면 제가 어떤 곤경에 처했고 지금 문제와 어떻게 연관……."

"무슨 활동 보고를 말하죠? 제가 처음에 요구했었던? 주피터가 불필요한 오해를 초래할지 모른다고 만류해 그녀에게 취소하도록 지시했는데……. 그럼 계속 블랑쉬에게 정보를 보냈나요?"

써드가 냉정을 발휘하여 전날 모빌러 추격전까지 그동안의 사건을 간결하게 요약하여 설명해 주었다. 충격을 받은 할리나의 표정이 순식간에 포트 에어돔 바깥처럼 창백해졌다.

"법률 컨설턴트도 아닌 블랑쉬가 어떻게 이 직장에서 근무하게 되었죠?"

"그녀는 전문회계사였습니다. 이곳에서는 비서 일도 겸했지요. 대체인간권익협회 마마스 클럽이란 스페이서 중 주피터라고 불리는 스키퍼의 법률적 후견인 모임입니다. 파트너를 겸하고 있지요. 허니스위트는 원래 협회의 감사를 위하여 고용된 회계사였습니다. 감사 업무 수행 중 우연히 사무실을 잘못 들어온 한 젊은 주피터를 만났습니다. 즉석에서 그에게 사로잡힌 그녀는 얼마 지나지 않아 그의 후견인이자 파트너가 되었죠."

"법률 컨설턴트 외에도 대체인간 후견인이나 파트너가 될 수 있다는 말입니까?"

"그럼요. 전혀 제약이 없습니다. 단지 법률 컨설턴트들에게 기회가 많았을 뿐입니다. 마마스 클럽에서는 아름답고 총명한 그녀를 환영했지요. 하지만 그녀의 시련은 다른 멤버들보다 훨씬 빨리 닥쳐왔습니다. 파트너가 된 지 2년 조금 지나 그녀의 주피터가 항해 중 실종되었거든요. 우리는 그녀가 슬픔에서 벗어나기까지 오랜 시간이 소요되리라 예상했지요. 누군가의 조언에 따라 그녀는 잠시 지구로 여행을 떠나더군요. 그런데 여행에서 돌아온 그녀는 완전히 변해 있었습니다. 잘생긴 스페이서를 보면 참질 못했어요. 그때부터는 허니스위트 대신 호니(horny)스위트 블랑쉬라고 불리기 시작했답니다. 클럽에서는 그녀의 사내 밝힘증을 모른 척하기로 했지요. 짝 잃은 멤버에 대한 배려랄까요? 그 후 이곳에 전문회계사가 필요하자 그녀에게 제가 전직을 권유했습니다."

"혹시 누군가 정보를 얻기 위해 그녀를 금전적으로 매수하였을 가능성은 없습니까?"

"금전에 관한 한, 그녀는 매수당하는 쪽보다는 매수하는 쪽이 훨씬 설득력 있을 걸요. 그녀는 기업분석에 능했을 뿐만 아니라 미래 변화를 예측할 줄도 알았지요. 정확한 타이밍의 투자로 엄청난 재산을 모았다고 하더군요. 테오도라 증권시장 10대 우량 주식을 다량 보유하고 있다는 소문도 있어요. 파트너 실종에 따른 보상금 수령도 거절했답니다."

오선희는 할리나가 자신의 범죄 혐의를 회피하기 위한 수단으로 블랑쉬와 실종을 공모했거나 조작했을 가능성에 마음이 놓이지 않았다. 그녀는 정공법을 택했다.

"아직도 많은 다우너들, 특히 바티칸의 성직자들은 당신을 의심스러운 눈초리로 보고 있습니다. 과거 몇 번씩이나 교황에게 주피터의 세례를 부탁하였지만 거절당한 적이 있었죠?"

"그럴 거라고 생각하고 있습니다. 그러나 지난해 12월 허샹린 대주교하고 나누었던 대화를 들어보면 생각이 바뀔 걸요. 허샹린이 바티칸에서 적극적으로 교황을 설득하기로 하고 저는 그녀의 제안으로 상하이시티 시장에게 교황의 초청을 부탁하기로 약속했답니다. 지구와 스페이스 포트 양동 작전이었지요. 오늘 중으로 당시 대화 기록을 찾아 페드로에게 보내드리겠습니다."

법률 컨설턴트들은 보험조사관들처럼 사소한 일에도 증거를 확보하고 그것을 들이대는 습관에서 쉽게 벗어나지 못한다. 직업에서 오는 강박관념일 것이다.

"도대체 블랑쉬는 왜 3대의 모빌러가 필요했을까요? 써드, 미안하지만 그녀 행방을 최우선으로 파악해 주지 않겠어요? 그녀만 찾아준다면 이번 이주선 보험을 퍼시픽에 보장하겠습니다."

"그녀를 찾으려면 우선 그녀의 바이오 데이터가 필요합니다. 직원들 바이오 데이터는 별도로 보관하고 있지요? 제가 잠시 여기 사무실 단말기를 사용해도 괜찮겠지요?"

"물론이죠."

"혹시 블랑쉬 파트너였던 주피터의 ID 넘버 기억하세요?"

"주피터467입니다. 4년 전, 크리스마스 일주일 전에 당국이 실종으로 선언했지요."

써드는 개인 커넥터에 비해 정보처리 속도가 월등하게 빠른 산업용 단말기와 보험사건 수사권으로 민감한 정보에 접근하였다. 정보 검색을 마친 그는 할리나가 잠시 개방한 회사의 데이터베이스에서 블랑쉬의 바이오 데이터를 자신의 모빌러 단말기로 전송했다. 딥라이너 조선소 관리사무실에서 랜딩 파크로 향하며 써드는 오선희에게 자신 있게 말했다.

"호니인지 허니인지 스위트 블랑쉬가 널 속여 다즐링과 함께 마시게 한 케미컬은 아마 X284일 거야. 무색무취지만 200km 이내 추적이 가능한 방사성 물질이지. 약효는 10일에서 15일 정도고. 건강에는 아무 지장 없어. 네 경우에는 아마 그제 저녁까지 유효했을 거야. 다행이지, 뭐! 그렇지 않았다면 아마 이 순간 우리 대신 그들이 활개 치고 다녔을지 몰라."

"그 말은 어제…… 그들 대신 우리가 당할 수도 있었단 말이구나. 왜 그렇게 생각해?"

"모빌러 내비-레이더는 레이더 로크된 모빌러가 정규 비행 코스에서 벗어나 벽을 뚫고 사라졌으니 에러가 나왔을 거 아냐. 네 몸 방사 물질 X284에 추적 레이더를 로크하였다면 벽을 뚫고 들어가도 벗어나지 못해. 사우나 체임버에서 땀 흘리며 나왔더니 바로 코앞에 미사일 슈터가 겨누고 있다고 상상해 봐. 생각만 해도 끔찍하지 않아?"

"정말 큰일 날 뻔했네! 깜빡해서 미안해. 서비스로봇이 다즐링 재고가 없다고 말할 때까지 까마득하게 잊고 있었어."

"그럴 수도 있지 뭐! 그건 그렇고 난 블랑쉬가 어디 숨어 있는지 알 수 있을 것 같아."

"어떻게 그렇게 빨리? 아까 사무실 단말기로 검색했던 게 바로 그거였어?"

"스페이서 실종이 공표되고 후견인이나 파트너가 보상금을 수령하면 실종자의 복지 행정 절차가 마무리되거든. 하지만 보상금을 수령하지 않으면 행정 절차가 종료되지 않아."

"그럼 실종 스페이서의 숙소도 반납되지 않고 그대로 유지되고 있겠네. 그래?"

"맞았어. 그런 이유 때문에 어떤 파트너들은 일부러 보상금 수령을 기피하기도 해. 블랑쉬에게는 자신의 숙소 외 유혹한 스페이서들과 놀아날 은밀한 장소가 필요했을 거야."

"어딘지 알아?"

"확인했어. 재수가 좋으면 오늘 중으로 그녀를 체포할 수 있을지 몰라. 출발하기 전에 점심을 먹자. 넌 할리나의 호출 때문에 아침도 제대로 못 먹었잖아. 이 근처에 생선을 기가 막히게 요리한다는 볼리비아 식당이 있어. 티티카카 호수 후예들이래."

# 14 ___
# 사이렌 최후의 유혹

12월 24일 오전 11시

테오도라 포트 홍콩시티, 오차드가 주피터467 숙소

아침에 늦게 기상한 허니스위트 블랑쉬는 샤워를 마치고 간단히 아침을 먹었다. 테오도라 포트에서 마지막 밤이었으니 잠이 제대로 올 리 없었지만 새벽에 잠든 모양이었다. 가져갈 것은 옷가지 몇 벌이 전부였고 전날 밤 이미 슈트케이스를 꾸려 놓았다.

바티칸에서 왔다는 참민음 수호회 소속 사제들은 전날 오전까지 머물렀다. 옛날 무슬림 왕국 술탄을 위한 화려한 할렘 월커튼은 폼페이 유적같이 노골적인 프레스코는 없었지만 성욕을 자극하는 야릇한 향내가 실내 곳곳에 아직까지 남아 있었다. 최음 효과를 유발하는 바질 오일과 머스크, 코코넛버터향 방출을 최대한 차단했지만 결코 경건한 성당이나 건조한 수도원 분위기와는 거리가 멀었을 것이다. 어차피 그들도 전도를 위해 수련 차 테오도라 포트를 방문한 것이 아니지 않는가.

4명의 사제 중 키가 크고 핸섬한 스테판 사제가 오후 6시에 출발하는 고속철 티켓을 가지고 직접 들르겠다고 커넥트해 왔다. 80년 가까이 살며 온갖 사연과 추억이 서려 있는 테오도라 포트를 맨정신으로 떠날 수는 없다. 그녀는 키친 캐비닛에 넣어두었던 반쯤 남은 싱글몰트 스카치를 꺼내어 온더록스로 한 잔 마셨다.

스테판 사제가 오면 나머지는 그와 같이 마셔야겠다고 생각했다. 사제 스테판과 같이 즐기고 싶은 것은 오래된 스카치만이 아니었다. 블랑쉬는 사랑하는 주피터 실종 후에 많은 남녀와 미친 듯이 섹스 파티를 벌였다. 극심한 상실감이 타인과의 섹스로 결코 치유될 수 없음을 잘 알고 있었지만 이미 무분별한 섹스는 습관화되었다. 하지만 그녀는 아직 한 번도 바티칸의 사제를 상대해 보지 못했다.

가슴골과 겨드랑이 그리고 허벅지와 성기 주위에 머스크 향을 살짝 뿌린 그녀는 섹시한 옷으로 골라 입었다. 검은색 미디엄 스커트는 옆트임이 있어 알맞게 두툼한 허벅지를 한결 더 육감적으로 보이게 할 것이다. 밋밋한 보통 여성들의 가슴에 비해 잘 익은 복숭아처럼 탱탱한 젖가슴은 윗단추 2개가 열린 검은 민소매 실크 블라우스 속에서 출렁이며 언제든지 방문자의 손길을 환영할 것이다.

"블랑쉬 자매, 정말 고마웠습니다. 루비오 님께서 자매의 헌신은 측량할 수 없이 깊다고 하셨는데 전혀 과장이 아니더군요. 자매의 도움이 없었다면 다윗의 돌팔매는 연못가 개구리 한 마리도 맞추지 못했을 겁니다. 창조주께서 부디 자매님에게 합당한 보답을…… 아멘!"

"사제님의 거룩한 헌신에 비하면 미천한 제가 한 일이란 밤하늘 포트 상공을 스치는 수많은 유성 부스러기 중 하나일 뿐이랍니다."

"루비오 님께서 자매에게 커넥터를 선물했다고 하던데, 어디 있죠? 지구에서 계속 사용하려면 주파수가 달라 칩을 바꿔야 하거든요."

"저쪽 거실장 기도하는 성모상 보석함 속에 있습니다."

사제는 선물이나 의전용으로 이용되는 1등석 티켓 황금색 실크 커버를 그녀에게 내밀었다. 그녀가 권한 스카치 온더록스를 이미 2잔째 마신 사제는 가벼운 어지러움을 느꼈다. 분명히 알코올 때문은 아니었다. 사제는 상하이시티 고속철 터미널에 마중 나온 그녀를 보았을 때의 강렬한 충격이 되살아났다.

퇴폐적 매력으로 가득 찬 그녀는 사악한 아름다움의 결정체였다. 날카로운 콧등에 살짝 위로 향한 코끝과 상대의 영혼을 빨아들이는 듯한 초록빛 눈동자, 정성 들여 가꾼 육감적인 몸매에 성격마저 상냥했다. 뛰어난 소통력과 어떤 주제라도 막힘이 없는 지적 수준은 돌로미테 암벽처럼 굳건한 믿음을 자랑하는 바티칸 성직자들이라도 그녀가 마음만 먹으면 순식간에 치명적인 타락의 거미줄로 옭아맬 수 있을 것 같았다.

"블랑쉬 자매는 어떻게 마스터 루비오 님을 알게 되었죠?"

블랑쉬는 남아 있는 싱글몰트 스카치를 글라스에 따르고 몇 개의 얼음 큐브를 추가로 넣었다.

"4년 전이었지요. 파트너인 주피터가 실종되고 매일매일이 끔찍한 지옥의 연속이었답니다. 세상의 모든 슬픔을 합쳐도 저의 슬픔에 미치지 못한 것 같았어요. 기분 전환을 위해 심리치료사가 지구로 여행을 권하더군요. 바티칸을 관광하던 중 우연히 고백성사를 하게 되었답니다. 고해소에 들어간 저는 눈물을 쏟아내며 먼 우주에 측량팀을 보내는 악당들에게 마구 저주를 퍼부었답니다. 고백을 들은 사제는 루비오 님과의 면담을 주선하더군요. 루비오 님은 인간에게 우주는 창조주가 허락한 태양계로 충분하다고 하셨죠. 그 너머는 사탄의 영역이라고 하셨습니다. 면담 후에 참회하는 자매라는 수녀회를 소개해 주셨지만 제 스타일은 아니었어요."

취기가 오른 그녀는 대담하게 의자에 앉아 있는 사제의 무릎 위에 걸터앉아 목에 팔을 둘렀다.

"사제님, 제가 가장 혐오하는 것은 순한 양이랍니다. 복수할 의지마저 없는 무기력한 양 말이에요. 그런 양은 도살되어야 마땅합니다. 하늘은 스스로 돕는 자를 돕는다는 말이 있잖아요. 루비오 님이 창조주는 강한 자 편으로, 역사상 약한 자가 창조주의 도움을 받았던 적은 단 한 번도 없었다고 하시더군요. 전 수녀원에 처박혀 기도하는 대신 철저한 복수를 맹세했지요. 루비오 님은 제가 복수하도록 기꺼이 돕겠다고 약속하셨어요."

스테판은 지성과 절제가 몰려 있는 곳의 속삭임과 달리 성기가 꿈틀거리는 것을 느꼈다. 그것은 비 온 후 대나무숲 죽순처럼 생기가 충만해져 솟아오르기 시작했다.

"스테판 사제님은 여성과 사랑을 해 보신 적이 있습니까?"

"참믿음 수호사제들은 계율상 여성과의 사랑이 허락되지 않습니다."

참믿음 수호회는 계율로 여성과의 섹스를 금지했지만 스테판의 마음 깊은 곳에는 사악한 쾌락에 대한 억누를 수 없는 호기심이 자리 잡고 있었다. 영혼을 팔 수 있을 만한 황홀함이란 얼마나 달콤할까. 사이렌의 앞바다를 지나는 오디세우스의 마음이 그랬을 것이다.

"사제라도 사내라면 한 번은 반드시 여인과 사랑을 나눠봐야 해요. 여인의 육체가 얼마나 달콤한지 경험해 보지 못한 채 어떻게 현세나 천국의 즐거움에 대해 아는 척한단 말입니까?"

스테판의 손에서 잔을 떼어내 탁자 위에 놓은 그녀는 사제의 오른손을 봉긋한 가슴 위에 살며시 올려 놓은 후 눈을 감고 가볍게 떨고 있는 그의 입술 사이에 자신의 혀를 들이밀었다.

스테판의 혼란스러운 머리에 잠언 5장의 거룩한 말씀 '사악한 여인의 입술은 꿀을 떨어뜨리며 기름보다 더 미끄러우니라'가 떠올랐다. 그렇다. 단 한 번이라면 창조주도 루비오도 이해하고 용서해 줄 것이다. 싱글몰트향이 섞인 거친 숨 내음을 풍기며 사제는 자연스럽게 왼손으로 그녀 허리를 감싸 안았다. 블라우스 아랫 부분과 스커트 사이에 드러난 그녀의 상아처럼 하얀 피부는 형제들의 거친 그것과 비교가 되지 않았다. 천국의 부드러운 벨벳이었다.

그녀는 거침없이 스커트와 팬티를 벗어 던졌다. 허리에서 히프로 흘러내리는 곡선은 바람이 만든 사막의 모래언덕처럼 흠잡을 데 없는 곡선을 이루었다. 날씬한 하체에서는 약간 비릿한 우유 냄새와 어두컴컴한 성기 부근에서 정체 모를 매혹적인 향이 그의 후각을 자극했다. 그녀는 적당히 벌린 다리 사이, 곱슬거린 음모가 무성한 숲으로 의자에 구부정하게 앉아 있는 사제의 머리를 끌어당겼다. 은밀한 샘터의 유혹에 굴복한 사제는 무릎을 꿇고 게걸스럽게 갈증을 달랬다. 오래된 갈증은 좀처럼 풀리지 않았다.

"아, 나의 스테판! 당신이 허니스위트의 샘터를 강아지처럼 핥아 주니 미칠 것 같아요. 지금 이 순간! 여기가 천국이 아니라면…… 세상 어느 곳이…… 더 이상 참지 못하겠어요!"

그녀는 스테판의 바지를 벗겼다. 크고 단단한 그의 성기는 발사대에서 금방이라도 튀어 오를 듯한 로켓 같았다. 그녀는 그의 성기를 마음껏 입으로 흡입했다. 스테판의 섹스는 그의 성기만큼 훌륭했다. 웬만한 사내라면 이미 흥분을 참지 못하고 그녀의 입에 사정했었을 것이다. 그녀는 의자에 앉아 있는 스테판의 무릎 위에 올라타 그의 크고 단단한 남성을 젖은 몸 안에 집어넣었다. 처음에는 천천히 상하로, 그리고 속도를 높여 앞뒤로 탐스러운 하체를 움직였다. 곧 상대마다 색다르게 느껴지는 섹스의 희열에 그녀는 숨이 넘어갈 듯 온몸을 격렬하게 요동쳤다.

모든 느낌을 초월하고 모든 것을 빨아드리는 엑스터시의 거대한 블랙홀에 빠져들자 사제는 그녀와 발가벗은 채 허우적거리다 창조주 앞으로 끌려가도 후회하지 않을 것 같았다. 왜 루비오가 여성과의 관계를 엄금하는지 이해할 수 있을 것 같았다.

참믿음에 치명적인 위협이었다!

형제들과의 섹스와 달리 여성과의 섹스가 유발하는 달콤함은 인간이 거부하기 힘든 사악함 그 자체였다. 시간의 흐름을 망각한 채 그들은 황홀함에 무너져가는 상대의 일그러진 표정을 음미하며 섹스의 절정을 향해 폭주를 시작했다.

"흐! 당신이, 당신이 최고야. 스테판! 나의 주피터! 이런 섹스…… 얼마만이야."

쾌락의 절정에 굴복한 사제는 금단의 희열을 맛보게 해준 그녀 몸 깊숙한 곳에 화산처럼 거세게 정액을 분출했다. 태초에 최초의 남자가 최초의 여자에게서 똑같은 희열을 느꼈으리라.

스테판은 가슴에 안겨 있는 블랑쉬 머리를 쓰다듬었다. 거친 숨이 잦아들자 쾌락의 여운이 머물던 곳에 계율을 위반한 죄책감이 석양의 땅거미처럼 조금씩 소리 없이 몰려왔다. 죄책감은 아직 끝내지 못한 임무를 상기시켰다. 블랑쉬가 지구에 돌아오지 못하게 할 것과 참믿음 수호회와의 전용 커넥터를 파괴할 것을 마스터 루비오가 엄중히 그에게 당부했다.

블랑쉬는 만족한 섹스 후에 오는 심리적 포만감에 미소 지으며 머리칼을 매만지고 있는 스테판의 오른손 손가락을 하나씩 정성스럽게 빨기 시작했다. 시간은 충분하다. 다른 수컷들처럼 사제의 두 번째 섹스는 첫 번째에 비해 월등할 것이다. 손가락을 빨던 중 오른

손목 아래 참믿음 수호자의 문장이 눈에 띄었다.

"지구에서도 가끔씩 만나 지금처럼 즐겨요. 스테판! 저는 참회하는 자매는 아니지만 어떤 의미에서 참믿음 수호회 일원이랍니다. 제 몸에도 참믿음 수호자 문장이 새겨져 있거든요."

스테판은 소스라치게 놀랐다. 마스터 수호사제가 선택한 소수의 참믿음 수호자들에게 오직 창조주만이 허락한 거룩한 상징이 아니던가.

"어디에? 어떻게 그런 일이?"

"심벌이 꼭 마음에 들었다기보다는 누군가와 같이 창조주의 복수를 수행한다는, 일종의 소속감이 필요한 것 같아서요. 혼자 일하는 것은 외롭잖아요. 몸 은밀한 곳에 문신을 새겼답니다."

그녀는 킥킥거리며 스테판의 오른손을 잡아 자신의 왼쪽 히프 상단 조그만 검은 부분을 짚어주었다. 예상치 못했던 큰 충격에 스테판은 블랑쉬가 금단의 열매에 대한 경고를 무시한 최초의 여성 이브처럼 결코 원초적인 타락에서 벗어나지 못했음을 새삼스럽게 깨달았다. 그녀에 대한 격렬한 증오가 폭력에 대한 깨름칙한 망설임을 단숨에 거두어갔다. 스테판은 눈을 감은 채 소리를 내지 않고 창조주에게 짧은 기도를 올렸다.

창조주여, 이 사악한 여인을 보내오니 부디 자비를 베풀어 용서하소서.

스테판은 두 손으로 그녀의 등 쪽에서 가느다란 목을 쥐어짜듯 비틀었다. 낚싯줄에서 벗어나려는 물고기처럼 그녀는 필사적으로 발버둥쳤지만 스테판의 두 팔은 산피에트로 대성당의 발다키노 청동 기둥처럼 꿈쩍하지 않았다. 한동안 저항한 후 허공을 응시하며 이해할 수 없다는 눈빛을 남기고 그녀는 호흡과 경련을 멈추었다. 그녀의 애칭인 호니스위트에 걸맞은 최후였다. 스테판은 숨이 끊어진 블랑쉬를 식탁에 뒤집어 눕히고 부엌에서 나이프를 가져와 왼쪽 히프 위쪽에서 조심스럽게 문신을 떼어냈다. 크지는 않았지만 참믿음의 심벌임에 의심의 여지가 없었다. 그녀의 입이 몸처럼 헤프지 않았다면 그녀는 아마 흠집 없는 육체로 창조주 앞에 섰을 것이다.

스테판은 대리석 거실장 위에 있는 기도하는 성모 마리아 보석함을 열었다. 오르골이 회전하며 우주에 가득 찬 순결한 은총의 경쾌한 리듬이 흘러나왔다. 보석함 외부 재질은 불에 타지 않은 테니움으로 만들어졌지만 내부는 일반 벨벳 천이었다.

그 안에 날개 달린 열쇠 펜던트의 블루 플래티넘 커넥터가 보였다. 펜던트 뒤쪽 로켓을 열어 손톱만 한 칩을 빼냈다. 칩을 부러뜨린 후 쿠커에 넣었다. 쿠커를 10분 후 바비큐로 설정하고 뚜껑을 닫지 않은 채 취사 가스 밸브를 열어놓았다. 마지막으로 가져온 봉투에서 인화성이 강한 포르타네 파우더를 꺼내 시체 주위에 뿌렸다. 의료진이 그녀를 복원하지 못하도록 충분히 소각해야 한다. 일단 발화되면 블랑쉬가 재로 변하는데 5분 정도면 충분할 것이다. 스페이스 포트 스키퍼 전용 숙소는 방 단위로 화재 차단 장치가 설치되어 있다는 입주 첫날 그녀의 말이 떠올라 스테판은 마음이 가벼웠다.

고속철 1등석 예약을 취소하고 그는 2시 45분에 블랑쉬의 아지트를 나왔다. 사이렌의 앞바다에서 무사히 항해를 마친 오디세우스처럼 스테판은 2449년 12월 크리스마스 기념으로 그날 그의 인생에서 가장 의미 있는 경험을 했다고 만족해했다.

## 15 ___
# 다윗의 돌팔매

12월 24일 오후 3시 30분

테오도라 포트 홍콩시티, 오차드가 주피터467 숙소

점심을 하고 오선희와 써드는 홍콩시티 오차드가로 향했다. 그들은 오차드가 방문이 처음이었지만 고급 주택가인 그곳의 명성을 익히 알고 있었다. 현역 스페이서들의 거주와 휴식을 위하여 특별히 개발된 그곳은 테오도라 전 지역을 통틀어 유일하게 고층 건물이 없는 지역이다. 인간 감각에 착오를 유도하는 첨단 월커튼 기술을 이용하여 4km$^2$ 면적 공간에 5천여 명의 거주민들에게 고요한 호숫가나 공원과 숲 등 안락한 환경을 제공하였다. 월커튼 제조사에 따르면 2km 가상 산책코스 조성에 실거리 1백m가 소요된다고 한다.

현장에 도착했을 때 그들은 직감적으로 한발 늦었음을 깨달았다. 신고를 받고 달려온 포트 당국 수사관 두 명이 방화도어 밖에서 서성이고 있었다. 그들은 크리스마스이브이자 217회 팬 월드컵 첫날,

일찍 사무실을 떠나지 못하는 조직 내부 서열의 비애와 화재사고 타이밍의 불운을 탓하며 발을 동동 구르고 있었다. 써드가 신분을 밝히자 그들은 표류 중인 난파선이 구조선을 만난 듯 반겼다. 써드가 실내를 체크했는지 묻자 그들은 화재 열기가 빠지기를 기다리는 중이라고 대답했다.

어두컴컴하고 열기에 화끈거린 방을 써드와 오선희가 들어서자 그들도 마지못해 따라 들어왔다. 써드는 인간 사체가 분명한 잿더미 속에서 핀셋을 사용해 뜨거운 뼈 한두 조각을 골라 증거품 케이스에 넣었다. 시체가 누구인지 의문의 여지가 없었지만 완벽을 기하고자 모빌러에 설치된 분석기를 이용하러 밖으로 나갔다.

오선희는 주피터467호의 불타 버린 숙소 내부를 꼼꼼히 살펴보았다. 월커튼을 비롯하여 대부분이 숯덩이로 변했으나 벽에 걸린 황금색 거울 프레임과 상아색 성모상 보석함은 그대로였다. 소행성 벨트나 카이퍼벨트에서 채굴된 비인화성 광물로 만들어진 것처럼 보였다. 그녀는 보석함을 찬찬히 살펴보았다.

바위에 엎드려 기도하는 성모 마리아는 만지면 멜로디와 함께 팔을 벌리며 천천히 몸을 일으키고 두 쪽으로 갈라지는 바위 속에서 보관물이 솟아오르는 메커니즘이었다. 음향 장치는 열에 손상되어 벙어리가 되었고 미약한 터치에 보석함 바위는 말라죽은 조개처럼 힘없이 헤벌렸다.

그곳에 표면이 그을린 펜던트 목걸이 커넥터가 있었다. 펜던트 디자인을 금방 알아차렸다. 전날 밤 오른팔에 새겨진 문장과 동일했다. 펜던트 뒷면에 있는 로켓에 통신 칩이 보이지 않았다. 사체 분석을 마치고 써드가 화재현장으로 돌아왔다.

"짐작대로 블랑쉬가 맞아. 데이터가 일치해. 게다가 불과 두 시간 전까지 살아 있었어."

점심을 거르고 달려왔다면 그녀를 구했거나 아니면 살인자의 정체라도 밝혔을지 모른다. 어쩐지 그들이 지체함으로 그녀 죽음에 한몫 거들었던 것 같은 찝찝한 기분이 들었다.

"보석함 속에서 찾았어. 오른팔 문장과 디자인이 동일해. 물론 통신용 칩은 사라졌고."

그녀는 성모상 보석함에서 발견한 펜던트 목걸이 커넥터를 써드에게 던져주었다.

"칩이 없더라도 펜던트 디자인은 그녀가 추적자들과 같은 패거리라는 증거가 될 수 있을까?"

"펜던트만으로는 법정에서 아무것도 증명하지 못해. 우선 이 커넥터를 소유하고 사용했던 자가 그녀라는 것을 입증해야 하겠지? 만약 칩이 있었다면 통신을 분석하여 가능하겠지만."

두 명의 포트 행정 당국 수사관들이 주뼛거리며 다가왔다.

"보험 범죄가 맞나요? 아까 무슨 검사를 한 것 같던데……. 벌써 신원을 파악한 모양이군요. 소문처럼 정말 빠르네요. 혹시 우리가 뭐 도와드릴 건 없을까요?"

빨리 돌아가고 싶다는 의사표시였다. 써드는 그들에게 보험 범죄 확인 사인을 해주고 시체 처리를 부탁했다. 수사관들은 숙소 도어에 범죄 현장임을 알리는 노란 탭을 붙이고 한때 허니스위트 블랑쉬라고 불리었던 회색빛 재 무더기가 흩날리지 않도록 화학물질을 스프레이했다. 순간적으로 굳어진 재와 뼈를 조심스럽게 들것에 옮긴 그들은 재빠르게 현장을 벗어났다.

오선희의 눈에는 어쩐지 바위 내부 공간에 비해 보석함이 두꺼운 것처럼 보였다. 그녀는 보석함을 여러 각도에서 살펴보고 뒤쪽을 강하게 쳤다. 충격으로 바위 아랫 부분에서 숨겨진 서랍이 튀어나왔다. 그곳에 또 하나의 커넥터가 들어 있었다. B자 펜던트가 달린 하얀 진주 목걸이였다. 천연 에메랄드로 정교하게 커팅된 블랑쉬의 이니셜 B. 그런 값비싼 커넥터를 선물한 자는 주피터467였을 것이다. 블랑쉬는 당연히 하나의 커넥터는 일반적인 용도로, 또 하나는 특정 용도로 사용했을 것이다.

만약 그녀가 음모에 가담했다면 그 이유는 주피터467 실종과 관련 있을 것이고 그가 선물한 커넥터는 칩을 교환하여 음모 전용으로 사용했을 가능성이 컸다. 모빌러에 부착된 장비로 에메랄드 커넥터 통신 프로토콜을 스캔하여 그녀 예감이 옳았음을 증명하였다. 지구 특정한 곳과 주고받은 커넥션 대부분은 암호화되어 있었다.

"선희, 정보 대부분은 발라키 시스템으로 보안 처리된 것 같아. 재전송이나 복사를 시도하면 스스로 파괴되지. 아마 페드로도 쉽게 해독 방법을 찾지 못할 걸."

"모든 정보가 발라키화되어 있지는 않아. 테오도라에 소재하는 기업 몇 곳과는 일반 커넥션이야. 즉, 발라키로 통신을 암호화 처리해 놓은 주체는 블랑쉬가 아니라 지구 발신처란 얘기지."

"그건 그래. 일반 커넥션 테오도라 업체들 중에는 말라카 모빌러 렌트도 있어."

"써드, 그 커넥터를 액티베이트할 수 있는 방법이 없을까? 모빌러에 보관된 블랑쉬 바이오 데이터를 그 펜던트에 전송해 보면 어때? 커넥터는 대부분 소유자 바이오리듬에 반응하잖아."

써드는 회의적이었지만 단말기에 오선희의 요구대로 지시했다. 커넥터가 액티베이트되어 B자 에메랄드가 밝아졌다. 오선희는 망설이지 않고 커넥터에 말라카 모빌러 렌트 접속을 지시했다. 말라카 모빌러 렌트 로봇 직원이 블랑쉬의 커넥터 코드를 확인하고 응답했다.

"허니스위트 고객님 무엇을 도와드릴까요?"

"내가 2주 전에 딥라이너 조선소 명의로 모빌러 몇 대를 렌트했었는데, 기억해?"

"그럼요. 한 대는 충돌 사고가 났다고 들었습니다. 드라이버는 회복하셨는지요. 정보 부족으로 후속 조치를 취하지 못했습니다만 지금이라도 가능합니다."

"사고는 그만두고 나머지 두 대의 비행경로 업데이트 좀 해줄래? 첫날부터 지금까지."

"어디로 보내드릴까요? 허니스위트님. 현재 커넥터로 받으시겠습니까?"

오선희는 써드 모빌러의 단말기 코드를 알려주었다.

주차된 모빌러 실내에서 그들은 페드로와 커넥트하여 긴급 미팅을 가졌다. 먼저 써드가 할리나의 호출에서부터 블랑쉬의 죽음과 암호화된 통신이 가득한 커넥터 발견까지 페드로가 전체의 흐름을 놓치지 않도록 조목조목 설명했다. 그의 브리핑은 언제나 흠하나 없이 완벽하다. 페드로는 그동안 밝혀낸 열쇠 문장의 비밀 집단 정체를 그들에게 업데이트해 주었다.

"아직은 완벽하지 않아. 모든 종교 문서를 다 뒤지는 중이야. 일단 교황 문장과 흡사하여 가톨릭 비밀 결사 중 하나라는 것을 쉽게 짐작할 수 있어. 지금까지 밝혀진 바로는 광적인 용맹으로 소문난 참믿음 수호자란 집단이야. 전투에서는 상처 입은 맹수처럼 사나운 그들이었지만 일단 패배가 확정되면 모두 순교를 택했어. 이슬람 지도부는 다른 기사 포로들은 적절한 몸값에 풀어주었던 반면 그들은 아예 현장에서 참수해 버렸대. 하지만 활약이 대단했던 모양이야. 예루살렘 입성 전투나 이집트 다미에타 공방전 기록 등 고문서 번역본 몇 개를 보내줄 테니 나중에 한 번 읽어봐. 인간이 나들이 가듯 우주를 쏘다니는 지금도 그런 광신도 집단이 활동하고 있다니 믿어지지 않아. 바티칸과 직접 관련이 있다는 증거는 아직 찾지 못했어. 그들의 지도자와 본거지를 계속 추적 중이야. 근데 도대체 그 자들이 포트에서 무슨 일을 꾸미고 있는 걸까? 교황의 복수일까?"

모빌러의 단말기에 새 데이터가 입력되었음을 알렸다. 말라카 모빌러 렌트의 업데이트였다.

"현재 화물 모빌러와 일반 모빌러가 모두 마리아나 트렌치 딥라이너 조선소에 있다는데?"

말라카 렌트 모빌러 소재지를 오선희가 언급하자 갑자기 써드의 얼굴이 하얗게 변했다.

"암만해도 내가 지금 그곳으로 가서 확인해야겠어. 페드로, 바로 어제 스페이스필그림호 타키온 드라이브가 도착했거든. 아직 보험 계약을 체결하진 않았지만 마음에 걸려!"

"써드, 계약 전 보험물에 대한 어떠한 조치나 행동도 윤리강령에 위반되는 거 알고 있지? 애틀랜틱에서 알면 불공정 영업행위라고 우주 방방곡곡 고래고래 소리를 지르고 다닐 거야!"

"그 점은 할리나의 언급이 있었어. 당장 연락해서 그녀를 만나 봐. 지금 당장! 임시 계약서라도 사인을 받아내. 난 지금 즉시 마리아나 트렌치로 떠날게. 가는 길에 할리나를 만나 절단된 팔과 블랑쉬 커넥터를 맡겨 놓을 테니 찾아가. 그리고 오선희는 이제 빠지는 게 좋겠어. 더 이상 너에게 위협이 있을 것 같지 않아. 페드로, 너도 그렇게 생각하지?"

페드로가 대답하기 전에 잽싸게 오선희가 선수를 쳤다.

"아냐. 그래도 앞으로 퍼시픽 보험사고 조사관이 혼자 안심하고 거리를 활보해도 되는지 직접 확인해야겠어."

"넌 단지 미끼였어. 타깃은 나야! 프로텍터를 딥라이너 건조시설에서 끌어내는 것! 모르겠어?"

"알았어. 알았다고! 내가 그들에게서 직접 확인해 보겠다고 하잖아. 화물용 모빌러가 유니버설 아쿠아리움에 왜 들렀는지도 궁금하고……. 자연인들끼리는 말이 통하는 법이거든."

사실 끝부분은 자신이 없었다. 보통은 그 반대였다.

"같이 시작했으니 마무리도 같이해야 하지 않겠어? 그렇잖아 페드로?"

그는 써드를 홀로 보낼 생각이 추호도 없었다. 어쩐지 불길한 예감이 들었다.

## 16 ___
# 이주선 스페이스필그림호

12월 24일 오후 7시

테오도라 포트 베이스언더 4레벨, 마리아나 트렌치 랜딩 파크

오선희와 써드가 마리아나 트렌치 직원용 랜딩 파크에 모빌러를 착륙하였을 때는 이미 어둠이 찾아들기 시작했다. 분명 말라카에서는 최종 소재지라고 하였지만 직원용 랜딩 파크뿐 아니라 방문자용 랜딩 파크도 텅텅 비어 있었다.

마리아나 트렌치는 포트 베이스언더 가장 아래층인 4번째 레벨에 위치한 우주 선박 조선소 그룹으로 외곽은 우주에 오픈되어 있다. 조선소 입구로 통하는 거대한 이카루스 석상이 보이는 널찍한 모빌러 파킹 공간은 군데군데 을씨년스럽게 파란 보안등만 켜져 있었다. 매년 이맘때는 로봇 작업까지 중단되니 당연하다. 그녀가 갑갑한 헬멧을 벗어 모빌러에 놓고 내리려 하자 써드는 만약을 위해 계속 착용하도록 권했다.

오선희와 써드는 마리아나 트렌치로 내려오는 길에 할리나의 사무실에 잠시 들렀다. 그녀에게 써드가 블랑쉬의 죽음, 용의자들 정체와 사라진 모빌러의 최종 소재지에 대해 간략히 브리핑했다. 모두 선부른 언급을 피했지만 당혹감과 불길한 예감으로 마음이 무거웠다. 비록 이주선이 아직 보험에 들지는 않았지만 기존 계약에 의해 딥라이너 조선소 시설과 장비에 대해 보안 책임이 있는 회사와 써드의 입장은 난처해질 수 있었다.

써드가 즉시 마리아나 트렌치로 떠나겠다고 하며 페드로가 방문할 때 그에게 전해달라고 증거품 일체를 할리나에게 맡겼다.

“네가 가보겠다고 하니 안심이야. 하지만 명심해! 너의 생명은 딱 이번 한 번뿐이라는 것을.”

할리나는 기약 없이 먼 우주 항해를 떠나는 젊은 파트너와 작별하는 것처럼 써드를 포옹하며 눈물을 글썽거렸다. 오선희는 만약 그녀가 조선소 관리소장인 주피터의 충성스러운 파트너가 아니었다면 혹시 핸섬한 써드에게 마음이 있는 게 아닐까 하고 오해했을 수도 있었다.

그들은 거리의 트래픽이 최악이 되기 전 서둘러 마리아나 트렌치로 출발했다. 그들이 떠난 지 20분도 되지 않아 어퍼리언 열성팬, 며칠 전부터 속속 테오도라에 올라온 다우너 골수팬 수만 명은 217회 팬 월드컵 첫 경기 킥오프에 열광하기 시작했다. 멀리서 에어돔이 터질 듯한 함성이 들렸다. 지구 퍼시픽 시리즈와 애틀랜틱 시리즈에서 우승한 두 팀과 포트 연합 시리즈 1, 2위 팀이 크리스마스이브에 시작하여 12월 31일까지 6회 리그전으로 인류 최대의 스포츠 축제인 팬 월드컵 승부를 가린다.

센트럴 바젤가에 위치한 스타디움에서 다우너들이 어깨동무를 하며 푸른 별, 지구여 영원하라를 소리 높여 부르면 어퍼리언들은 우주를 향한 디딤돌, 스페이스 포트로 답하였다. 테오도라 당국은 베이스언더 첫 레벨에 폐선된 딥라이너 한 척을 깨끗이 정비하여 단체 방문객들에게 저렴한 숙소로 제공하였다.

아래쪽에서 비치는 화려한 조명을 받으며 허공을 향해 도약하려는 이카루스 석상은 우주에 도전하는 인류의 상징인 동시에 조선소의 유일한 직원 출입문이다. 석상 밑을 지나 30m쯤 직진 후 오른쪽으로 꺾어지는 회랑은 드레이크 조선소이고 왼쪽 회랑이 딥라이너 조선소에 이르는 길이다. 회랑을 지나면 도크를 따라 드문드문 예인선들만 모여 있어 거대한 기계나 설비를 예상했던 방문객들은 텅 빈 공간에 크게 실망한다고 앞장서 걷는 써드가 말했다. 우주 공간으로 무한대 확장이 가능한 그곳에서 다른 공장에서 모듈 형태로 제작된 부품들이 최종 조립된다고 한다.

회랑에 진입하여 10m쯤 직진하다 오른쪽 첫 번째 사무실로 들어갔다. 전면은 자재를 보관하는 평범한 창고였으나 뒤편 사무실은 몇 대의 가상 입체 모니터와 단말기, 복잡한 기기가 설치된 보안 통제시설이었다. 써드는 양쪽 회랑 내부와 회랑 중간 카페테리아를 제외한 모든 시설과 이동수단은 그곳에서 공기와 전력 공급을 통제한다고 말했다.

드레이크 조선소에서 건조하는 선박은 근거리 연락선인 코르벳부터 태양계 전용 크루저, 측량선 스페이스 호크까지 표준형 선박이지만 딥라이너 조선소에서 건조되는 선박은 대부분 먼 우주 여객용 주문 선박이었다. 보험료는 통상 건조 선박 용적에 따라 산정되며 드레이크 조선소에서 조립되는 선박 보험료 연간 총합계가 딥라이너 조선소에서 건조되는 중형 라이너 한 대 보험료에도 미치지 못하는 경우도 가끔 있다. 그렇지만 사건은 언제나 표준화된 부품을 사용하는 드레이크 조선소 쪽에서 발생하였다.

조선소에는 평소 다양한 종류의 로봇들이 작업 중이었지만 아직까지 로봇이라고 이름 붙여진 것들이 분실이나 도난된 부품을 들고 암시장에 어슬렁거렸다고 보고된 적은 없다. 문제는 인간이다. 아카데미아에서 파견된 슈퍼바이저들은 분야별 전문 엔지니어들로 현장에서 로봇의 작업 결과를 최종 점검한다. 그들 중에 머리는 비상하나 손버릇이 고약한 사람들도 꽤 있다고 한다. 보험료 수입에 비해 막대한 보안, 안전 비용이 초래한 적자 때문에 페드로는 이주선 보험 입찰을 목이 빠지게 기다리고 있었다.

"이쪽 패널에 20초 정도 오른손 손바닥을 대고 있어. 내가 고개를 끄덕이면 '조사관 오선희 커맨즈'라고 말해. 알았지?"

오선희는 그의 지시에 따라 투명한 사각형 플라스틱 패널 위에 오른손을 밀착했다.

"뉴 프로텍터 레지스터, 오선희, 24시간 언리미티드 액세스, 바이오리듬, 보이스코드.”

써드가 그녀를 쳐다보며 고개를 끄덕였다.

“조사관 오선희 커맨즈.”

20초 후에 데스크 위 모니터에 연결된 단말기 스피커에서 낮은 금속성 목소리가 흘렀다.

“올 레지스터 프로세스 컴플리티드, 웰컴 어보드 뉴 프로텍터, 조사관 오선희.”

“네 바이오리듬과 보이스코드가 등록되었으니 ‘조사관 오선희 커맨즈’라고 말한 후 명령하면 지금부터 24시간 동안 나처럼 이곳 모든 설비나 이동기기를 마음대로 부릴 수 있어.”

“알았어. 그렇지만 그런 일이 필요하겠어? 아까 랜딩 파크에 아무것도 없었잖아.”

보안 통제실을 떠나기 전 써드는 모니터를 통하여 현재 건조 중인 딥라이너 현황을 보여주었다. 회랑에 도킹한 몇 개의 예인선들이 마치 바비큐 꼬챙이 손잡이처럼 딥라이너의 기다란 중심축과 연결되어 있었다. 몇km에 달하는 딥라이너 중심축에는 선박의 각종 설비나 시설 공간이 공룡 갈비뼈처럼 제각기 벌크헤드 프레임으로 구분되어 있었다. 왼쪽 회랑 마지막 예인선의 긴 중심축 끝에는 전날 화물선으로 도착하여 장착된 스페이스필그림호의 타키온 드라이브가 멀리 보였다.

조선소 관리책임자인 주피터078은 이르면 다음 주 중 이주선 제조 보안 입찰을 공고할 예정이라고 써드에게 귀띔해 주었다고 한다. 사라진 모빌러의 행방이 궁금한 그들은 이주선이 연결된 예인선까지 가보고 찾지 못하면 드레이크 조선소 쪽을 살펴보기로 했다.

오선희는 써드의 뒤를 따라 카페테리아에 들어선 순간 멈칫했다. 그곳에 들어서기 전까지는 홈그라운드 이점이 겹친 써드가 어떤 침입자라도 손쉽게 제압할 것이라고 막연히 생각했다. 카페테리아 내부에 낯선 자를 발견한 순간 그녀는 섬찟하여 자신도 모르게 근육이 팽팽해짐을 느꼈다. 그는 놀란 기색이 없이 이쪽을 힐끔 쳐다보았다. 로만 칼라에 검은 수단 차림의 평범한 가톨릭 사제였다. 속삭이는 저음에 부드러운 목소리는 고해 사제에 잘 어울릴 듯했다.

"기다리다 배가 고파 연어 스테이크를 하나 구워 먹었어. 제대로 하려면 두 시간 정도 소금과 통후추에 재우고 가지와 당근도 함께 구어야 제격인데…… 올리브유만 발랐지. 퍼시픽 프로텍터 이름이 뭐였지? 그쪽은 보험조사관 오우써니, 맞지?"

"오우써니가 아니라 오·선·희야, 오선희!"

톡 쏘아 준 그녀의 헬멧 바이저에 써드의 커넥션이 문자로 나타나기 시작했다.

『뉴럴 링크 개시. 커넥티 : 페드로, 주피터, 할리나, 오선희』

뉴럴 링크가 되어 있지 않은 그녀는 이어폰과 바이저로 써드가 중개한 통신 수신만 가능했다. 그나마 헬멧을 쓴 채 들어온 것이 천만다행이었다. 그녀는 재빨리 실내 구조를 살펴보았다. 방금 들어온 입구 왼편에 당구대 2대와 비주얼 감상용 안락 소파 2개가 있었고 중앙에 위치한 외부 조달 음식용 카운터 테이블 양쪽으로 4인용 식탁이 4개씩 배치되어 있었다.

사제는 테이블 오른쪽 출구 쪽 식탁에 앉아 있었다. 오른쪽 벽에 간단한 조리 설비가 보였다. 버너에 연결된 취사용 태양에너지 가스통 외 여분의 가스통이 벽에 걸린 주방기기 아래 보였다. 테이블 왼쪽 벽을 따라 붙박이 식품용 캐비닛이 자리 잡았고 그 앞에 이동형 롤러가 부착된 냉동식품 카트가 보였다.

"난 써드라고 해. 퍼시픽인슈어런스의 프로텍터야. 참믿음의 수호자, 맞지? 오래전부터 바티칸에 소속된 비밀 무장조직. 신분이 무장사제?"

"소문처럼 똑똑해! 생각보다 많이 알고 있군. 어제 두 사제를 승천시킨 게 바로 너희들인가?"

"솔직히 두 사제가 승천하는데 관련이 없었던 것은 아냐. 하지만 맹세코 강제하지는 않았어! 오히려 말리려고 했지. 참, 그 사제들에게 전해 줄 게 있었는데 깜박 잊고 가져오지 않았네."

"뭔데? 설마 승천한 사제들에게 천국행 여행보험 안내서는 아니겠지?"

"한 사제가 승천하던 중 오른팔을 떨어뜨리고 갔어. 내가 주워놨으니 혹시 만나게 되면 찾아가라고 전해줘."

"오른팔을 떨어뜨리고 가? 오른팔을 남기고 승천했어? 네가 그랬구나. 하하, 복제품치곤 유머 감각이 제법이군! 흐흐, 무장사제 둘이 한낱 복제인간에게 당하다니…… 정말 믿을 수 없어!"

"복제인간이 뭐야. 교양 있는 자연인들은 우리를 대체인간이라고 부르지. 그런데 우리는 널 어떻게 불러야 하지?"

"교양 있는 자연인들? 좋지! 하지만 사제 스테판은 그런 부류가 아냐. 참믿음을 수호하고 이교도들을 다루는 데는 교양보다 거칠고 따끔한 방법이 훨씬 효과적이야."

"참믿음 수호자들은 누가 이끌고 있지? 바티칸 성직자 중 누구야?"

"야, 이 복제품. 너 제법 머리 쓸 줄 아는구나! 혹시 두뇌에서 중계하고 있나? 하긴 뭐, 아무래도 상관없지. 오늘이 바로 너희들 모두에게 심판의 날이니까. 사실 나도 내 임무 외에는 아는 게 없어. 처음부터 끝까지 아는 건 오직 한 사람, 마스터 루비오뿐이야."

"마스터 루비오는 바티칸에 근무하는 고위 성직자들 중 하나인가?"

"참믿음을 수호하기 위해 바티칸에 근무한 지 꽤 오래되었어. 그만! 이제부터 거룩한 존재 이름을 함부로 복제품의 불결한 입에 올리지 마."

"사제 스테판은 무슨 일 때문에 머나먼 이곳까지 올라왔어? 암살된 교황 복수야? 아니면 이주선 건조 방해가 목적인가. 그래서 무엇인가를 유니버설 아쿠아리움에서 이곳으로 옮겨 오고?"

"오우! 복제품치곤 영특한 편인데. 그래 맞아! 이주선을 파괴하려고 지구에서 모종의 화학물질을 가져왔지. 그런데 도대체 어떻게 그걸 알았어? 그냥 짐작은 아닐 테고……."

“두 사제가 승천하기 전에 나와 몇 마디 나누었어. 참믿음 수호회와 바티칸에 관해서도…….”

“뭐라고? 웃기지 마. 이 거짓말쟁이! 말도 안 돼. 레온과 유제비오가 그랬을 리가 없어…….”

“나중에라도 한쪽 팔이 없는 사제를 만나면 확인해 봐. 근데 당신 파트너는 왜 보이지 않지?”

써드는 사제 입술 움직임이 음성과 차이가 나는 것을 발견했다. 음파가 투명 방어막을 통과하는데 미세하게 지체되는 것을 최대로 확장된 그의 정교한 시력이 놓치지 않았다. 오선희의 헬멧 바이저에 문자가 나타났다.

『써드가 커넥티에게, 스테판의 입 모양과 목소리가 정확히 일치하지 않음. 허큘리스 투명 전투용 아머 착용 추정, 슈터의 펠릿이나 레이저로 파괴 불가능』

“아, 카림! 그는 전사가 아닌 박사야. 대학원에서 타키온 드라이버를 전공했어. 무장사제 과정을 거치지 않고 참믿음 수호자가 된 유일한 형제지. 무예라면 볼펜도 버거운 수준이지만 카림은 곧 참믿음 수호회 역사상 가장 큰 공을 세울 거야. 이제 시간이 별로 남지 않았어.”

“그럼 그가 타키온 드라이버에 폭발물이라도 부착했단 말인가? 시간은 얼마나 남았어?”

“너도 타키온 드라이버에 대해 아는 게 없구나. 카림의 설명에 의하면 그건 폭발하지 않아. 원자로 냉각기 외벽을 허물어 냉각 물질을 빼버리면 원자로 노심이 녹아 연쇄반응이 종잡을 수 없게 된대. 이때 타키온 드라이브 연결 밸브를 열어 놓으면 핵반응이 거의 무한대로 팽창할 거래. 조그만 불씨가 토네이도 소용돌이에 사방으로 퍼져 포트가 거대한 불덩어리로 변하지. 그럼 오래전 소돔과 고모라의 사악한 무리처럼 너희들 모두 불벼락에 바비큐가 될 거야!"

"타키온 드라이브 원자로 냉각기 외벽 파괴는 만만하지 않아. 허물어지지 않는다고."

"카림이 알고 있는 화학물질 MFV 몇 번이라고 했는데 그건 어떤 금속이든 녹일 수 있다고 했어. 아직까지 농약 원료로 사용하는 곳이 유럽에 한두 군데 있거든. 인공 멤브레인에 넣어 범고래에 먹인 다음 고속철로 포트 아쿠아리움까지 가져왔지. 너희들은 끝났어. 혹시 카림의 계산이 틀려 완전히 파괴되지 않더라도 방사능 낙진이 포트에 쌓이면 더 무서울 거래. 천천히 고통스럽게 죽어갈 테니까."

오선희는 사제가 암시하는 임박한 재앙에 대해 별 두려움이 느껴지지 않았다. 파국적 스케일이 그녀의 상상력 한계를 벗어났고 써드가 사제인 그를 충분히 제압할 수 있을 것 같았다.

『써드가 오선희에게 페드로의 정보, 허큘리스 투명 전투 아머, 상부 연결부 취약, 강력한 집중 화력으로 아머 상부 분리 파괴 가능, 파괴 가능, 파괴 가능』

"그게 오늘 몇 시야? 한 시간 후, 아니면 자정? 내일 새벽?"

"냉각기 외부에 페인트칠을 하듯 발라놓고 6시간쯤 지나면 완전히 녹아내린다고 했어. 냉각재 사도린과 붕소 냉각수도 함께 말이야. 그로부터 3시간쯤 지나면 원자로 노심 붕괴가 시작되고……. 그러니까 앞으로 50분 후에는 모든 것이 끝나. 그때까지는 궁금한 것 있으면 물어봐도 좋아."

『써드가 오선희에게 페드로의 정보, 태양에너지 가스, 압축제 프로아, 감속제 니켈화탄소. 20kg 표준용기, 충전압력 40Mpa, 3.92kgf/mm$^2$ 고압. 고망강 카스틸 밸브, 몸체는 SST 퍼마이트 타입 430, 융점 1500°c. 측면 고출력 레이저빔 파괴 가능, 파괴 가능, 파괴 가능』

"사제 스테판과 카림, 테오도라 포트와 운명을 같이할 생각인가?"

"맞아. 너희들 모두 다른 곳으로 도망가지 않고 곧장 지옥불에 떨어지는지 지켜볼 작정이야. 오래전부터 한 명의 참민음 수호자가 순교하면 천 명의 이교도가 지옥 불에 타오른다고 했어. 이번에는 몇 명이나 될 것 같아? 참민음 역사에서 결코 깨어질 수 없는 기록이 되겠지!"

"모빌러가 보이지 않은 것은 그 때문인가? 타키온 드라이브에는 어떻게 접근했어?"

"옛날 비행체에 사용하였던 보조 연료탱크 있지? 거기에 공기를 넣어 모빌러 엔진에 연결시켰어. 카림의 아이디어야. 진공 속에서 오래 비행하는 건 아니잖아? 모빌러는 잔여 추진력으로 타키온 드라이브를 점화하고 모두 파괴했어. 이젠 우리도 돌이킬 수 없는 거지."

스테판 사제는 차갑게 미소 지으며 천천히 뒷춤에서 조그만 은색 손도끼를 꺼냈다.

"스테판, 혹시 당신이 허니스위트 블랑쉬를 살해하고 불태웠나?"

"그랬지. 그녀 덕분에 유니버설 아쿠아리움에 범고래들을 보낼 수 있었어. 그녀가 최대 주주라던가? 그뿐 아니라 다윗의 돌팔매 작전을 위한 안락한 숙소도 제공했어. 더럽게 음탕한 계집이었지만 도움이 많이 되었지. 흐흐…… 죽기 전에 그 계집은 나에게 사악한 쾌락을 잠시 맛보게 해주었어. 황홀해서 하마터면 신분을 망각할 뻔했어! 복제품, 너희들도 섹스 기술이 뛰어난 편이라면서? 조사관 계집하고 이미 엉겨 붙어봤겠지. 저 계집 맛이 어땠어?"

『써드가 오선희에게, 도끼날 재질, 특수 연마 티타늄, 무게 3.0kg 추정, 등 뒤쪽에 손가락으로 만든 크로스가 보이면 현 위치에서 왼쪽으로 나와. 사제를 도발해 눈길을 끌어준 다음 식품 카트에 뛰어들어. 식품 카트, 식품 카트』

"아냐. 우린 근무 중 동료와 섹스하는 경우가 드물어. 자연인 고유의 프로이드적 섹스 강박관념이 대체인간 잠재의식에는 없거든."

"섹스 강박관념? 복제 버러지가 어디서 감히 인간 흉내를 내며 뻔한 거짓말을 지껄여!"

"대체인간이 거짓말한다고 들어본 적 있어? 거짓말은 너희처럼 뻔뻔스러운 성직자들 전문이지. 너희들은 모두 동성애자에 구제 불능 변태라면서?"

써드는 참믿음 수호회에 대한 더 많은 정보를 얻어내고 싶지만 스테판의 말이 사실이라면 시간이 지날수록 테오도라 포트의 희생은 커질 것이다. 그는 더 이상 행동을 미룰 수 없었다.

『써드가 오선희에게, 스페이스필그림을 부탁해, 예인선을 출항시켜 멀리 도피해, 멀리, 멀리』

"너희들 테크닉에 계집년들이 환장한다면서? 너희들은 실험실에서 태어난 섹스 버러지야! 음탕한 계집년들이 남자 성기만으로는 성이 차지 않아 만들었다는 것 모르는 사람이 어디 있어. 하지만 섹스보다 더 굉장한 즐거움이 있다는 것 모르지? 인간 유전자와 비슷하다면 너희들에게도 잠재되어 있을지 몰라. 그건 살아있는 생명체 숨통을 끊는 거야. 가쁜 숨으로 자비를 애원하는 간절한 눈빛을 바라보는 것은 섹스 절정보다 훨씬 더 황홀해. 특히 섹스 후에 상대에게 하면 그 맛이 기가 막혀! 창조주만이 느꼈을 절대적 우월감이랄까?"

"어느 종이나 생명체에는 예외가 없이 미친 개체가 몇 마리 있는 법이라고 배웠어. 하지만 그게 바티칸 사제라니 뜻밖이야. 지나친 절제와 엄격한 수련이 그렇게 만들었나…… 아니면?"

『써드가 오선희에게, 너의 구조에 대하여 커넥티들이 의논 중. 식품 카트로 피신해. 식품 카트 속에서 잠시 숨을 참아. 식품 카트. 미안해 오선희, 이렇게 될지 몰랐어. 난 너를……』

그녀는 불현듯 써드가 그의 등 뒤에 오른손 집게손가락과 가운뎃손가락을 겹쳐 만든 크로스를 발견했다. 언제부터였나, 혹시 늦지 않았을까? 그의 등 뒤에서 걸어 나온 그녀는 캐비닛 앞 식품 카트

쪽으로 몸을 움직였다. 상황이 절박하면 두려움조차 느껴지지 않는다.

"야, 스테판! 이 엉터리 사제 놈 새끼야! 사이코 변태가 무슨 사제냐? 네놈들 자지는 꼬마들 새끼손가락보다 작다며? 이 변태 놈아. 창조주가 미쳤다고 너 같은 살인마를 천국에 받아들이겠냐? 이 변태 놈아. 자신 있으면 덤벼 봐. 덤벼, 이 새끼야!"

사제는 그녀가 써드를 위해 자신의 주의를 끌고 있음을 알아챘으나 별 신경을 쓰지 않았다.

그는 비록 불결한 이교도라도 생명체의 숨을 끊는 것은 신성한 종교 행위로 희생자 최후의 절박감을 공유해야 하는 것이 집행자의 예의라고 생각했다. 첨단 무기를 이용한 집단적 처형을 경멸한 그는 희생자를 한 명씩 맨손으로 목을 조르거나 뼈를 꺾는 방법을 즐겨 하지만 필요하다면 무기 사용도 주저하지 않았다. 실전에서 단 한 번도 타깃을 빗나간 적이 없었던 티타늄 도끼는 지구에서 94m/sec까지 투척속도를 기록하였으나 포트의 낮은 기압에 더욱 빨라질 것이다.

그는 겨냥하기 쉬운 머리 대신 항상 목을 노린다. 머리보다 움직임이 둔하고 훨씬 치명적이다. 프로텍터는 당연히 무장하고 있을 터이지만 그가 착용한 배틀 아머는 웬만한 화력에 흠집 하나 생기지 않을 것이다. 스테판은 자신만만했다.

"닥쳐! 이 발칙한 암퇘지!"

그녀는 사제 미간에 주름이 생기고 눈길이 순식간에 좁아지는 것을 놓치지 않았다. 공격 전조 증상이다. 식품 카트 덮개를 여는 순간 오른손을 뻗어 사격 자세를 취하는 써드가 힐끗 보였다. 오른쪽 구석에 예비용 태양에너지 가스통의 밑 부분을 슈터에서 발사된 세러니움 HP 타입 펠릿이 날카로운 파열음을 내며 1.2km/sec의 속도로 강타했다.

에너지 가스통은 왼쪽 공중으로 빗겨 튕겨져 천장에 부딪힌 후 떨어지기 시작했다. 한 박자 뒤늦게 사제는 손도끼를 써드 목을 향해 날렸다. 다음 사격 조준 때문에 자세를 흩뜨릴 수 없는 그는 왼손을 올려 날아든 손도끼로부터 목을 방어하고 낙하하는 에너지 가스통 측면에 레이저빔을 발사했다. 둔중한 방출음과 함께 450nm 파장 레이저빔은 2000mW 출력에 30만°C 고열로 가스통 측면을 순간적으로 녹였다.

40Mpa 압력의 압축 태양에너지 가스통이 공중에서 굉음을 내며 폭발하여 화염이 스테판의 배틀 아머 상부 연결부를 뚫고 그의 머리를 불태웠다. 사제의 도끼가 써드 왼손 손목을 두 동강 낸 순간 오선희는 식품 카트에 뛰어 들어가 차가운 고깃덩이들 속으로 파고들었다. 최초 폭발에 연이어 주방에서 사용 중이던 태양에너지 가스통의 폭발은 카페테리아 내부를 불바다로 만들었다.

막상 가장 필요할 때 솟구치는 아드레날린에 그녀는 숨 멈추기 요가를 시도해 볼 염두조차 내지 못했다. 몸 위를 덮은 육류 덩어리들이 화염에 그을려 익숙한 냄새를 풍기자 그녀의 몸도 곧 비슷한 냄새를 풍길 거라는 공포가 쓰나미처럼 덮쳐왔다.

식품 카트 롤러가 움직이는 느낌이 들자 공포에 의한 신체 감각 이상을 의심했다. 덜커덩거리며 카트가 화염 속에서 카페테리아 출구를 벗어나 회랑에 들어서자 그녀는 카트 덮개를 열어젖히고 뒤돌아보았다. 열기와 부족한 산소에 숨이 턱턱 막히고 귀가 멍멍했지만 무엇보다 눈앞에 펼쳐진 끔찍한 광경에 정신을 잃을 뻔했다. 헬멧에는 모락모락 연기가 나고 있었으며 바이저가 녹아내려 치명적인 화상을 입은 써드의 두 눈은 눈꺼풀 사이로 가느다랗게 고인 새빨간 핏물로 변해 있었다.

이미 호흡을 멈추었으나 헬멧에 보호된 두뇌는 기능 정지가 한순간 지연된 듯했다. 고열로 피가 멈춘 왼팔 손목은 날이 선 도구로 깔끔하게 절단한 대니쉬 햄 단면 같았다. 피가 군데군데 엉겨 붙고 여기저기 터진 곳에서 김이 나는 듀얼텍스는 수명이 다한 헝겊 인형처럼 너덜거렸다. 신체기능을 상실한 써드는 직업의식인지 아니면 그녀를 구출해야 된다는 심리적 압박감인지 무의식적으로 카페테리아에서 예인선 쪽 회랑으로 카트를 엉거주춤한 자세로 떠밀어낸 것이다.

가슴 아리는 슬픔과 분노, 고통으로 만신창이가 된 마음을 추스른다는 것은 아예 불가능했다. 그녀는 테오도라 포트도 스페이스필그림호도 써드와 바꾸고 싶지 않았다. 하지만 생각해 봐야 할 모든 것들은 써드가 그녀에게 부탁했던 일을 마무리하고 난 다음에 해도 늦지 않을 것이다. 그녀는 치명상을 입은 맹수처럼 울부짖으며 반쯤 숯덩이로 변한 써드를 카페테리아 출구 밖 카트와 함께 남겨두고 이주선 예인선 입구에 이르는 긴 회랑을 혼신의 힘을 다하여 뛰었다.

“문 열어! 예인선 문 열어. 보험조사관 오선희야. 1시간 전에 등록했어. 써드가 등록해줬어.”

예인선은 꼼짝도 하지 않았다. 뒤늦게 정확한 명령 프로토콜이 생각났다.

“조사관 오선희 커맨즈, 문 열어 예인선, 빨리 공기를 최대한 많이…… 빠르게 공급해!”

“프로텍터 오선희 탑승하셨습니다.”

문이 스르르 열리며 예인선의 밝고 조촐한 실내가 보였다. 오선희가 있는 곳부터 선내 배출구를 통해 차가운 공기가 쉭쉭거리며 들어왔다.

“엔진 시동 걸고…… 빨리 출항 준비해.”

“목적지는 어디입니까?”

“달을 향해 출발해.”

“달의 어느 부분을 지칭하시는 것입니까?”

얼마 전 폐쇄되었다고 매스컴에 보도된 달의 식물 육성 테스트 농장을 기억해 냈다.

“혜주니 식물 육성 테스트 농장.”

“이 예인선의 연료 보유량으로는 거기까지 항해하지 못하는데요. 그곳에 도착하려면…….”

“닥치고 출항이나 준비해. 그쪽으로 방향만 잡아. 언제쯤 출발이

가능하지?"

"웜업에 정확히 8분 걸립니다. 시행할까요?"

그녀는 써드를 딥라이너 조선소 회랑에 버려둔 채 떠나고 싶지 않았다. 행여 돌아오지 못할 항해가 된다면 최후 순간에 그와 같이 있고 싶었다. 그러면 무섭거나 외롭지 않을 것 같았다.

"혹시 내부에 도끼나 톱 같은 거 없어?"

"선내에는 없습니다. 회랑으로 나가 카페테리아를 통과하고 50m쯤 가면 왼쪽에 창고가……."

"물건 절단할 때 쓸 만한 거 함선 실내에 없어?"

"뒤쪽 간이 주방에 요리용 나이프 세트가 있을 겁니다."

그녀는 주방에 들러 큰 칼과 다용도 주방 망치를 꺼내들고 버킷에 얼음 큐브를 가득 채웠다.

그녀는 예인선 밖 방금 왔던 회랑을 달려갔다. 열기가 미처 가시지 않은 써드의 시체 여기저기에 아직도 김이 나고 있었다. 바로 조금 전까지 당당했던 써드라고 도저히 믿기지 않았다.

오선희는 옆으로 넘어뜨린 카트 측면 판 위에 써드의 상체를 걸쳐 놓고 칼로 목을 세게 내려쳤다. 생각보다 피가 많이 튀지는 않았지만 땀과 눈물에 얼룩진 얼굴과 손을 피범벅으로 만들었다. 주방 망치를 몇 번 휘둘러 겨우 끊어낸 써드 목을 버킷에 담고 예인선을 향해 달렸다. 목 잃은 시체가 쫓아오는 듯하였다. 이미 웜업이 완료된 예인선은 가쁜 숨을 내쉬는 오선희의 명령에 따라 이주선 조립 중심축 뒤쪽 멀리 뼈가 앙상한 생선 대가리처럼 보이는 타키온 드라이브를 매달고 달을 향해 즉시 발진했다.

예인선이 출항한 34분 후에 테오도라 포트 센트럴 바젤가 카밀라 스타디움에서 열린 217회 팬 월드컵 첫 번째 게임인 애틀랜틱 자이언트팀과 테오도라 크루저팀의 전후반전 120분 경기가 종료됐다. 박빙으로 치열하였던 경기는 11:12로 테오도라 크루저팀이 힘겹게 승리했다. 종료 10분 후 홈팀 테오도라 크루저의 승리와 크리스마스이브를 축하하는 화려한 불꽃 쇼가 펼쳐졌다.

시속 마하140으로 달을 향해 항진하던 예인선은 테오도라 포트 상공 49,500km, 지구 85,200 km 상공에서 폭발했다. 스타디움 불꽃 쇼를 즐기던 관중은 포트의 돔을 뒤흔드는 마지막 불꽃의 강렬함에 흠칫했지만 크게 신경 쓰지 않았다.

## 17 ___
# 궁지에 몰린 페드로

2450년 1월 2일

테오도라 포트 바그다드시티, 하노버가 마리암만 의료소

페드로가 병실에 들어오는 순간 오선희는 자신도 모르게 목청을 높였다. 그의 표정이 꺼림칙하긴 했으나 마음 속 깊이 쌓여 있는 분노와 좌절의 찌꺼기를 누군가에게 뱉어내야 했다.

"이 야비한 인간! 너 때문에 써드가 목숨을 잃었어. 그를 살려내, 살려내란 말이야!"

"오선희! 그렇게 한다고 걔가 살아나진 않잖아. 써드를 살릴 수만 있다면 나도 뭐든지 하겠어. 그래도 너라도 무사한 게 얼마나 다행이야! 냉동팩에 엉덩이가 동상에 걸렸다며?"

"똥 묻은 깡통 로봇보다 못한 사기꾼! 네 사탕발림에 넘어가 회사 계약서에 사인한 날이 내 인생에서 가장 재수 없는 날이었어. 내가 미친년이었지!"

"분이 풀릴 수 있다면 욕이나 실컷 해! 내가 그렇게 될 줄 어떻게 알았겠어? 너라면 그 상황에서 다른 결정을 내렸겠어? 그런데 진짜 골치 아픈 건 다른 문제야. 테오도라 당국에서 이주선에 대해 보상을 요구했어. 임시 계약서에 사인하고 몇 시간도 안 돼 보험 물건이 흔적도 남기지 않고 사라져 버렸으니……. 계약서대로 보험회사가 보상하래."

"설마? 임시 계약이니 이주선 밸류는 상징적인 소액으로 하지 않았어?"

"물론 그랬지! 하지만 약관에 가입자는 보험가액 아니면 실물 보상을 선택할 수 있어. 실물 보상을 해달라는 거지. 게다가 영업윤리 위반으로 고발당했다고 소환장을 받았어."

"무슨 소리를 하는 거야? 우리가 얼마나 많은 생명을…… 테오도라 포트를 구한 거 아니야?"

"그게 말이야. 우리 주장 외에는 증빙이 없어. 증거가 될 만한 것은 몽땅 파괴되어 버렸잖아. 포트 당국은 우리 주장을 액면 그대로 받아들인다 해도 이주선의 완전 파괴를 방지하려는 노력이 부족했다는 거야. 현장에 있었던 자연인, 넌 뉴럴 링크가 안 되어 있었고 써드가 우리에게 전송한 커넥션 기록은 증거 효력이 없어. 발신인 신분이 대체인간이면 진위 여부를 가려야 되는데 이미 죽어 버렸으니 믿을 수 없다는 거지. 증거 조작 가능성 때문에 법이 그렇대."

"아무리 그렇다 해도 우리는 목숨 걸고 테오도라 포트를 구했는데……. 너무 한 거 아냐?"

“수사 주체와 피의자가 모두 사망해 버렸으니 우리 측에서 기소도 불가능해. 증거라고는 정체 불명의 오른팔 반쪽 외 단 한 구의 테러리스트 시체도 없잖아. 바티칸은 빨랐어. 스테판이란 자가 사제 서품을 받았다는 기록이 없대. 물론 참믿음 수호회라는 조직의 존재도 부정했어. 놀랄 일도 아니지 뭐. 소문 때문에 회사 주가는 이미 뉴델리까지 추락했어. 이사회에서 2주일 안에 증거를 확보하지 못하면 우리를 해고하겠대. 물론 손해배상 민사소송은 별개고…….”

“할리나에게 도움을 요청해 봤어? 그녀는 법률 전문가이니 우리를 도울 방법을 찾아낼 거야.”

“물론 도움을 요청해 보긴 했지. 보험 물건이 사라져 버렸으니 그녀도 속수무책이야. 알다시피 이주선 소유권은 포트 당국에 있거든. 애틀랜틱에서 테오도라 당국을 부추긴 것 같아. 꼼짝없이 당한 거지. 우린 2주 이내에 참믿음 수호회 정체를 폭로하는 증거를 찾아내야 해.”

지난주 토요일 한밤중에 오선희가 탑승한 예인선은 타키온 드라이브를 꽁무니에 매단 채 테오도라 포트를 벗어나 달을 향해 최대 속도로 항해하고 있었다. 예인선이 포트에서 500km 이상 벗어난다는 것은 지구에서 노 젓는 카누로 대양 항해에 도전하는 것처럼 무모하다. 대형 모니터의 전방 시야에는 점점 밝아지는 달의 거친 표면이 꽉 차오르며 위협적으로 다가오고 있었다. 후방 시야에는 서서히 멀어지며 작아지는 지구를 배경으로 밝은 불빛으로 가득 찬 테오도라 포트 에어돔은 창백한 우주에 펼쳐지는 불꽃놀이처럼 화려했다. 써드의 죽음을 아랑곳하지 않는 듯 여전히 위풍당당한 포트의 무심함에 오선희는 참을 수 없는 혐오감을 느꼈다.

그녀는 포트 상공 3만5백km에서 선내 마이크를 통하여 주피터 078의 목소리를 들었다. 그는 우주항해청 소속 코르벳 알라딘호를 긴급 발진하여 구조에 나섰다. 예인선의 연료 잔량과 진로를 확인한 그는 오선희에게 예인선의 벡터를 12°, 8° 미세하게 우측 상향으로 수정하고 포트 상공 3만4천km에 이르면 탈출하도록 지시했다. 예인선의 탈출 장비는 30분 유영용 D급 우주복 몇 벌이 전부였다. 우주복을 착용한 그녀는 여벌 우주복에 써드 두뇌가 담긴 버킷을 넣고 다리 한쪽과 팔 한쪽으로 어깨 비스듬히 둘러맸다.

지정된 포트 상공에서 예인선을 빠져나와 차갑고 깜깜한 우주 허공에서 구조선 접근을 기다렸다. 우주의 절대 고요 속에 1분이 하루처럼 느껴졌다. 써드가 함께 하지 않았다면 기다림은 더욱 힘들었을 것이다. 영원히 오지 않을 것 같은 구조선이 12분 후 도착했다. 구조선에 올라 우주복을 벗어 던진 그녀는 긴장이 풀리자 써드 머리가 담긴 버킷을 껴안고 심하게 오열하였다.

전속력으로 예인선에서 멀어진 코르벳이 테오도라 포트 상공 12,800km에서 실드를 펼쳤을 때 스페이스필그림호의 원자로와 타키온 드라이브가 붕괴했다. TNT 4만t 위력에 폭발 순간 온도는 9천만°C로 관측되었다. 주피터가 그녀에게 다가가 인류 역사상 가장 많은 목숨을 방금 그녀가 구했다고 말했다.

1월 7일 아침 일찍 페드로가 루터슈타트가에 위치한 오선희 숙소에 예고도 없이 나타났다.

"약간의 진전이 있었어. 너에게 알려주고 도움을 구하고 싶어. 우선 이 내용은 절대 비밀이야! 나 말고는 네가 유일하게 알게 되거든."

"닥쳐! 페드로. 그 비밀이란 거 제발 꺼내지 마. 난 더 이상 너하고 엮이고 싶지 않단 말이야!"

"우린 같은 배를 탔어. 항해 중 너 혼자만 뛰어내릴 수는 없잖아? 좀 들어보고 거절해. 일단 발라키 암호문을 풀었어. 전부는 아니고 극히 일부만 해독했어. 어떻게 해독했는지는 넌 모르는 게 나아. 발라키 암호문을 일부 해독했다고 줄줄이 풀리는 건 아냐. 매번 처음부터 다시 시작해야 하기 때문에 시간이 터무니없이 많이 걸려. 재생된 블랑쉬 바이오리듬 덕분이야. 써드 모빌러 단말기에 보관된 그녀의 바이오 데이터가 없었다면 애당초 불가능했겠지."

"뭐, 죽은 자의 바이오리듬을 재생했다고? 설마 법원의 승인을 받았던 건 아니겠지 페드로?"

"지금 우리 사정이 그런 거 따질 때야? 증거로 내놓을 수는 없지만 커넥션 내용 중에 블랑쉬가 보낸 스페이스필그림호 설계도도 있었어. 자금 이동도 있었는데 지구 쪽은 누군지 알아?"

"설마…… 바티칸?"

"바티칸은 맞지만 바티칸이 아니야!"

"그게 무슨 뚱딴지같은 소리야?"

"은행 채널을 통해 계좌 주소를 확인해 봤더니 바티칸이 맞아. 근데 자금 출처가 바티칸이 아닌 것 같아. 작년 12월 20일 해독된 블랑쉬의 암호문에서 그녀는 바티칸으로부터 34만 크레 입금을 확인했어. 그 자금은 다음날 스리랑카해양동물센터에 전송됐지. 아마 범고래 수입 비용이었을 거야. 그래서 바티칸의 출납 기록을 알아봤거든. 외부 회계 법인은 재정 공개 정책에 따라 문의가 있으면 알려줘야 해. 그런데 그런 지출 기록이 없대. 바티칸 공식 자금이 아니라는 거지. 무엇보다 결정적으로 날개 달린 열쇠 문장 관련된 모든 고문서 검토가 이틀 전에 완료되었어. 그중 일부에서 아주 흥미로운 단서가 발견되었지."

"무슨 흥미로운 단서?"

"16세기 초에 마르틴 루터 때문에 면죄부가 더 이상 팔리지 않아 바티칸은 파산했었어. 시스티나 창세기 천장화, 아테네 학당 등 모두 빚내서 제작했거든. 그런데 얼마 지나지 않아 빚을 다 갚고 그곳을 다시 호화롭게 꾸미기 시작했어. 어떻게 자금 조달했는지 알아? 은행이나 왕족, 부유한 수도원에서 빌린 게 아냐. 면죄부보다 훨씬 효과적인 새로운 무엇이 있었어."

"……?"

"그 무렵부터 갑자기 유럽과 신대륙에서 마녀사냥이 들불처럼 번지기 시작했어. 이태리 시에나 출신 젊은 수도사 파비오 키지

(Fabio Chigi)는 주님의 사냥개(Hounds of the Lord)라고 불리는 도미니크 수도사 모임에 우연히 참석한 적이 있었어. 그들은 고문기술을 연구하고 있었지. 타인의 고통을 즐기는 잔인한 천성을 가진 파비오는 고문기술을 배웠어. 몰타어에 능숙한 그는 몇 년 후, 교황 우르반 8세에게 발탁되어 1627년 종교재판 심문관으로 몰타섬에 파견됐어. 그곳의 종교재판은 그에게 완벽한 고문기술 실습장이었지. 도미니크파의 전통적인 고문기술과 천부적 재능으로 창안한 독창적인 방법을 유감없이 사용하여 파비오는 짧은 시간에 그곳에서 타의 추종을 불허하는 고문의 대가로 거듭났던 거야. 1639년 교황 대사로 독일 쾰른에 부임한 그는 갈고 닦은 고문기술을 새로운 수익사업으로 발전시켰어. 마녀사냥이야. 그와 아쉬하우젠(Aschhausen)과 게오르그(George) 2세는 독일 가톨릭 역사에서 마녀 주교 3인방으로 이름을 날렸지. 그들 3인의 마녀사냥은 그들을 제외한 유럽 모든 국가의 합계보다 많았대. 처형한 희생자들 재산 반은 현지 주교 수입이고 나머지 반은 교황 몫으로 파비오가 가져갔어. 면죄부보다 훨씬 수입이 좋았을 뿐 아니라 뒤끝도 깔끔했지. 밤베르그 주교 아쉬하우젠은 파비오가 지하실에서 고문 시범을 보이고자 오른팔 소매를 걷어 올렸을 때 신성한 심벌인 날개 달린 열쇠 문장을 손목에서 보았다고 일기에 기록했어. 엄청난 자금을 바티칸으로 가져오자 감격한 이노첸시오 10세는 그에게 다음 교황 자리를 약속했어. 하지만 막상 교황이 죽자 콘클라베 성직자들은 모두 반대했어. 과거 교황에게 바친 것은 자기들 하고 상관없다며 맨입으로 찬성할

수 없다는 거지. 그는 별수 없이 그때부터 다시 바티칸 추기경 전원을 매수해야 했어. 뇌물수수에 콘클라베가 장장 3달 동안이나 결론을 보류했던 기록은 바티칸 역사상 전무후무했지. 그렇게 교황에 등극한 자가 알렉산데르 7세야."

"그럼, 그는 교황에 오른 후 파산했겠네. 바티칸 성직자들에게 준 뇌물 때문에…… 그랬어?"

"이론적으론 교황이 되는 순간 그는 파산했어야 했지. 하지만 산피에트로 성당에 세워진 그의 대리석상을 봐. 마치 그곳이 베드로가 영면한 교회라기보다 알렉산데르 7세의 화려한 궁전 같잖아? 발밑을 감싼 붉은 대리석 가격은 당시 어마어마했지. 그런데 그 석상의 비용 말이야. 전부 개인 자금으로 지불했어. 뿐만 아니야. 산피에트로 광장 중앙에 있었던 오벨리스크 꼭대기에도 자기 소유물이라고 표시해 놓았어. 마녀사냥 외 엄청난 수입이 별도로 있지 않고는 불가능했지. 혹시 노트르담 사원 앞 시테섬에서 화형을 당한 기사단장 이야기 들어본 적 있어?"

"템플기사단장! 그가 처형되고 한때 몰타섬은 보물 사냥꾼들로 들끓었다지?"

"그래. 템플기사단장, 몰타섬, 바티칸 종교 심판관 파비오, 연결고리가 완벽하잖아? 참믿음 수호자로서 23대 템플기사단을 이끌었던 자크 드 몰레는 필리프 4세의 모진 고문에도 끝까지 기사단의 보물 소재지를 밝히지 않은 채 참모들과 1314년 3월 18일 화형당했어."

"템플기사단 보물을 발견했다는 사람은 아직까지 없었잖아…… 설마 파비오 키지가?"

"그 보물은 사실 몰타섬과 고조섬 사이 코미노 서쪽 해안 동굴에 은닉되어 있었어. 기사단장이 단원들을 데리고 본거지 몰타를 떠나기 전에 프랑스인 하급기사인 뱅상에게 돌아올 때까지 그곳에 남아 보물을 지키라고 명령했어. 결과적으로 몰타에 남아 목숨을 보전하게 된 뱅상은 프랑스로 돌아갈 염두를 내지 못하고 현지에서 결혼하고 주저앉았지. 처음에는 결혼식 비용으로 일부 보물을 처분하기 시작한 그는 갖가지 보석과 귀금속을 이동이 용이한 금괴로 바꾸기 위하여 바자르에 소량씩 유출했어. 죽을 때에 그는 아들을 불러 남아 있는 보물과 금괴 소재지를 알려주면서 절대 한 곳이나 한 시점에 보물의 대량 처분을 삼갈 것과 반드시 도피자금 일정액을 집안에 마련해 놓을 것을 신신당부했었어. 파비오가 몰타에서 근무할 때 우연히 뒷골목에서 소량의 템플기사단 보물을 발견했어. 오랜 시간 집요하고 끈질긴 추적 끝에 그는 마침내 뱅상 후손을 체포했어. 파비오는 그 사내를 혹독하게 고문하고 가족을 체포하여 전원 화형에 처하겠다고 협박하자 그는 마침내 굴복하고 말았지. 그 사내는 협상 끝에 파비오가 막내아들 한 명에게만 자비를 베풀겠다는 조건을 받아들이고 보물 소재지를 자백했어. 옥중에서 막내아들에게 작별을 고한 그는 고향을 떠나 결코 돌아오면 안 된다고 말하고 집을 떠나기 전 집안의 나무 십자가에 경배를 잊지 말라고 말했어. 막내아들은 나무 십자가 내부에서 발견한 금괴 몇 개를 도피자금

삼아 파비오의 손길이 미치지 못하는 곳으로 도주했어. 터키 이스탄불에 정착한 그는 이슬람으로 개종하고 우여곡절 끝에 궁전 외국어 교사로 들어갔어. 프랑스어와 영어, 스페인어, 포르투갈어, 이태리어, 몰타어를 자유자재로 구사했거든. 그가 술탄 메흐메트 4세의 가정교사이자 정치고문인 이마드 무스타파야. 그는 회고록에서 죽음을 앞둔 아버지의 엄중한 경고에 따라 날개 달린 열쇠 문신의 바티칸 사제를 평생 조심했다고 기록했어. 그가 개종하고 술탄에게 의지한 가장 큰 이유였지. 뱅샹의 후손들, 보물 위치 그리고 파비오의 관련성이 노출된 문서는 이번이 처음이야."

"너 그걸 출판하면 한몫 잡겠는데?"

"무스타파의 회고록은 대중의 관심을 끌지 못해 오랫동안 노출되지 않았어. 그런데 템플기사단의 어마어마한 재산을 알렉산데르 7세는 어떻게 했을까? 현재는 누가 보관하고 있을까?"

"마스터 루비오가 아닐까? 난 그게 바티칸 어디엔가 꼭 있을 것 같아."

"나도 그렇게 생각해."

"루비오의 조사는 진전이 좀 있어?"

"계속 조사하고 있지만 아직 결정적인 진전이 없어. 우선 루비오란 이름의 성직자는 바티칸에 없어. 로마와 이태리 전역에도 없어. 스페인 바르셀로나 옆에 루비오라는 도시가 있어서 그곳 성직자나 거기 출신이 아닐까 생각이 들어 조사해 봤는데 그것도 아냐."

"루비오는 스페인어로 금발의 남자잖아?"

"바티칸 사제 중 금발 남성들은 철저히 조사했지. 의심스러운 자들이 없어."

"그럼 어떻게 하지?"

"암만해도 바티칸으로 가봐야 할 것 같아. 나하고 같이 거길 한번 가보지 않을래?"

"싫어. 난 더 이상 너하고 일 안 한다고 했잖아!"

"그래도 써드가 죽었는데…… 그의 복수는 해줘야 하는 거 아냐?"

다음날 오선희는 간단히 짐을 꾸려 페드로와 함께 뉴델리행 고속철에 올랐다. 페드로와 더 이상 엮이고 싶지 않았지만 써드를 생각하면 그냥 앉아 있을 수가 없었다. 복수가 우선이긴 했지만 많지 않은 저축을 몽땅 압수당하고 퍼시픽에서 빈손으로 쫓겨나는 불행만은 피하고 싶었다. 당분간 페드로와 전략적인 제휴에 합의하는 게 최선인 것 같았다.

# 18
## 마스터 루비오

2450년 1월 10일

이탈리아 로마, 바티칸 산피에트로 대성당

오선희는 과거 바티칸에 두 번 왔었지만 그때는 모두 평일이었다. 이번에 특별히 일요일을 선택한 이유는 잠시라도 바티칸 사제 전원이 본당을 비우는 날이기 때문이다. 6주 전에 신임 교황으로 선출된 불가리아 출신 아싼카가 취한 첫 번째 조치 중 하나였다. 그녀는 주일에 젊은 사제들과 점심을 같이하며 의견을 고루 듣고 개혁 방향을 설정하고자 했다. 입장료 수입이 한 푼이라도 아쉬운 교황청은 주일에도 바티칸을 개방하였으며 방문객은 미사에도 참여할 수 있었다.

33년 전 티볼리 대지진에 피에타상이나 라오콘상 등 석상의 파손은 심했지만 프레스코화는 별 피해가 없었다. 특히 미켈란젤로의 창세기 천장화는 비록 몇 차례 색 복원작업을 거쳤지만 거의 천 년이 지났음에도 제작 당시의 위엄을 잃지 않고 있었다.

시스티나 성당에 입장한 오선희와 페드로는 다른 관광객처럼 일단 천장을 보았다. 오선희는 아담에게 생명을 불어넣는 창조주에게서 눈을 떼지 않은 채 핸드백을 열었다. 안개처럼 떠오르는 초소형 비행물체 나노-프로버(nano-prober) 집단은 참민음 수호자 문장을 찾아 성당 구석구석을 날아다니며 고감도 영상을 그들의 아이웨어에 전송할 것이다. 피드백이 없어 지루해진 그녀에게 고속철 안에서 페드로가 제기한 새로운 아이디어가 떠올랐다.

"선희, 루비오 말이야. 혐의가 갈 만한 사제를 도저히 찾을 수 없어서 다른 가능성을 한번 생각해 봤어. 혹시 어떤 때는 금발이지만 평소에는 다른 색 모발인 특이 체질이 아닐까?"

"맞아! 지킬과 하이드 같은 다중인격체. 심한 경우에는 성격뿐 아니라 혈액형도 바뀌고 체질, 약물에 대한 반응도 다르다고 들었어. 그러니까 머리 색도 쉽게 바뀔 수 있다 그거지?"

"그런 경우지. 유전자 전문가에게 문의했더니 알비노 현상일 거래. 유전자 결함으로 멜라닌 색소가 부족하면 그런 현상이 생길 수 있다고 했어. 다중인격 장애 중 인격체 하나가 그런 체질이라면……. 특정한 장소나 시간에 따라 머리카락 색이 노랗게 변한다는 거지."

"너의 두뇌만은 다른 신체 부분에 비해 쓸 만해. 그래서 어떻게 했어?"

"어린 시절 처음 증상이 발현했을 때 보호자가 의료진과 상의했을 거야. 그랬다면 그자의 고향에 기록이 남아 있을 가능성이 커.

안면 있는 프라이빗 리서처에게 찾아달라고 부탁했어."

"프라이빗 리서처에게 사제들 의료기록을? 본인 동의 여부와 관계없이?"

프라이빗 리서치는 법으로 허가된 직업이 아니며 그렇게 취득한 정보는 법적 구속력이 없다. 하지만 정답을 미리 알게 된다면 훨씬 빠르고 정확하게 대책을 마련할 수 있는 법이다.

"그런 친구는 본래 복잡한 절차라면 딱 질색이지. 하지만 다행히 우리 처지를 잘 이해하고 있어. 너보다 훨씬 더 협조적이야."

"뭐, 나보다 더 협조적? 웃기고 있네! 네 꼬임에 넘어가 죽을 고비를 넘기고 깜깜한 우주 공간에서 홀로 구조를 기다려 보라고 해봐. 협조적 좋아하네. 평소 업무 스타일은…… 법을 엄격히 준수하는 편이던데 이번에는 많이 다르네."

"처음이야. 근무 중 프로텍터가 살해된 것은! 더구나 써드는 개인적으로 가장 친한 동료였거든. 회사 입장은 다를 수도 있겠지만 나는 써드를 죽인 놈들 절대 용서하지 않겠어!"

써드를 부하 직원 대신 동료라고 부르고 그를 살해한 자들을 용서하지 않겠다는 페드로의 굳은 의지에 오선희는 답답하고 무기력하던 가슴이 일순간 뻥 뚫린 듯 후련했다.

"기왕 이렇게 가고 있으니 이번 기회에 우리 사이를 파트너스럽게 발전시키면 어때?"

"그래서 호텔에 파트너스러운 킹사이즈 침대로 예약했구나. 내가 싱글 2개로 바꿔 놓았어. 우선 넌 용모가 전혀 파트너스럽지 않

아. 사람 눈길을 끄는 건 두뇌가 아냐!"

"내가 뭘. 어떻게 보인다고 그래?"

"넌 거울도 안 보니? 볼록 나온 아랫배와 기내용 캐리어 같은 몸통, 나뭇가지처럼 가느다란 팔다리에 턱주가리는 아예 솔잎 붙여 놓은 듯하고. 페드로, 내가 사내 돈 냄새 맡고 침 흘리며 쫓아다니는 한심한 계집으로 오해받을까 봐 얼마나 신경 쓰이는 줄 알아?"

"난 지금 모처럼 휴가를 떠나는 투자회사 임원이고 넌 비서야. 어쨌든 우리는 파트너 커플이라고, 파트너! 어떻게 하면 네 맘에 들까? 사실, 넌 딱 내 스타일인데……."

"키스 마이 애쓰, 페드로!"

"기꺼이 해줄게. 지금 해줘? 내가 제일 하고 싶은 게 그거라는 걸 어떻게 알았어?"

"제발 닥쳐!"

"젊음을 아끼는 것은 커다란 낭비야. 풋풋할 때 섹스도 가끔씩 해야 돼."

"나 경험 많아. 충분히 하고 있다고!"

"아, 그래서 제바 털을 박살냈구나!"

"네 털도 제바 것처럼 만들어 줘? 걔도 깐죽거리다 그렇게 됐어."

"오선희, 너 나중에 벌 받을 거야!"

"지금 받고 있잖아!"

"눈 좀 낮춰줄 수 없어?"

"없어! 더 낮추면 아예 눈알이 몸에서 빠져나올지 몰라."

오후 3시쯤에 신호가 왔다. 알렉산데르 7세 대리석상에서 날개 달린 열쇠 문양이 발견되었다고 D58이 신호를 보내왔다. 그의 정체를 알고 있었던 오선희와 페드로는 전혀 놀라지 않았다. 프로버 10m 투시 적외선이 사람 눈에 보이지 않는 곳에 위치한 문장을 찾아냈다. 문장은 천재 조각가인 지안 로렌조 베르니니(Gian Lorenzo Bernini)가 심혈을 기울여 제작한 알렉산데르 7세 대리석상 오른 손목에서 발견되었다.

참믿음 수호자답게 그는 베르니니에게 사후에 세워질 자신의 석상에 수호자 문장 각인을 잊지 않도록 당부했을 것이고 두 손 모아 기도하는 조각상과 높은 좌상을 승인하고 대리석 선택까지 꼼꼼하게 지시하였을 것이다. 그의 좌상이 높고 호화롭다 보니 상대적으로 주인인 베드로 좌상이 초라하게 보였지만 그는 크게 신경 쓰지 않았을 것이다. 그는 콘클라베의 모든 성직자에게 두둑히 보상했지만 가난한 베드로는 그들에게 한 푼도 주지 않았을 테니까 말이다.

흥미롭게 알렉산데르 7세 무덤 밑에 수직 터널이 프로버 D58 적외선에 감지되었다. 페드로가 알렉산데르 7세 대리석상 아래 문을 살짝 밀어보았다. 꼼짝도 하지 않았다.

"팔 가져왔지? 그걸로 밀어 봐."

절단된 팔은 최대 2시간 동안 바이오리듬을 방출할 정도로만 복원되었다. 페드로가 배터리로 활성화된 그 팔을 손잡이에 대자 뜨거운 돌판에 조개가 입 벌리듯 문이 소리 없이 열렸다.

"재빨리 둘러보고 나올 테니 망보고 있어. 사제들이 주위에 얼씬거리면 즉시 연락해."

페드로가 10분이 지나도 돌아오지 않았다. 오선희는 점점 초조해졌다. 아래층 식당에서 모임이 끝났는지 사제들이 한두 명씩 나타나기 시작했다. 머리를 뒤로 감아올린 매부리코 여사제가 뒤뚱뒤뚱 펭귄 걸음으로 이쪽을 향해 오고 있었다. 오선희는 여사제 쪽으로 먼저 다가갔다.

"사제님, 이 근처에 여성용 물품을 구입할 만한 곳이 없을까요? 제가 깜박 잊고 빠뜨렸네요."

그녀는 미소인지 비웃음인지 구분이 어려운 애매한 표정으로 이해한다는 듯 말했다.

"내부에서 파는 곳은 없지만 제 것을 하나 가져올게요. 이곳에서 잠깐만 기다리세요."

그녀는 재빨리 페드로에게 커넥트하여 회의가 끝나 사제들이 나타나기 시작했으니 문을 열고 나올 때 주의하라고 당부했다. 여사제는 5분 후쯤 돌아와 생리용품을 그녀에게 전해주며 어디서 왔는지 의례적으로 물었다. 지옥에서 왔다고 해도 아, 먼 곳에서 오셨군요 하고 무심히 지나쳤을 것이다. 그녀가 대답하려는 순간 페드로의 그렁그렁한 목소리가 등 뒤에서 들렸다.

"사제님, 혹시 알렉산데르 7세 붉은 망토를 감싸고 있는 여인들 정체에 대해 아십니까?"

여사제는 뜻밖이란 표정을 지었다. 학구적인 질문을 할 타입의 인상이 아니었기 때문이다.

"오랫동안 정의, 현명, 자비, 진실을 대표한다고 알려졌죠. 다 틀린 얘기랍니다. 베르니니를 전공했던 동료가 있었는데 앞의 두 명은 참회하는 자매라는 수녀회 수녀래요. 수녀가 애를 안고 있으니까 우습죠? 당신의 아이랍니다 하는 것처럼. 맞은편 수녀도 임신 중인 것처럼 불편해 보이지 않나요?"

"그럼, 알렉산데르 7세도 다른 교황들처럼 생전에 여성 관계가 문란했습니까?"

"천만에요. 그는 동성애자였고 철저한 여성 혐오자였어요. 여성을 애 낳는 기계 이상으로 보지 않았다고 하더군요. 베르니니의 일기에 그렇게 쓰여 있다고 합니다."

다시 무덤으로 통하는 문으로 다가간 페드로는 스프레이를 꺼내 정체 모를 액체를 뿌렸다.

"만약을 위해…… 블랑쉬가 너에게 몰래 마시게 한 바로 그거야. 프로텍터들이 애호하는 도구지. 한동안 저 문을 출입하는 작자들은 이 똑똑한 페드로 님의 감시를 절대 벗어나지 못해."

"왜, 그렇게 늦었어? 기다리다 속이 다 타버린 줄 알았어. 터널에서 뭘 발견한 거야?"

"말해도 믿지 못할 걸? 나도 한순간 꿈인가 했어. 템플러 보물인 기사단의 금괴를 찾아냈어. 진짜 길고 긴 터널 끝에서…… 일단 이곳을 빠져나가자!"

페드로의 용모는 형편없지만 두뇌와 배짱은 인정해줘야 한다. 대체인간에 전혀 뒤지지 않는 자연인 사내다. 그의 모험담에 따르면 리프트를 타고 지하 깊이 내려가 시설 몇 군데를 확인하던 중에 우연히 한 창고에서 거대한 금괴 더미를 발견했다고 한다. 증거로 금괴를 하나 가지고 나오지 그랬냐는 그녀 말에 그러면 문제가 복잡해질 수도 있을 것 같아 대신 금괴 더미 맨 윗줄에 X284를 스프레이 해놓았다고 말했다.

"맨 윗줄만 뿌렸어? 다 뿌려놓지 그랬어?"

"일단 다 뿌리기엔 스프레이 용량이 턱없이 부족해. 혹시 용의자가 금괴를 무더기 중간이나 아래층에서 빼내는 기묘한 습관을 가졌다면 우리는 태양계에서 가장 재수 없는 수사팀이 되는 거지. 이제 그 금괴는 나에게 들키지 않고 이동이 불가능해. 혹시 나에게 상 같은 것 없어?"

오선희가 그의 이마에 가볍게 뽀뽀를 해주자 감격한 페드로는 눈물을 글썽이며 다시 들어가 보겠다고 했다. 사내들…… 약점이 있는 자들을 다루는 법은 방전된 로봇 다루는 것보다 쉽다.

마스터 루비오는 이해할 수 없었다. 지하실 창고가 개방되었다고 알람이 왔다. 방문자는 참민음 수호사제 레온이라고 한다. 그럴 리가 없다. 다윗의 돌팔매 작전은 성공하지 못했다. 타키온 드라이브는 마리아나 트렌치가 아니고 포트 상공 먼 곳에서 폭발하여 포트에어 돔에 스크래치 하나 입히지 못했다. 그런데 사제 레온이 귀환했다니……. 다행히 금괴 더미는 움직이지 않은 듯했다. 그렇지만 만약을 위해 직접 눈으로 확인해 봐야 한다. 그는 사제들과 토론을 서둘러 종료한 후 알렉산데르 7세의 대리석상으로 향했다. 저 멀리 남녀 관람객 한 쌍이 키득키득 웃으며 멀어지는 것이 보였다.

그날 밤 저녁 식사가 끝나고 숙소인 성마르타 호텔에서 휴식을 취하고 있었다. 잠자리에 들려는 늦은 시각에 페드로의 커넥터가 부드럽게 진동했다. 프라이빗 리서처였다. 그는 호텔 영상 방문실에 혼자 다녀오겠다고 했다. 만약을 위해 상대를 노출시키고 싶지 않은 모양이다. 그가 돌아와 리서처의 보고를 들려주었다. 뮤지컬 주연급처럼 카랑카랑하게 울리는 맑은 고음으로 풍채 좋은 중년 프리마 돈나가 떠올랐다.

"이해를 돕기 위해 조사 끝부분부터 시작할게. 흑해 동쪽 코카사스 산맥, 오래전에는 조지아라고 불리던 곳이지. 쿠라강 동쪽 깊은 산속 조그만 시골에서 찾았어. 78년 전, 어떤 사내아이가 밤이 되면 머리 색이 바뀐다고 보호자가 마을 메디컬센터에 찾아왔대. 진단 결과 유전자 결함인 다중인격증후군이었어. 최초 수정이 이루어졌을 때는 이란성 쌍둥이었는데 수정체 하나는 태아로 성숙하지 못하고 소멸했어. 소멸 과정에서 알비노 증상을 유발하는 유전자가 다른 수정체 태아와 결합하여 다중인격체로 태어난 거지. 출생지는 바르지야(Vardzia)라는 동굴 거주지로 소수의 유태인 무리인 그루짐(Gruzim) 일파가 거주하는 곳이야. 그들은 물어뜯는 늑대라고 베냐민 지파 중 가장 호전적인 무리로 유명하지만 다른 지파와 달리 그리스도를 창조주의 아들이자 신으로 인정했어. 폐쇄 집단인 관계로 근친 교배로 대를 이어갔으니 유전병이 창궐하는 것은 당연했겠지. 여성들은 참회하는 자매라는 공동체 생활을 영유했는데 그들은 인류 최초로 여성 할례를 시작한 집단이라고 알려졌어. 다른 애들과 함께 크레타섬으로 보내져 입양된 그 애는 그곳에서 정규교육을 마치고 56년 전 로마로 이주했어. 그레고리안대학교 신학대학을 졸업했어. 라테라노대학교에서 교회법을 전공하고 정식으로 사제 서품을 받았지. 메디컬센터의 의료기록과 현재 모습 비주얼 등 증거물은 잔금 입금되면 넘겨주지."

# 19
# 초대받지 않은 방문객

2450년 1월 14일

이탈리아 라치오주, 젠차노 디 로마 레미 호수

자쿠지에 몸을 눕힌 루비오는 따뜻한 물에 몸이 이완되는 것을 느꼈다. 하지만 긴장된 마음은 몸과 달리 쉽게 풀리지 않았다. 지난 주일 레온이 바티칸 기지에 다녀간 이래 그는 몹시 혼란스러웠다. 루비오의 마음 한구석에는 만약 누군가 살아서 귀환한다면 그가 스테판이길 바랬다. 과거의 모든 마스터들처럼 그는 결단력, 냉정함과 더불어 적이 두려워할 적당한 수준의 잔인성을 갖추고 있었다.

87세인 루비오는 머지 않아 은퇴하고자 했다. 그의 몸은 아직까지 치아 외에는 어떤 부분도 대체 장기로 바꾸지 않았지만 최근에는 무릎이 날씨 변화를 예고하기 시작했다. 하지만 순조로운 은퇴를 위해서는 후계자 선정이 보다 시급하다.

그는 자쿠지 위에 펼쳐진 밤하늘의 아름다운 별빛을 바라볼 때마다 창조주의 솜씨에 무한한 경외심을 느낀다. 로마 근교에서 비교적 공기가 깨끗한 이곳 레미 호수는 수면에 반사되는 반짝이는 별빛과 호숫가 고급주택의 영롱한 인공조명이 어우러져 환상적인 경치를 연출하였다. 그는 비록 다윗의 돌팔매 작전이 성공하지는 못했지만 창조주에 대한 절대적 충성심과 평생에 걸친 봉사로 이만한 호사는 누릴 자격이 충분하다고 생각했다. 그동안 바쁜 일정 때문에 아래층 경호실 외에 위층 주방과 자쿠지, 침실만 겨우 갖추었다.

한겨울 밤 차가운 바람 속에 자쿠지 안에 편히 누운 루비오는 캄파리를 홀짝거리며 자신에게 잠시 젊음을 되돌려 줄, 침실에 대기 중인 두 소년의 잘 연마된 대리석상 같은 발가벗은 몸을 상상했다. 서서히 성기가 생명력을 회복하는 순간 뒤쪽에서 낯선 발자국 소리가 들렸다.

"루비오, 아니 조지프 추기경! 물은 따뜻해? 초대를 받진 않았지만 얘기할 게 좀 있어서 왔어."

"암즈맨!"

기겁한 루비오는 소리쳐 경호원을 불렀다. 루비오는 참믿음 수호자들에게만 알려진 이름이다. 경호원 2명이 아래층에서 대기하고 있었으나 아무도 대답하지 않았다. 참회하는 자매회가 보내준 경비견 코카시언 오브차카마저 소년들이 놀랄까 봐 아래층 실외에 가두어 놓았다.

"소리쳐도 소용없어. 스페이스 고속철이 추락해도 잠에서 깨어나지 못할 거야. 인조곤충 최신형은 정밀 레이더에도 잡히지 않거든. 유태인 본명이 사울 바렌바움 맞지? 혹시, 나 기억해?"

자쿠지의 보글거리는 거품 밑 부분에서 비추는 형광빛 조명에 반사된 그녀 얼굴은 낡은 성당 처마 밑 가고일처럼 기괴하게 보였다. 정신을 가다듬고 집중한 끝에 겨우 그녀의 정체를 알아차렸다. 한두 번 본 적이 있었던 대체인간권익협회에서 일한다는 법률 컨설턴트였다.

"할리나야. 예전에 교황 접견실에서 안젤리카와 본 적이 있잖아? 추운데 나도 몸 좀 녹일게."

그녀는 대답을 기다리지 않고 옷을 벗었다. 실오라기 하나 걸치지 않은 몸매는 잘 관리된 중년 여성의 성숙함을 뽐냈다. 말문이 막힌 루비오는 작전 실패가 초래한 피할 수 없는 재앙을 식감했다.

"루비오, 좋은 장소를 잡았구나. 경치가 그만이던데 꽤 비쌌겠지? 윤곽은 이미 드러났어. 아싼카 주도 아래 어제 몇 사람이 모여 너의 장래에 관하여 의논했는데 네게 알려줄 사람으로는 내가 가장 적합하다고 결론이 났어. 대부분 너에게 차마 전하지 못하겠나 봐."

명석한 루비오 머리에 그들이 결정적인 증거는 확보하지 못했을 거라는 예감이 스쳤다.

"너의 기소나 파문은 없을 거야. 대외적으로 바티칸 체면이 가장 큰 문제래. 난 바티칸에 아직도 보호할 만한 체면이 남아 있는지 의심스러워. 안젤리카 교황을 왜 암살했어?"

"무슨 소리야? 난 관련 없어. 내가 하지 않았다고."

"루비오, 길게 끌지 마! 모든 것을 다 아는 사람은 네가 유일하다는 스테판의 진술을 직접 들었어. 교황이 암살되고 이주선이 폭파됐지만 바티칸에서는 널 기소하지 않겠다고 했잖아!"

바티칸의 처분이 궁금한 루비오는 오래 끌어봐야 소용이 없다는 걸 깨달았다. 차라리 그녀를 빨리 돌려보내고 대책을 강구하는 편이 훨씬 도움이 될 것 같았다.

"신념이 무너져가는 교황에게 순교보다 더 영광스러운 기회가 어딨어? 믿음이란 쥐꼬리만큼도 없는 허샹린과 안나에게 귀를 기울인 걸 보면 그녀는 분명 흔들리고 있었어. 자세한 것은 나도 몰라. 블랑쉬가 알아서 했어. 테오도라 어떤 곳에서는 몇 푼이면 자신의 영혼에 성모 팬티를 끼워 팔아넘길 유다 후손이 가득하다고 들었어. 안젤리카의 죽음에 관한 한 난 무관해!"

살해된 자의 가장 큰 미덕은 어떤 경우에도 말대꾸를 하지 않는다는 점이다. 블랑쉬가 교황 암살을 수행하고 참믿음 수호회가 이주선을 폭파하겠다는 계획을 그녀에게 설득시키는데 애를 꽤 먹었던 기억이 떠올랐다. 복수심에 불타는 블랑쉬는 교황에 앞서 우주항해청장을 노렸다.

"그런데 블랑쉬는 왜 죽였어?"

"그 계집은 참믿음 수호회가 제일 혐오하는 타입이야. 이브처럼 음탕한 계집애! 그래도 기회는 주었다고 생각해. 참회하는 자매회에 가입을 권고했었거든. 그 계집의 바티칸 방문은 우연을 가장한 창조주의 정교한 계획 중 일부였음이 틀림없어. 비록 구원받지는 못했지만 이번에 누구보다 공이 많았거든."

"참회하는 자매들은 누구야? 너희들은 여성을 극단적으로 혐오한다면서 그녀들은 괜찮아?"

"참회하는 자매 기원은 창세기까지 거슬러 올라가. 금단의 열매 알지? 애당초 이브의 음탕함이 인간 역사를 이 꼴로 만들었잖아. 창조주 야훼(Yahweh)는 그녀가 도덕적으로 완벽한 생명체일 거라고 착각했지. 엘(El)의 유혹에 그렇게 쉽게 무너지리라고 예상을 못했어."

"암컷들은 어느 종이나 좀 음탕한 경향이 있어. 진화를 책임지기 때문에 우수한 유전자가 접근하면 본능적으로 유혹을 참지 못해. 그런데 엘은 누구야?"

"야훼의 동생이야. 태초에 야훼와 함께 지구에 등장했어. 형과 달리 인간이라는 창조물이 다른 생명체와 평화로운 공생, 생태계의 조화, 뭐 그런 게 가능하리라고 믿었어."

"유태교 창세기 설화와 많이 다른 것 같구나."

"거룩한 기록도 인간 역사와 마찬가지야. 세상의 집권 세력과 상황에 따라 주저 없이 변하지. 세월이 흐르면서 진실은 안개처럼 증발해 버리고 거짓과 모순, 위선으로 가득 찼어."

"참믿음이 알고 있는 진실은 뭐야? 도대체 에덴에서 무슨 일이 벌어진 거야?"

"거룩한 형제는 인간의 미래에 대한 진화 전략이 달랐어. 야훼는 인간이 혹독한 지구 환경에서 종의 연속성을 유지하려면 다른 생명체보다 강인해야 된다고 생각했고 엘은 생태계의 조화로운 공생을 통해 생존이 가능할 거라고 믿었어. 점차 야훼는 호전적인 유목 문화 상징이 되었고 엘은 안정을 추구하는 농경의 신, 바알(Baal)로 갈라섰지. 추수 감사 예식에서 야훼가 양과 고기는 받아들이고 농산물은 거부했다고 창세기에 기록되어 있잖아? 창세기 앞부분에 인간이 모든 생명체를 정복해야 한다는 야훼의 준엄한 지시가 두 번씩이나 강조되어 있어."

"거기에 동조하지 않거나 적합하지 않은 유전자 후손들은 어떻게 했어?"

"소돔과 고모라의 재앙 들어봤겠지? 노아 때 대홍수를 이용하여 진화에 부적합한 개체들을 쓸어버렸지. 그게 최초야. 인간을 창조하고 야훼는 에덴이라의 생명 창고 열쇠를 이브에게 맡겼어. 에덴은 생명체 창조의 비밀과 진화의 도구가 갖춰진 실험실이었지. 그런데 그만, 천성이 음탕한 그녀는 엘의 꼬임에 넘어가 생명 창고 열쇠를 내준 거야."

"그래서 참믿음의 심벌이 날개 달린 열쇠구나! 참믿음 수호자들이 목숨 걸고 지키려는……."

"그리스도가 베드로에게 열쇠를 주었다고 성경에 기록되어 있잖아? 교황의 문장에도 등장하고. 그런데 이브는 열쇠만 넘긴 게 아니야. 엘을 유혹하여 그의 아이 아벨을 낳았어. 인간이 창조주와 유전자 교환이 가능하다는 것을 최초로 증명한 거야. 진화 관점에서는 위대한 기적이었지만 분노가 폭발한 야훼는 카인에게 배다른 동생을 돌로 쳐 죽이라고 명령했어."

"형제를 돌로 쳐 죽이라고 지시했다고? 꼭 그렇게 잔인한 방법을 사용해야만 했을까?"

"야훼는 자신에게 복종하지 않으면 어떻게 된다는 경고였을 뿐 아니라 인간이 강해지려면 무자비해야 한다는 일종의 교훈이었어. 주저없이 형제와 아들까지 살해할 수 있는 잔인함 말이야. 아브라함에게도 아들을 살해하도록 그의 잔인성을 테스트한 것 들어본 적 있지? 지금 지구를 살펴봐. 생태계 자원은 모든 인간이 고루 나누어 쓰기에는 턱없이 부족해. 그들을 골라내는 건 당연한 일 아니야? 너희들도 강아지나 고양이 입양할 때 혈통 따지잖아?"

"혈통의 순수성 때문에 대체인간에게 세례를 허용해서는 안 된다고 안젤리카를 말렸어?"

"솔직히 대체인간이 설 자리는 없어! 불결한 종자인 이교도에도 들지 못해. 그건 공산품에 지나지 않아. 너희들이 환영하는 것은 그 음탕한 버러지들의 섹스 능력 때문이야."

"실망스럽구나, 루비오! 지구 생태계는 노쇠하여 회복이 불가능할 것 같대. 지구보다 훨씬 안전하고 풍요로운 스페이스 포트로의 집단 이주를 무슨 이유로 고집스럽게 반대하는 거야?"

"그곳은 바벨탑이야. 창조주의 구원이 없어. 거룩한 존재가 때가 되면 우리를 구원하러 지구로 돌아오겠다는 언약을 잊어버렸단 말이야? 그를 기다리지 않고 사악한 종자들과 함께 우주를 쏘다녀 어쩌자는 거야? 저 광활한 우주에서 피난처를 찾겠다고? 제정신이야?"

"그래서 이주선 스페이스필그림호를 파괴하고자 했던 거야?"

"완벽한 기회였어! 이교도로 가득한 바벨탑과 이주선. 인간 흉내를 내는 사악한 존재들까지 한꺼번에 불태워 버릴 수 있었던 좋은 기회였는데. 정말 아까워!"

"얘기를 듣고 보니 네 상태는 생각보다 훨씬 심하구나. 구제할 방법이 없어. 이제 화요일 모임의 결론을 들어봐. 다음 주에 발표할 교황의 개혁 교서에는 참믿음이 까무러칠 만한 것 투성이야. 우선 창조주의 은총이 태양계 너머 먼 우주까지 미침을 천명하고 조만간 스페이스 포트 중 한 곳에 제2의 바티칸을 설립하겠대. 너희들이 혐오하는 대체인간은 자연인과 똑같이 세례를 받을 수 있고 수정 능력을 갖추는 걸 적극 권장하기로 했어. 즉, 인간의 진화로 받아들이겠다는 의미지. 이번에 퍼시픽의 한 프로텍터가 포트 거주민들을 구조하기 위해 자신을 희생한 고결한 정신을 인정받은 거야. 아싼카는 모름지기 성직자들의 마음가짐이 그와 같아야 한다고 했어. 개혁안에 언급되지는 않지만 그녀는 대체인간 쪽에서 준비만 되어 있다면 가톨릭이 가장 먼저 그들을 성직자로 받아들일 용의가 있다고 했어."

"창조주의 저주를! 교황 즉위 후 갑자기 미쳐 버리거나 창조주를 배반한 성직자는 아싼카가 처음이 아니야. 두고 봐, 반드시 창조주의 엄청난 진노가 너희들을 덮칠 거야!"

"교황 경호가 예전하고는 많이 다를 거야. 경호는 퍼시픽의 프로텍터가 맡기로 했어."

"바티칸에서 날 어떻게 할 거래? 차라리 난 순교를 택하고 싶어. 그들이 기회를 줄 것 같아?"

"넌 파문당하지 않아. 아싼카는 널 아예 삭제해 버리겠대. 네가 존재하지 않았던 것처럼 바티칸에서의 너의 활동과 기록을 모두 지워버리겠다는 거지. 참믿음 수호회의, 아니 템플기사단의 금괴는 스페이스필그림호 보상금 지불에 사용될 거야."

눈을 감고 있던 루비오는 평생에 걸친 성취와 자신의 존재 이유, 의미까지 전부 물거품이 되었음을 깨달았다. 분노에 정신이 혼미해지며 손가락마저 떨리기 시작했다.

"내가 있는 곳을 어떻게 찾아냈어? 누구도 이곳을 아는 자가 없을 텐데?"

"퍼시픽의 감독관 페드로가 알고 있던데? 똑똑하다고 소문난 사내인데 화가 잔뜩 났어. 제일 친한 동료가 대체인간인데 테오도라에서 너희 일당에게 당했대. 그를 조심해. 소문에 의하면 그는 동료를 살해한 자는 절대 용서하지 않는 댔어. 난 이제 돌아갈 거야. 침실에 대기하고 있던 두 애들은 잔돈을 좀 쥐어주고 돌려보냈어. 오래전부터 너희 성직자들 일부는 소년들과 발가벗고 노는 걸 좋아하더라. 생선은 대가리부터 썩는다더니……."

"인간이라면 누구나 가까운 친구에게도 비밀로 하는 취미가 한두 개 있기 마련이야. 감히 복제품들 하고 붙어먹은 음탕한 주제에 뭐가 당당하다고……."

"이브의 후예들이 음탕하지 않았다면 인간은 아직도 오랑우탄만 한 신장에 기껏 물레방아나 돌리고 있을 거래. 창세기에도 나오잖아? 네필림을 유혹하여 순식간에 유전자를 업그레이드했던 것. 이번에도 그런 도약의 기회가 될지 몰라. 새로운 대체인간 사내들은 기존 인간의 약점이 대부분 제거되었어. 수정 능력을 갖추면 우주 시대에 걸맞은 새로운 인종이 탄생할지 몰라. 창조주의 도움이나 간섭 없이 순전히 과학의 힘으로만 말이야!"

"닥쳐! 이 독사처럼 사악하고…… 돼지처럼 음탕한 계집년아!"

10분 후 자쿠지에서 나온 루비오는 샤워기 아래 섰다. 할리나와의 부질없는 논쟁으로 분노한 그는 폭발 직전이었지만 대책을 마련하기 위해서는 정신을 바짝 차려야 한다. 상황이 최악인 것 같지만 집중하여 찾아보면 어딘가에 반드시 해결책 실마리가 있을 것이다.

쏟아지는 차가운 물줄기가 면도날처럼 느껴졌다. 샤워를 마친 그는 작은 곤충 하나가 머리 부근에서 윙윙거리는 것을 발견했다. 한 마리가 아니고 두 마리, 세 마리…… 어디서인지 곤충이 계속 날아왔다. 그것들은 곧 루비오의 머리에 부딪히기 시작했다. 공포에 사로잡힌 그가 비명을 지르기 시작했다. 첫 번째 곤충에서 불꽃이 반짝이고 루비오의 머리가 완전히 태워버리기까지 채 10분도 걸리지 않았다.

## 20 ___
# 나는 기억한다, 고로 존재한다

2450년 2월 5일

테오도라 포트 이스탄불시티, 다우닝가 BBNS연구소

오선희는 오전 9시 정각 대체신경시스템에 최첨단을 걷는다는 BBNS(바이오브레인뉴로시스템)연구소 입구에 들어섰다. 12일 전, 냉동 케이스에 보관된 써드 머리를 가지고 온 이래 세 번째 방문이다. 지구와 스페이스 포트 통틀어 가장 뛰어난 대체신경 전문가로 알려진 사하르가 최종 결론을 내리겠다고 한 날이다.

최초 방문에서 상담 엔지니어가 대체두뇌 기억 재생은 취급하지 않는다고 거절했지만 오선희는 기술적으로 가능한지 검토만 해달라며 물러서지 않았다. 두 번째 방문에서 수석연구원이 등장하자 오선희는 반가움에 가슴이 벅차고 목이 멨다. 아예 불가능하면 고위직은 나타나지 않는 법이다. 그녀는 새 대체인간을 고용하지 않고 화상으로 손상된 대체두뇌 기억을 복원하려 하는지 궁금해하며 불가능에 가까운 확률을 언급했다.

"바닷가를 산책하다 마음에 드는 조약돌 몇 개가 눈에 띄었다고 온 해변을 뒤져 그런 돌을 모아 피라미드를 만들려고 한다면 제정신이라고 하겠어?"

접견실에 들어선 그녀는 경험 많은 전문가답게 긍정도 부정도 표정에 나타내지 않았다.

"성공 확률이 너무 낮아 종료 시점을 예측할 수 없어. 일단 화상으로 손상된 두뇌 신경세포에 기억이 얼마나 남아 있는지 몰라. 또 기억을 채집하여 복원해도 퀄리아(qualia)[12)]라는 과정을 거치지 않으면 그것들은 쓸모가 없어. 마치 지휘자 없는 오케스트라처럼 각종 악기 소음의 집합체일 뿐이지. 퀄리아는 기억을 연결시켜 해석하고 의미를 부여하는 절차인데 두뇌의 클라우스트룸(claustrum)이란 부분에서 이루어져. 문제는 대체인의 그 부위가 자연인의 절반에도 미치지 못하고 기능도 형편없단 말이야."

"써드는 강인해. 그는 다른 대체인간하고는 달라!"

"……다행히 숨뇌 손상은 겉보기처럼 심하지 않아 미주신경 복구에 어려움이 있을 것 같진 않아. 헬멧 착용과 재빠른 냉동 조치 덕분이겠지. 신경세포에 기억이 남아 있다 해도 미주신경이 살아있지 않으면 꺼내지 못하거든. 오래전 유대 베다니의 나사로도 숨뇌 손상이 심했다면 그리스도가 아무리 용을 써도 무덤에서 일어나지 못했을 거야. 또 다른 문제는 비용인데 대체인간 몇 개와 맞먹어. 개인이 부담하기엔 무리야. 위에서 지급보증 없이는 절대 착수하지 말래."

다음날 오선희는 도움을 요청하기 위해 페드로를 찾았다. 그는 얼마 전 교황 암살과 이주선 사건 해결 공로를 인정받아 임원으로 승진하였다. 극소수의 남성 임원 중 한 명으로 승진 전과 다름없이 직원들에게 겸손하게 대하여 칭찬이 자자하다.

"축하해! 페드로. 회사 설립 이래 가장 빠르게 임원으로 승진했다면서? 임원 직위에 어울리는 문제를 하나 가져왔어. 써드 기억을 복원하는 것은 기술적으로 주방로봇 등짝에 식용유 바르기보다 쉬운 일이래. 돈만 있으면 얼마든지 그를 살릴 수 있다는 거야."

페드로는 그녀의 설명을 듣고 주방로봇 등짝에 식용유 바르기와는 차원이 다른 비용 수준에 기술적인 어려움을 짐작했으나 일단 이사회에 안건으로 상정하겠다고 약속했다.

며칠 후 그가 전해준 소식은 오선희가 우려한 대로 기대에 한참 미치지 못했다.

"경영진은 요지부동이야. 회사는 프로텍터의 의식화 기억이나 업무 기억이 중요하지 인격성 기억은 쓸모가 없어. 알면서 그런 용도에 거금을 투자하려고 하겠어? 더구나 선례를 만들어 놓으면 사고를 당할 때마다 프로텍터 머리를 싸들고 와서 살려내라고 할 거래."

"기억함으로 존재한다라는 명제는 오로지 존귀한 자연인에게만 해당하는 모양이지? 탄생시켜 부려먹을 때는 언제고…… 도대체 언제쯤이나 그들을 자연인과 똑같이 대접할 거야?"

"몇백 년 전 남성 사회 때 흑인 인권 향상도 더뎠어. 거기에 비하면 대체인간은 빠른 편이야. 이사회에서 한 명 비용까지는 부담하겠대. 회복하면 업무에 복귀한다는 조건으로 말이야. 회사 입장 이해할 수 있지?"

"뭐, 회사 입장? 진급하시니까 변하셨군요. 제일 친한 동료가 프로텍터 누구라고 하신 분 아니셨던가요? 갑자기 집무실에서 족제비 오줌 썩은 냄새가 진동하네!"

"무슨 말을 그렇게 섭섭하게 해. 그래도 나니까 회사에서 대체인 한 명 값이라도 받아냈지. 할리나에게 지급보증 부탁해 보면 안 될까? 그녀는 우리에게 갚을 빚이 남아있지 않아?"

다음날 오전 오선희의 부탁을 받은 할리나는 기꺼이 부족한 의료비 전액을 협회에서 지급보증하겠다고 약속했다. 회복 가능성이나 보증액을 따지지 않는 대신 써드가 기억을 복구하고 돌아온다면 그때 한두 가지 부탁을 제시한다는 조건이었다. 지급보증을 확인한 사하르가 오선희에게 프로젝트팀 구성을 알렸다.

"장담할 수는 없지만 일단 팀을 꾸렸어. 오선희, 희망은 종종 우리를 배반한다는 것을 잊지 마! 기약 없이 기다리는 것만큼 힘든 것은 없다고 하니 건강 조심하고……."

새로운 시련이 시작되었다. 오선희에게 시간은 창조주가 세상을 만드는 데 6일이면 충분하였던 것처럼 더디게 흘렀다. 기다림이 하염없자 외로운 밤에 그리움이 복받치면 뜨거운 샤워 밑에서 엉엉 울었다. 미처 눈물로 씻어내지 못한 그리움은 병적인 초조함을 유발했다. 심리전문가가 뜨개질이 도움이 될 거라고 하였지만 그녀는 썩 내키지 않았다. 그녀는 오래전 그만두었던 나전 공예 기구를 꺼내 들었다. 사하르, 할리나, 페드로와 돌아올 써드를 위하여 정성 들여 나전 공예품을 만들기 시작했다.

"잘 있었어, 오선희?"

그녀는 눈물이 복받쳐 오르는 걸 겨우 참았다. 써드가 분명했다. 얼굴이나 골격은 완전히 예전 모습이었다. 작업이 개시된 지 10개월이 지나 연말을 며칠 안 남기고 그가 돌아왔다.

"너, 써드 맞아?"

"맞아! 써드야."

자신 없는 듯 한순간 머뭇거리고는 뚫어지게 그녀를 응시하며 기억력을 집중하는 모습이었다.

"너 예전에 내 모습 중 어느 부분이 가장 매력적이라고 했는지 기억 나?"

"보조개!"

틀림없는 써드였다. 그를 꼭 껴안은 그녀는 엉엉 울었다. 눈물은 범람한 강물처럼 머뭇거리는 감정을 순식간에 쓸어갔다. 써드 몫의 눈물이 아직도 그렇게 많이 남아 있는 줄 미처 몰랐다.

"보고 싶었어. 정말, 많이! 기다리기가 그렇게 힘든 일인 줄 몰랐어. 너도 그랬어?"

"대부분 의식이 없었어. 의식이 돌아왔다고 느낀 게 얼마 전이야.

연구소 직원들에게서 들었어. 그들은 내가 세상에서 가장 비싼 대체인간이랬어. 한 명의 대체인간 목숨이 뭐가 대단하다고, 그런 거액을…… 지불했어?"

"나 돈 많아! 무엇보다 넌 내 목숨을 구해주었어. 그것도 세 번씩이나! 그러니 앞으로도 계속 날 지켜줘야 해. 이제부터 내 앞에서 절대 자신을 그저 한 명의 대체인간이라고 부르지 마. 난 세상의 사내들 다 가져와도 너 하나 하고 안 바꿔!"

"내가 과연 그만한 가치가 있을까? 사실 다른 프로텍터였다 해도 똑같이 했을 거야."

"물론 그럴 수도 있겠지. 그런데 하필이면 퍼시픽에 한 무더기나 되는 프로텍터 중에서 너 써드였고 많은 조사관들 중 오선희였을까? 자연인들은 그걸 인연이라고 불러. 너와 나는 인연이야. 비록 말은 안 했지만 넌 행동으로 그 인연을 얼마나 소중하게 여기는지 증명했어."

써드는 당혹스러웠다. 뭔가 새로운 개념이 손에 잡힐 듯하였지만 임무에 충실했던 기억 외에는 모든 것이 뒤죽박죽 혼란스러웠다.

"만약 내가 연구소에서 퇴원하지 못했다면 언제까지 기다리려고 했어?"

"솔직히 평생을 기다리지는 않았을 거야. 하지만 오랫동안…… 네가 생각하는 것보다 훨씬 오랫동안 기다렸을 거야."

"어떻게 그게 가능해?"

"사랑에 빠지면 가능해. 자연인은 사랑에 빠지면 다소 광기가 있어."

써드와의 섹스는 기대했던 것 이상이었다. 섹스의 즐거움은 다른 모든 즐거움을 사소하게 만들었다. 섹스는 은밀하고 동시에 순수했으며 가장 밀접하고 완벽한 커넥션이었다. 그녀의 벌거벗은 몸을 애무하는 써드의 손길은 숙련된 연주자가 까다로운 악기를 다루듯 섬세하고 부드러웠다. 만약 그녀가 동료가 아니었다면 써드의 전직을 오해했을 것이다. 그는 이른 아침 숲속의 종달새, 비 내린 후 안갯속의 수선화 등 사랑의 밀어를 속삭여 주었다. 다소 유치하였지만 듣고 싶을 때를 어떻게 아는지 타이밍이 기가 막혔다. 프로텍터 교육 과정에 섹스 레슨이 포함되지 않았는지 의심이 들었다.

써드는 회사에 당분간 프로텍션 기본반 강사로 출근을 시작했다. 첫날부터 지옥에서 돌아온 써드라고 불린 그는 동료들에게 영웅이 되었다. 그가 단정한 모습으로 출근하면 오선희는 괜히 마음이 불편했다. 어느 직장이나 좀 괜찮다 싶은 사내들은 젊은 계집애들이 그냥 두지 않는다. 더구나 그 업계는 오래전부터 일부 바디라인에 자신 있는 고객들이 때와 장소를 가리지 않고 순진한 보험회사 사내들을 후린다고 소문이 파다하지 않은가.

얼마 후에 할리나의 권유에 따라 오선희는 써드에게 아카데미아 인류진화부 소속 의료클리닉에 찾아가 정자 활성화 처치를 받도록 부탁했다. 지난해 초 가톨릭은 종교 중 최초로 대체인간에게 종의 연속성을 승인하는 교서를 발표했다. 다른 종교들도 뒤질세라 재빨리 대체인간 생식기능 활성화를 승인했다. 세상에 출현한 지 206년

만에 대체인간은 온갖 장애물과 차별을 극복하고 마침내 인간의 새로운 종으로 거듭나 자연인과 동등한 지위를 확보했다.

오선희는 써드가 수정 능력을 갖춘 지 10일도 채 되지 않아 임신에 성공했다. 인공 자궁에 태아 이식 며칠을 앞두고 할리나는 오선희의 바이오 데이터를 요구했다. 의료진과 협의한 그녀는 오선희에게 태아를 자궁에서 키워 분만하도록 종용했다. 코코넛 칩을 케첩에 찍어 먹어보면 별미라는 듯한 권유의 가벼움에 오선희는 부아가 치밀었다.

"할리나, 당신의 쭈그러진 자궁을 어떻게 사용하던지 난 관심이 없어요. 그러니 내게 내 자궁을 어떻게 사용하라고 강요하지 마세요. 어떻게 그런 곳에서 생명체가 자라난답니까?"

"오선희, 제 권유가 무례하게 들렸다면 사과할게요. 그렇지만 자연인 자궁이 퇴화하기 전에는 태아가 산모 자궁에서 10개월 동안 성장한 후 태어났답니다. 그런 출산 과정을 거치면 태아와 산모에게 평생 지속하는 특별한 정서적 유대감이 조성된다고 알려졌어요. 당신의 자궁 용량은 11cc에 팽창 계수가 458이랍니다. 5kg에 가까운 개체까지 출산이 무난하리라 예측하더군요."

할리나는 마치 자기 것처럼 오선희의 자궁에 대해 전문가와 함께 세세히 살펴본 모양이다. 오선희가 태아를 자궁에서 키워 출산하면 협회는 앞으로 3년 가까이 기간이 남아 있는 써드의 의료비용 전액을 면제해 주겠다고 제안했다. 법률을 전공한 계집애들, 특히 경험이 많은 시니어들은 남의 약점을 파악하는데 귀신같은 재능이 있다.

죽었다 살아났고 자연인을 임신까지 시킨 써드는 다시 소멸해도 자신의 유전자를 승계한 새로운 생명체가 존재를 지속한다는 생각에 숨이 멎을 듯한 감동을 느꼈다. 파트너이자 후견인인 오선희의 배가 불러오기 시작했다. 배에 손을 대면 안에 있는 생명체가 꿈틀거렸다. 그것은 두 사람에게 생명의 기적을 일깨워준 신비스러운 경험이었다.

자연인 한 사람의 뒤에는 예외 없이 기구한 삶의 역사가 꽉 차 있다고 한다. 대체인간도 별반 다르지 않다. 사람은 절대 운명을 바꾸지 못한다. 하지만 운명은 사람을 얼마나 손쉽게 변화시키는가?

자연인간이든 대체인간이든!

# 용어 해설

1 알, AE(Artificial Egg 인공 자궁) : 임신 기피 풍조로 자궁을 통한 늦은 출산은 산모와 태아 안전에 심각한 위험을 초래하였고 이는 임신 기피 악순환을 초래하였다. 멸종에 직면한 옛 한국 정부 의뢰로 임출산학자인 박지연 교수가 시조의 난생설화에서 영감을 받아 2159년 발명하였다. 칼슘과 마그네슘, 미네랄이 주성분인 알 형태의 인공 자궁은 태아의 성장에 최적 환경을 제공하여 많은 생명을 구했음에도 불구하고 여성 자궁 퇴화를 가속화하였다는 비난도 있었다. 청진기, 현미경, 크리스퍼 가위와 함께 인간의 4대 의료기에 선정되었다.

2 팔레르모 선언(Palermo Proclamation) : 2104년 성탄절에 시칠리아 팔레르모 팔라티나 대성당에서 발표된 신과 인간 관계의 새로운 선언. 그리스정교 총대주교인 소피아 마르케스와 바티

칸 275대 교황 안젤라 모딜리아니가 주도하고 세계 종교 지도자 2천 명 이상이 정립한 새로운 종교 선언은 ① 신은 존재하나 유일한 신은 없다. ② 신은 불멸하거나 전지전능하지 않다. ③ 신은 인간의 운명과 역사에 관여하지 않는다. 팔레르모 선언은 고대에 언약된 신의 굴레에서 인간을 해방시키고 극단주의 종교가들의 신학적 기반을 무너뜨렸다고 평가되었다.

3 크리스티나의 무상복지와 1백 배 법(Christina's Law of 100 times) : 2098년 12월, 빈부 격차가 극심했던 이탈리아의 수상으로 선출된 크리스티나는 북미 시카고대학 구티에레스(Gutierez) 교수 이론에 근거하여 세계 최초로 거주민들에게 의식주와 의료서비스를 무료로 제공하였다. 경제정책 무용론으로 마지막 경제학상인 83대 노벨경제학상을 수상한 구티에레스 교수는 인위적인 경제정책이 소득 양극화 확대의 주범이라는 오래전 존스홉킨스대학 텔레스 교수의 이론을 시간 분석모델을 이용하여 검증하였다. 그는 전쟁에 의한 물자의 대량파괴 외 잉여 재화를 처분하기 위한 유효수요 창출은 허구이며 국가 경제/금융 정책이란 멀쩡한 자동차를 수리하느라 예산을 낭비하는 것과 같다고 비유했다. 잉여 재화의 주범은 금융자본임을 역설하고 금융 국유화를 주장했다. 크리스티나는 이탈리아 거주민 일인 평균 재산 1백 배 이상을 초과하는 개인소유 재산에 매년 초과재산세 25%를 부과하였다. 그녀는 15세기에 르네상스 운동을 일으킨 메디치가 전통을 이어 가자고

호소하며 초과재산세를 4번 이상 납부한 시민에게 메디치애국 메달(MPM)을 수여하여 명예롭게 대했다.

4 리쥬브네이션(Rejuvenation) : 각종 호르몬과 신경전달물질을 보충하여 대체(복제)조직 기능을 연장하는 의료법. 면역성과 내구성이 약한 대체조직은 교체를 거듭하거나 사용자 연령이 높을수록 유효기간이 짧다. 인체는 노화 진행에 따라 유전자 끝 부분인 텔로미어가 마모하는 데 마모를 방지하는 단백질 효소, 텔로머라제는 2009년 노벨생리의학상을 수상한 블랙번, 쇼스택, 그라이더에 의해 발견되었다. 최초 합성 텔로머라제는 MSD, 화이자, 그린크로스 등 유명 제약사에서 21세기 말 출시하였다.

5 대체두뇌의 의식화 : 전체 과정은 3단계로 구성되며 통상 8~10개월이 소요된다. 첫째 단계는 대체두뇌 활성화 단계로 숨뇌(Medulla)를 전기 자극하여 뇌파를 촉발한 후 브로카, 베르니케 영역에 언어를 이식한다. 반복 동작에 의한 행동 기억(수영, 자전거 타기), 기능성 기억은 증폭된 뇌파를 이미지와 함께 전송하고 정보와 지식은 렘수면 교육 방법으로 주입한다. 이 단계에서는 복합 감성(초조, 불안, 감동)은 활성화되지 않고 응용인지력(유머, 예술, 철학)이 부족하지만 기초적 감성을 갖춘 대체두뇌는 자연인과 의사소통이 가능하다. 둘째 단계는 자아의식 발현 과정이다. 복합 지능과 감성, 상상력의 육성, 동기부여 심리 메커니즘 구축을 위하여 모순과 혼란이 산재한 인격

성기억을 비주얼 전자파와 감성 뇌파를 통하여 도파민과 함께 주입한다. 이식 작업 중 시상하부 교차상핵(SCN)회로를 부드럽게 진동하여 각인 효과를 최대화한다. 셋째 단계는 존재 목적과 의미를 부여하는 강박충동 주입 과정으로 자연인의 중독이나 습관화 생리 메커니즘과 유사하다. 의식화 내용은 대체두뇌 용도에 따라 다양하며 적합한 모델 선정이 필수적이다. 용도에 맞는 상징적 대화나 행동의 비주얼과 감성 뇌파를 20% 이상 높은 전압으로 해마에 주입한다. 주입 과정 중 세라토닌, 엔도르핀 등 신경물질 분비를 촉진하기 위해 기저핵과 뇌하수체, 뇌간 솔기핵, 변연계 등 8곳 쾌락 회로 부위를 자극한다.

6 대체인간 주피터 : 23세기 중반 애플시드사 초기 상업용 대체인간 JE-18(모델 주피터 E 타입, 18번째 개체). 흑색 머리카락, 갈색 눈동자, 신장 194cm이다. 북미 3지역 법률 집행인 소피아 립튼에게 입양되었으나 720일의 생애 동안 미처 이름을 갖지 못하고 모델명으로 불렸다. 하인으로 출발한 그는 뛰어난 명석함으로 입양주가 올해의 법률인상을 수상하는데 큰 몫을 한다. 연인 관계로 발전한 그들은 2275년 5월 초에 카리브해 세인트루시아에서 휴가 중 허리케인에 조난당한다. 주피터의 희생으로 섬을 무사히 탈출한 그녀는 돌아오지 못한 연인을 기리며 '주피터와 720일'을 집필하였고 이는 전 세계에 대체인간 열풍을 일으켰다. 그녀가 죽은 후에 저작권 수입을 바탕으로 2280년 6월 설립된 대체인간권익협회(AHHA)는 대체인간

의 기본권 보호와 지위 향상, 차별 철폐를 위하여 법률 상담과 조언 등 다양한 활동을 전개하고 있다.

7 마하리쉬 모빌러(Maharish AG Mobiler) : 현대-타타(인도 Tata Motors, 차이니즈연방 JAC, 세한연합 Hyundai Motors 연합)그룹의 세한연합 백제국은 용인연구소에서 물을 연료로 하는 수소엔진 AG(Aqua-Gill, 아쿠아길)를 21세기 말에 발명하였다. 어류 아가미 구조를 응용한 이 엔진은 물에서 직접 수소를 분리한다. 23세기 초에 인도 타타 모터 뭄바이연구소에서 힌두경전, 마하바라타에 등장하는 부양형 비행체 비마나(vimana)를 연구한 마하리쉬 에타나(Maharish Etana)는 사마라 수트라다라(Samara Sutradhara) 비마나 정비 매뉴얼을 판독하고 이를 역해석하여 기체 하부 삼각 날개 구조를 디자인했다. 2265년 4월 말, 첫 모델이 출시된 마하리쉬 모빌러는 인류 최초의 부양형 차량으로 최대 상승 고도는 24km이다.

8 타키온 드라이브 : 크게 원자로 부분과 타키온 시스템 부분으로 나뉜다. 원자로의 핵분열 연쇄반응 에너지를 타키온 시스템의 시간 이동 엔진을 이용하여 순간적으로 가속화하는 장치다. 시간 흐름을 속도 개념으로 변환이 가능한 싱거라이제이션(22세기 초, 인도 천재 수학자 사라 싱거가 창안한 64진법 고등수학)을 바탕으로 제작된 우주 선박용 추진기관. 공간 이동 엔진을 가동 후 시간 이동 엔진으로 에너지를 무한대로 증폭시켜 광속에 이른다. 전장 1km 표준형 중형 함선의 타키온 드라이

브 가동에 필요한 전압은 번개와 맞먹는 1억V에 육박한다.

9 BDS(Bavarian Disposable Synthetics 바바리안 디스포서블 신세틱스) 랑가우 멤브레인 : 석유계 합성수지를 대체한 부식성 친환경 포장제. 22세기 말, 막스플랑크화학연구소 말레이시아계 자리나 박사는 갈대의 셀룰로이드를 이용하여 인조 멤브레인 랑가우를 발명했다. 셀룰로이드에 투입되는 효소 밀도 조절로 액화 임계시간을 임의로 설정할 수 있는 이 물질은 효소가 소진되면 공기 접촉으로 즉시 액화된다. 안정적 분자 구조의 랑가우는 이상적인 친환경 물질로 석유계통의 비닐, 페트 등 예전의 포장재를 대체하였다. 랑가우가 없었다면 지구 대양 오염은 열 배 이상 심각했을 거라고 환경전문가들이 평가한다.

10 카스틸(Karsteel) : 21세기 말 북미 실리콘밸리에 위치한 포스텍연구소의 김유경 박사팀은 합성고무 제조 방법을 응용하여 대량 생산에 성공한 탄소나노튜브에 크롬 화합물을 합성하여 발명한 첨단 신물질. 카스틸은 무게가 강철의 10%에 불과하지만 강철 1천 배의 강도와 250GPa 인장력, 내화력은 8천°C에 이른다. 카스틸이 없었다면 타키온 드라이브뿐 아니라 스페이스 포트, 우주 항해용 선박 제조가 불가능했을 것이다. 그녀의 업적을 기려 차이니즈연방 천진에 건설한 스페이스 포트를 김유경 스페이스 포트라고 명명했다.

11 참믿음 수호자 관련 십자군 참전 고문서 : ① 예루살렘 왕국 초대 왕 고드프루아는 사망 2주일 전에 예루살렘 총대주교 다

임베르트에게 날개 달린 열쇠 문장의 사제들이 없었다면 예루살렘 입성이 불가능했을 거라는 편지를 썼다. ② 2차 십자군 파병을 부추겼던 프랑스 수도원장 클레르보의 베르나르가 1147년 독일 왕 콘라트 3세에게 참전하면 날개 달린 열쇠 문장의 용맹한 기사들을 현지에 보내겠다고 약속했다. ③ 살라딘의 친구이자 저술가인 바하 앗 딘은 1187년 하틴 전투 승리 후, 예루살렘에 입성하면서 날개 달린 열쇠 문장 기사들이 몇십 명만 더 있었다면 승리가 불가능했다고 기록했다. ④ 프랑스 루이 9세가 1249년 6월 이집트 다미에타 공방전 때 돌진해오는 이슬람기병대로부터 맨몸으로 자신을 구했던 기사 팔목에서 날개 달린 열쇠 문장을 보았다고 일기에 기록했다.

**12** 퀄리아(qualia) : 단편적으로 산재한 인간의 기억을 취합하고 해석하여 의미를 부여하는 기능으로 21세기 초, 미국 조지워싱턴대학에서 뇌의 피곡(putamen)과 뇌도(insula) 사이에 위치한 클라우스트룸(claustrum)에서 이루어지는 것을 발견했다.

# 작가 후기

언젠가 살아온 삶을 뒤돌아보며 누구에게 가장 많은 신세를 졌는지 생각해 본 적이 있었다. 나에게 도움을 베풀어준 고마운 분들이 참 많았다. 그분들 못지않게 도움을 주었던 다른 것이 또 있었다. 위로가 필요하거나 용기를 내야 할 때 그를 찾으면 어김없이 도움을 주었다. 다름 아닌 '책'이다. 평생 내게 베풀어주기만 하는 그에게 어떻게든 신세를 갚아야겠다는 생각을 늘 했었다.

위대한 독서가인 장인어른이 평생 갖가지 책을 섭렵하고도 평생 책과 담을 쌓은 사람처럼 삶을 마감하신 것은 비슷한 삶의 궤적을 추구했던 나에게 강박관념을 주기에 충분했다. 무엇인가 시도하려 했지만 의욕을 쫓아가지 못한 자신감 때문에 더 이상 물러설 수 없을 때까지 망설였다.

미래를 배경으로 하는 SF는 작가의 의도적 편향에 따라 특정 분야가 돋보일 수밖에 없다. 다양한 분야가 조화를 이루며 발전된 미래 사회를 묘사한 작품이 드물 수밖에 없는 이유다. 최근 거론이 되고 있는 지구의 노화와 환경오염, 진화에 따른 새로운 인종을 다룬 이 책은 하드 SF와 소프트 SF 결합을 시도하여 여러 분야가 균형을 이룬, 400여 년 후의 미래 사회를 그리고자 하였으나 완성된 원고가 기대에 미치지는 못했다.

역사적으로 과학계와 종교계의 갈등은 일반인의 생각보다 훨씬 심각하다. 1543년 폴란드 가톨릭 성직자 코페르니쿠스에 의해 주장된 지동설을 바티칸이 마지못해 인정한 것은 1992년이었다. 엄연한 자연계 현상마저 무시할 정도의 종교적 신념은 우주 항해가 태양계를 벗어날 때 다시 심각한 딜레마에 빠질 것 같다. 의도하는 만큼 생명 연장이 가능한 시대에 천국과 영생, 영혼의 구원 등 기존 종교의 단골 레퍼토리는 과거처럼 일방적인 호소력을 가질 수는 없을 것이다. 그럼에도 불구하고 인간의 광활한 우주 진출은 종교계에 새로운 영역과 기회를 제공할 것이다. 하지만 뿌리 깊이 내재된 인간의 폭력성과 신념에 따른 역사적 행동 패턴을 고려하면 미래에서도 인간끼리 싸움을 멈추지 않을 것으로 추정된다.

까마득한 우주에 사는 사람들과 황폐한 지구에 거주하는 사람들이 화목하게 지낼 리가 없다. 흑인에 대한 인종차별의 오랜 역사를 감안하면 진화된 인종, 대체인간의 사회 안착도 순조롭기는커녕 많은 폭력 사태를 야기할 것이다.

몇 년 전, 아내와 함께 바티칸을 방문한 적이 있었다. 산피에트로 대성당에 들어선 순간 특급호텔 로비처럼 화려한 실내에 큰 충격을 받았다. 벽면 곳곳에 신이 되려고 몸부림쳤던 교황들의 대리석 석상에 막상 그곳 주인, 베드로는 낯선 곳에 도착한 난민처럼 초라해 보였다. 위키피디아 영문판에서 가장 화려한 석상의 교황인 알렉산데르 7세를 검색하여 그의 추악한 이중성을 발췌해 소설의 스토리에 접목하였다.

직업적 필요성에 의한 오랜 영어 원서의 독서는 나의 문장력에 오히려 짐이 되었다. 이런 원고를 꼼꼼하게 살펴준 아내와 날 선 조언을 스타워즈 광선검처럼 휘둘러댄 아들 형주가 없었다면 작품의 완성도가 훨씬 떨어졌을 것이다. 가끔 길을 잃고 헤매고 있으면 오랜 친구인 송병규, 허주병이가 어김없이 나타나 격려를 아끼지 않았다. 언제나 영감을 주는 서창교 님과 출판을 결단해준 집사재 유창언 님께 감사드린다. 두 분이 없었다면 원고가 결코 세상 빛을 쪼이지 못했을 것이다.

뒤늦게 뛰어든 글쓰기 작업에 회의가 들 때면 책상 옆에 붙여놓은 정동묵 님의 〈꼭 가야 하는 길〉을 읊조리며 흔들리는 마음을 굳게 다졌다.

걸어가지 못하는 길을,

나는 물이 되어 간다.

흐르지 못하는 길을,

나는 새벽 안개로 간다.

넘나들지 못하는 그 길을,

나는 초록으로 간다.

막아도 막혀도, 그래도 나는 간다.

혼이 되어, 세월이 되어.

2019년 여름

김길종

**스페이스 포트,**
**테오도라**

2449년 12월

초판 1쇄 인쇄 | 2019년 7월 15일
초판 1쇄 발행 | 2019년 7월 20일

지은이 | 김길종
발행인 | 최화숙
편 집 | 유창언
발행처 | 집사재

출판등록 | 1994년 6월 9일
등록번호 | 1994-000059호

주소 | 서울시 마포구 월드컵로8길 72, 3층-301(서교동)
전화 | 335-7353~4
팩스 | 325-4305
e-mail | pub95@hanmail.net / pub95@naver.com


ISBN 979-89-5775-205-0 03810
값 14,000원

* 파본은 본사나 구입하신 서점에서 교환해 드립니다.